ウィンター・キル

ジョシュ・ラニヨン
冬斗亜紀〈訳〉

Winter Kill

by Josh Lanyon
translated by Aki Fuyuto

Monochrome Romance

Winter Kill
by Josh Lanyon

Japanese translation and electronic rights arranged with
DL Browne, Palmdale, California
through Tuttle-Mori Agency, Inc., Tokyo

WINTER

ウィンター・キル

ジョシュ・ラニヨン

WINTER KILL　Josh Lanyon

KILL

〈訳〉冬斗亜紀

〈絵〉草間さかえ

Aki Fuyuto / Sakae Kusama

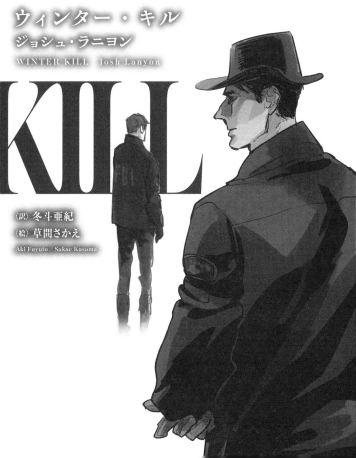

MAP

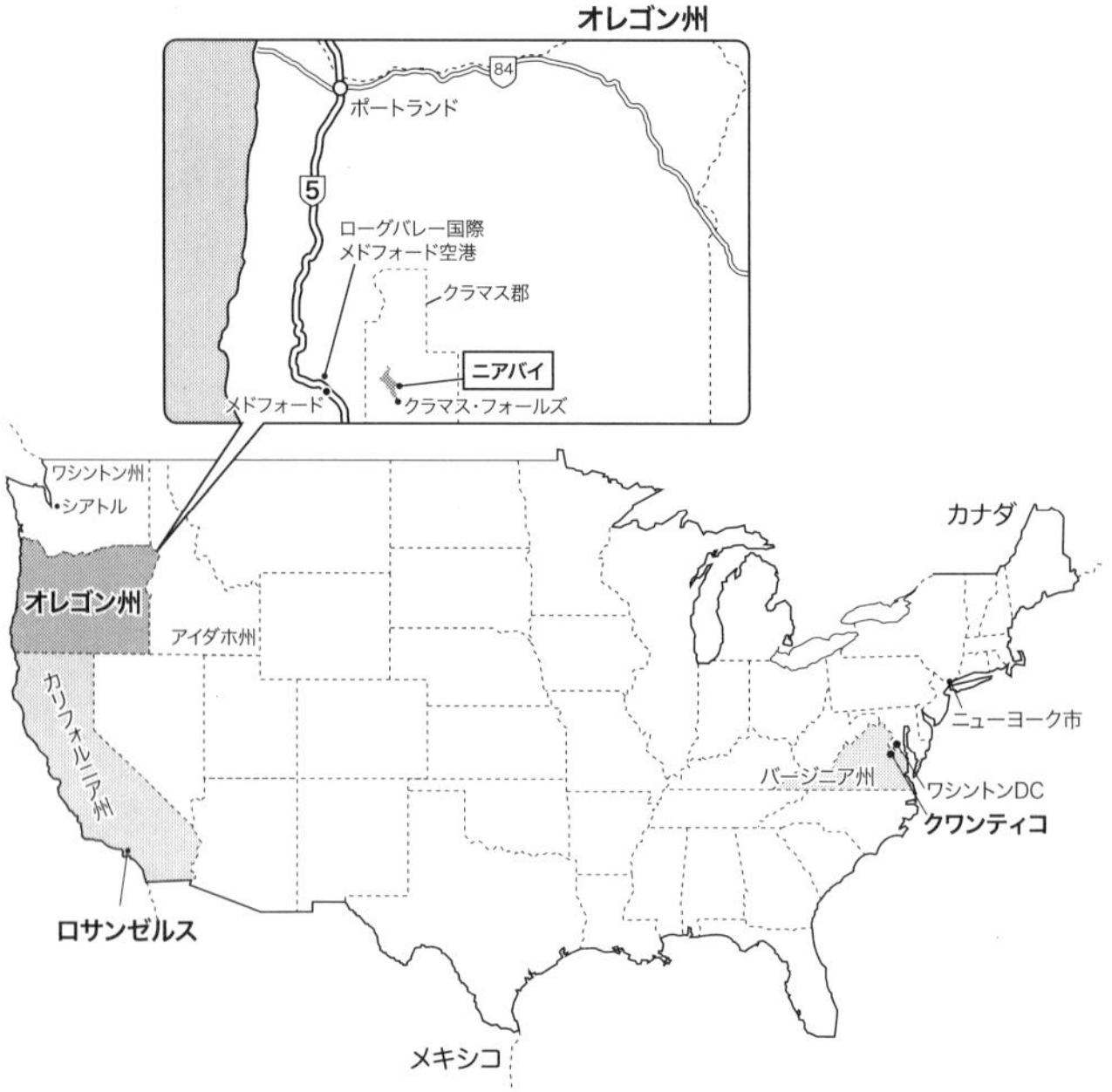
オレゴン州
84
ポートランド
5
ローグバレー国際
メドフォード空港
クラマス郡
ニアバイ
メドフォード
クラマス・フォールズ
ワシントン州
シアトル
オレゴン州
アイダホ州
カリフォルニア州
ロサンゼルス
カナダ
ニューヨーク市
バージニア州
ワシントンDC
クワンティコ
メキシコ

プロローグ

寒かった。頬を刺し目が潤《うる》む、身を切るような寒さだ。満ちて低い月でさえ、霜に覆われて見えた。

彼は腕で自分の体を抱き、固い地面で足踏みして、家と暖かい寝床を恋しがるまいとした。あそこはもう家ではないのだから。彼はバックと二人で新しい人生を始めるのだ。遠くで。陰口や偏見から離れ、自分より惨めでない相手が妬ましくて他人の人生に口出しせずにはいられない人々からも離れて。

これからは、バックこそが彼の帰る場所なのだ。

そう思うと気分が良かった。

頭上でフクロウが鳴いて、彼はとび上がった。そんな自分を笑う。

だがこの場所は心細い。それは間違いない。孤独で静かで、とても暗かった。周囲の山は月光で銀に輝き、針葉樹の青黒い先端は光って見えた。

黒が単色だと思うなら、こんな辺鄙《へんぴ》なところで、揺れる灯りと踊る影に囲まれてみればいい。

バック、早く来て――。

ふと、バックが心変わりしたのではないかと不安を覚える。そんなことを思うのはそれこそ不吉な気もしたが、バックが彼と同じように物事を見てくれるまでにはかなり時間がかかったのだし。二人にとって、これはたやすい決断ではなかった。

だがそれだけの価値はあると、いつか思えるはずだ。

フクロウがついに誰何《すいか》をやめて、夜の中へ飛び去った。

凍《い》てつく月が山の稜線近くへ下がってくる。

唇を神経質になめた。夜は雪の味がした。バックの奴が来るまでに凍死しませんように。岩のように固い地面を踏みならし、あたりをうろうろ動き回った。

(来いよ、バック。こんなひどいことしないでくれ)

そしてついに、近づく車のエンジンの唸りが聞こえた。鼓動が高鳴り、昂揚と恐怖とで少しくらくらする。本当に実現するのだ。二人で、始めるのだ。

ヘッドライトの白光が近づく中、彼は微笑んだ。

1

「FBI《フェッズ》なんか呼ぶなよなあ」とジークが言った。

ロブも、FBIを呼んだのは判断ミスだと思っていたが、彼が決めることではないし、今さら文句を言って何になる？　返事をした。

「フィーブスだ」

「あん？」

「FBIだよ。今は自分たちをFBI《フィーブス》と呼んでる」

「奴らが自分たちをフランクフルトって呼んでようがどうでもいいよ」

ロブはうなった。

ローグバレー国際メドフォード空港の展望デッキに立つ二人は黙ったまま、アラスカ航空477便が着陸し、雨に濡れた滑走路を滑ってからターミナルまでゆっくり誘導されていくのを眺めた。

ロブは背すじをのばした。

「行くぞ」

「そう慌てんな」とジークは雨の筋がつたう濡れたガラスの向こうを見つめて動かない。

頭上のスピーカーから、この小さな空港で気がついていない人間がいるかもしれないとわざわざ到着便のアナウンスが流れ、機内の乗客へ向けて荷物受け取りに関する情報を知らせている。

移動式タラップが飛行機の扉に接続されるまで少しかかった。キャビンのドアが開く。やっと乗客が降りはじめた。

腹が鳴って、ロブは腕時計に目をやった。もう十二時半を回っているし、この天気ではメドフォードから保養地のニアバイまでは車で一時間かかるだろう。内心溜息をついた。しんどい朝だったし、その上これから面倒な午後になる。疑問の余地なく。

ジークがいきなり言った。

「まじかよ、バービーとケンだぜ！」

ブリーフケースを提《さ》げた女が飛行機から降りた。淡い金髪が雨まじりの風に長くなびいている。肩ごしに、オリーブ色のレインコートを着た男へ言葉をかけた。男が返事をして、彼女が笑う。

今回ばかりはジークの言うとおりだったので、ロブは苦笑いした。背が高くトレンチコートを優雅に着こなす金髪の二人は、捜査機関の人間というより流行のオーディション番組の参加者に見えた。だが二人とも捜査官なのだ。本物の生きたＦＢＩ捜査官が、陽光あふれるロサンゼルスからはるばるここまで叡智と専門知識を授けにお越しになった。

じつに腹立たしい。

「行くぞ」とロブはまた、今度は本気で言った。ジークは重い溜息をついたが、ロブと階下の到着ゲートへ向かう。そこでは、あのバービーとケンが自分たちの歓迎団を探して人々にせわしない目を走らせていた。

ロブとジークの前で、無関係な人々が道をあける。道を作るのに保安官のバッジほど便利なものはない。

「特別捜査官のグールドとダーリング？」とロブはたずねる。わずかも疑ってはいなかったが。

すると男のほう――ロブくらいの背丈、緑の目、短いウェーブの金髪――がきびきびと言った。

「ダーリングだ。こちらがグールド捜査官」

「どうも」と女のほう、グールドが挨拶した。愛らしい笑顔だ。どちらが〝善玉〟役をやるのか、この二人ではもう決まりだろう。

「えっ、なんて名前だって？」とジークが聞き返した。

ダーリングが氷漬けにしそうな視線をジークへ向け、ロブは何とか無表情を保った。自己紹介する。

「俺はハスケル。こっちはラング保安官助手。フライトはどうでした？」

「長かった」ダーリングが答えた。「出発しないか？」

「勘違いされてもしょうがないよな」とジークがいつもながらにひどいタイミングで口をはさんだ。

緑の目をロブに向けたダーリングは、少しばかり人間らしく見えた。グールドが「何です？」と淡い眉を寄せる。

またジークが余計な言葉を続ける。

「誰だって間違えるってね、あんたのほうがどう見てもダーリン――」

ロブはさえぎった。

「車はターミナルの向かいの駐車場に停めてある」とジークを出口のほうへ強く小突いてうながす。ジークが顔をしかめてにらみ返してきた。「荷物は？」とロブはＦＢＩ捜査官たちにたずねた。

グールドが手のブリーフケースを見せる。ダーリングは質問が耳に入らなかった様子で、雨で薄暗い十月の外が広がる出口のドアへまっすぐ向かっていた。

一行は地域パトロール車のＳＵＶに乗り込んだ。捜査官たちは後部座席に、ジークは助手席に。ロブはエンジンをかけた。

「町まではどれくらいかかる？」とダーリングがたずねた。

「一時間もありませんよ。雨だからいつもよりはかかるかも」

「お前の運転じゃなあ」とジークが混ぜっ返した。

ロブはそれを流して、駐車場から車を出すと、東へ向かった。

「あんたたち、マジでうちの被害者《ガイシャ》がロードサイド切裂き魔《リッパー》にやられたって思ってんのか？」とジークが後部の乗客たちを振り向いて聞いた。

「それを確かめに来たのよ」とグールドが答えた。

「これまで何体見つかってる？」とジークが聞く。

「我々の見立てでは二十一件の犯行が確認されてるわ」

グールドの声はのどかだった。天気の話でもしているように。

「俺はＦＢＩに応募しようかと思ったことがあってさ」ジークが言った。「でも一日中ネクタイしてるなんてクソなこと耐えらんねえからな」

ロブは鼻で笑いそうになってこらえた。州道62号線へ合流しながらバックミラーへ目をやると、一瞬ダーリングと目が合う。ダーリングの口元は、笑いと呼べない程度に皮肉っぽく上がっていた。

「フランス語で失礼」とジークが悪態の分をグールドに弁解する。

「いいえ、ちっとも《パ・デュ・トゥ》」とグールドが返した。

ジークが満面の、あけっぴろげな笑みを彼女に向け、お返しの微笑をもらってはいたが、どう見ても無駄だ。グールドはジークの手が届くような相手じゃない。ほかの惑星から来たと言っていいくらいに遠い。

　またもやロブの視線がバックミラーに上がり、ダーリングの辛辣な凝視と合った。ダーリングはまばたきもせず、目をそらしもしなかった。

　緑色というのは一番珍しい目の色じゃなかったか？　とにかくダーリングの目の色は珍しいはずだ。ロブはこんな色合いを見たことがない。コンタクトだろうか。どっちにしても……その視線は遠慮なく強烈だった。状況が違えば、含みを感じるほどの視線。いやこの状況下であってもそんな含みを読み取れそうだ。ありそうもないが、しかし……。

　ジークが聞いた。

「その二十一人の被害者のうち何人がオレゴンで？」

「七人」とグールドが答える。

「でもオレゴンで殺されたとは限らないよな」

「そのとおり」

「この辺に捨てられたってだけの話かもしれない。奴は州間道5号線沿いを捨て場にしてたよな？」

　ダーリングが、今や視線のレーザーをジークの後頭部に据えていた。ジークの頭が炎に包まれてもロブは驚かなかっただろう――どのみちあれだけヘアスプレーを使っていては特に不思議はない。ロブに言わせればストレートの男には多すぎるくらいの量だ。

「それが現時点での仮説ね」とグールドが答えた。

「捜査班には何人いるんだ？」とジークがたずねた。「西海岸全体でやってるんだろ？」

「史上最大規模よ」グールドが応じた。「私たちですら全容をよく知らないくらい」

明らかに嘘だったが、パートナーのダーリングがジークに物申したそうな一言よりはずっと優しい。

「何か要りますか？」ロブはたずねた。「腹は空いてません？」

「ああ、空いてるね」とジークが言う。

「シアトルの乗り換えで二時間あった」ダーリングが答えた。「食事はすませた。それに時間がない」

グールドがパートナーに目をやる。口に出しては「まあ、自然が多いのね、ここは」と言った。「こんな雨がカリフォルニアにも少しほしいわ」

「ニアバイではこれまで殺人事件が起きたことはないんだ」ジークの声がやや尖った。「あんたたちにとっちゃ毎日で慣れっこかもしれないが、こっちじゃ大ごとなんだよ」

「殺人かどうかはまだわからない」とロブは目でたしなめた。

もちろん通じやしない。

「だな」とジークが応じた。「自殺かもしんねえよな。被害者は石の山の下に自分で自分を埋めたのかもなあ」

日曜の午後、140号線から外れて今はもう廃止された林道で、キャンパーたちが石で覆われた浅い穴に埋まっていた死体を発見した。ロードサイド切裂き魔《リッパー》のいつもの縄張りとは言えないが、どうしてかフランキー——フランチェスカ・マックレラン保安官——は念のためにFBIを呼ぼうと言い出したのだった。ロードサイド切裂き魔《リッパー》の事件がどれだけ注目されているのかよくわかるというものだ。こんな山中の町にすらその名が届いている。

だがこの哀れな身元不明死体《ジョン・ドウ》がリッパーの被害者である可能性は？　ロブはあまりありそうにないと思っていた。

そうであっても、二十四時間後、こうしてFBIからバービーとケンが彼らの町にやってきた。

「もう保安官事務所で働いてどのくらいです、ラング保安官補？」とグールドがたずねた。

「六年だな」

「どんな感じです？」

自分語りが大好きなジークはエンジン全開になった。口のエンジンが。グールド捜査官は時々感想をさしはさんでジークを満足させていたが、どう見てもただの社交辞令——あるいは自分たちの捜査から話をそらしているだけだった。

進行中の彼らの捜査。

ご勝手に。田舎で働く良さのひとつは、大きな捜査機関にありがちな縄張り争いとは無縁でいられることだ。遠慮したい。ロブにしてみればあの身元不明死体《ジョン・ドウ》がリッパーの被害者だったなら、喜んでFBIに事件まるごとくれてやる。ただ、そうくわしくはないが聞き知った限りでは、リッパーとは関係なさそうだった。今回発見された死体はあまりにも犯人のいつもの縄張りから離れている。

　ジークはまだ保安官事務所での自分のキャリアの見せ場を語っていた。グールドもまだ愛想よく相槌を打っている。ダーリングはSUVの窓から、国有林の奥深くへのびる道の左右に並んで雨に光る高い木立を眺めていた。ロブはアクセルを踏み、車は一気に加速した。

「ニアバイの中には死体安置所はないんです」

　五十分後、ロブはマウンテン葬儀社の前で車を停めると、ブルーロック入江で〝すっぱだかの〟車上荒らし犯をいかに独力で捕らえたか長々と語るジークの話を遮った。ジークからは責めるように睨《にら》まれたが無視する。

「クラマス・フォールズの監察医のクーパー医師がニアバイに別荘を持っているので、検死を担当してくれます」

「いい趣味ね」とグールドが言った。検死の取り決めについて言ったのか、レンガと白い羽目板の建物の前の小さな庭を小ぶりな墓地のように囲む黒い鉄フェンスについて言ったのかはわからない。

ロブはエンジンを切ってシートベルトを外した。全員が車を降り、装飾的なゲートを抜けると、背後でゲートがガチャンと耳障りな音を立てて閉じた。少し前から雨はやんでいる。空気は冷え冷えと、松葉の香りがした。紅葉して濡れた葉が通路に粘りついている。白い木の階段が濡れて滑りやすい。

ガラスの両開きドアの入り口まで来たところで、フランキー保安官が中からドアを開けて身をのり出した。

「遠回りでもしてたのか？　迷子になってるかと思ったよ」

ロブが答えるより早く――返事をする気もなかったが――ジークが「おばあちゃんに運転なんかさせるからっすよ」と言った。

フランキーはそれを無視する。ダーリングとグールドを迎えてひとつうなずいた。

「どうも、捜査官。すぐ来てくれてありがとう」

日焼けしてしみのある手をダーリングへ差し出す。ダーリングがその手を握って言葉を返した。

「お知らせいただいて感謝します、保安官。私はダーリング捜査官、こちらはグールド捜査官」

フランキーが開けたドアをグールドのために押さえ、グールドはベージュのパンプスと見事な髪型で鋭い表情をして通りすぎる。

「ここがＦＢＩの捜査範囲と外れているのはわかっているが、確認にこしたことはないと思ってね」

フランキー保安官はきっと人生で一度もヒールを履いたことがないだろう。少なくともロブには彼女のヒール姿も、もちろんドレス姿も想像できない。小柄でがっしりした、五十代半ばの女性で、年季を感じさせる赤らんだ顔にちぢれた錆色の髪をしていた。四年任期の保安官職に四期連続で当選しているのは見た目ゆえではない。その地味な外見と強面の態度にも関わらず、長年守ってきた町民たちから敬愛されていた。

「ドク・クーパーはクラマス・フォールズの監察医でね。今日は彼にお願いしている」

「聞きました」

ダーリングが答える間にフランキーは空の棺桶や、造花がぎっしり刺さった骨壷の障害物をすり抜けて進んだ。安置室《ショールーム》は——ショールームという呼び名がふさわしいかはともかく——ホルムアルデヒドと消臭剤の匂いがして、ロブは今さらながら食事に立ち寄らなくてよかったとホッとした。

開いたドアから雨香る空気が吹き込み、造花の花びらを揺らし、壁にかかった一心に祈る子供たちの肖像画をカタカタと鳴らした。商業主義と弔意が奇妙に入り混じった、ちぐはぐな雰囲気がある。普通の、今時の遺体安置所ならこうおかしな気分にはならずにすむのだろうか。

フランキーすら声を落としてロブとジークに命じた。

「二人ともは必要ない。ジーク、本部に戻ってろ」

ジークはすぐさま言い返した。

「どうして俺が？　いつもハスケルばっかりいい目を見てる」

「いい目？　残ってドクが死体を切り刻むところを見たいならゆずるぞ」とロブは応じた。

「アホども、黙れ」とフランキーがうなった。「切り刻むわけじゃない。ガキのお使いをたのんでるわけでもないぞ。言ったように――」

「貴重な経験だ」とジークがたたみかけた。「いっつも、俺たちにはもっと訓練の機会が必要だって言ってたじゃないっすか」

フランキーがムッとする。それをこらえて言った。

「声を抑えろ！　ミスター・エデンが控え室で皆さんをお迎え中なんだぞ！」

ジークの恐怖に凍りついた顔を、いつもならロブは笑っただろう――二人のＦＢＩ捜査官の表情に気付いていなければ。二人は、警察のコントを目の当たりにしたような顔をしていた。当然か。笑うかわりにロブは呟いた。

「ご遺族のことだよ、バカ」

「そう、ご遺族だ」フランキーが苛々と言った。「生きた生身の方々だ。どういう意味だと思った？」

ダーリング捜査官が〈関係者以外立入禁止〉の札がある白いドアへ近づきながら言い残した。

「保安官、今から我々は――」

フランキーの返事を待ちもしない。ダーリングとグールドの背後でドアが閉まり、フランキーはジークに言い渡していた。

「もういい、ジーク。そこまで言うならお前は残ってよろしい」とジークの肩の無線へ顎をしゃくる。「ただし無線はつけとけ。音を下げてな」

ジークから勝ち誇った目を向けられたが、ロブは首を振った。ジークがどう思っていようがこれは競争じゃないのだ。解剖台のそばの特等席なんか、ほしいならいくらでもくれてやる。どうしてフランキーがロブに立ち会わせようとするのかが、そもそもわからない。

「ただし通報が来たら、その時は文句を言うなよ」

「どんな通報があるって言うんです」ジークが呟いた。「ジャック・エルキンスがまた泥にはまったとか？　ルビー・ロウの犬が行方不明？」

「忘れるな」とフランキーは捜査官たちの入ったドアへずかずか歩いていった。

ドアの向こうは、幾度か折れながら降りていく階段だった。処置室では、捜査官たちがドク・クーパーと話していた。

ドクはひょろっとして背が高く、金縁の眼鏡をかけ、両端がピンと上に尖った白い口ひげをたくわえていた。フランキーより年上だ。フランキーが保安官に就任する前から監察医をやっている。カウボーイブーツを履いてヴィンテージの赤いマスタングを乗り回していた。そしていささか驚くほどベッドサイドマナーがいい――横たわる相手は死体安置所の死者であるものの。

その死体、むしろ骸骨は、清潔な白い部屋の奥にある大きなステンレスの冷蔵庫からすでに引き出され、金属の死体安置台に乗せられていた。黄ばんだ頭蓋骨――ぽっかり空いた口と空っぽの暗い眼窩《がんか》――がニヤッとしながら頭上のライトの白光を見えない目で見上げていた。左の前歯の一部が欠けている。

空調が効いて肌寒く、薬品臭の染み付いた部屋には、ロブのうなじの毛を逆立てる何かがあった。

解剖の立会いは初めてではない。こんな古い骸骨の分析は、解剖とも言えないか。ロブは奇妙な悔恨めいたものを感じていた。哀れみではない。死も腐朽もいずれ誰もが迎えるものだ。だが、何か。深夜のテレビで聞いた言葉がふとよみがえる。小太りの刑事が、小さく素敵な家が建つ田舎町での陰惨な事件を解決して回るあの手のイギリスドラマで。

(死は、誰のものだろうと心を削る)

そんなような言葉だった。ともあれ、ほかの面子《メンツ》にさしたる動揺の色はない――ダーリング捜査官の顔色の青白さが照明のトリックでない限り。冷え冷えとした空気と薬品臭に、誰でも少し呑まれるだろう。

ジークがふうっと息を吸った。「畜生め」と低く呟く。

ＦＢＩ捜査官たちは抑えた声でドク・クーパーと話をしていたが、ジークの言葉にダーリングがちらっと目を上げた。ロブと視線が合う。

今回、互いを意識した一瞬の閃きは、ロブの勘違いではなかった。場に不適切な笑みをかみ殺す。社交向きの場所とは言えない。

「じゃ、始めるぞ」ドクが言った。ドアのそばに立つ白衣の助手にうなずくと、助手がスイッチを切った。たちまち部屋を重苦しい薄闇が包む。くっきりと丸い光が、台上に広げられた骨だけを照らしていた。

「見りゃわかるが、ほぼ全身の骨が発見されちゃいるが大してできることはない」ドクが言った。「持ち物もなし、身分証の類もなし、残存する衣服は安物のありふれたものだ。ブーツ、ジーンズ、Ｔシャツ、ジャケット」

「年齢は？」とフランキーが聞いた。

「おそらく十代後半から二十代前半の男性。鎖骨の骨端線がまだ癒着していないのが見えるだろ。この骨は全長１７５２ミリだから身長も１７５、６センチだろう。そうでかくない。私は人類学者じゃないが、この被害者は白人だろうね。断言はできんが」

「法医学的に見て、死後どのくらい経っていますか」とダーリングがたずねた。

ドクが頰をすぼませて考えこみ、やがて宣言した。

「二十年、というところだろうな。それくらいは経っている。少なくとも現代の骨だと思うが、くり返しになるが専門じゃないんだ」

ダーリングの眉が寄った。

「この標本がそこまで古いのはたしかですか？」

ドクがむっとした目を向ける。

「かなりたしかだ。ここで教えてやれんのは、死因だよ。前歯の欠け以外、骨に損傷はない。ひびも。陥没や破砕はなし。骨には外的損傷が見当たらない。無論、内臓や軟部組織にどんな傷があったか知るべくもないが、とにかくすぐ特定できる死因はない」

グールドがダーリングに言っていた。

「年齢と性別は合うわね。でもこれは——」

ダーリングがうなずいた。

「二十年か」とフランキーが考えこみながら呟く。

「二十歳前後の行方不明者は記憶にありませんね」とロブは言った。

フランキーはドクのほうを向いた。

「98年に……山に入って消えたバックパッカーの大学生、なんて名前だったっけ？」

「ジョーダンなんとかだったな」

「そうだ、ジョーダン・ゴーラだよ」

「さては忘れてるな？」とドクが陰気に勝ち誇る。

「何を忘れてるって？」

「みんながたちまち色めき立った理由さ。あの学生は、腰の再建手術を受けてたんだよ。あの時、死体が出てくれば同定できると思ったからよく覚えてる。確実にな。この身元不明死体《ジョン・ドウ》はほぼ完全だ。骨の95パーセントが現場で発見されているから、生前にも死後にも骨折の形跡がないのがわかるだろ。ほら、歯まで揃ってるんだ」

フランキーが舌打ちした。「じゃあほかに心当たりはないねえ」

「いい話じゃないか」とドクが言った。「あんたの事件じゃないってことだ」

ドクとフランキーが、ダーリングとグールドを見た。

「だが我々の事件でもない」ダーリングが答えた。「被害者の年齢はおよそ合致するが、地理的条件がまったく合わない」とグールドへ向く。

グールドもそれに同意した。

「リッパーがどんなナイフを使っているのかまだ特定には至っていないけれど、波刃のハンティングナイフだというのが有力よ。手作りの可能性も高い。ああいう凶器は痕が残る。肋骨、胸骨。あの手の擦痕や条痕、圧痕などは見逃しようがない」

「確かにね」とフランキーがしぶしぶうなずいた。

ロブは口を開いた。

「被害者は身分証《ID》を服以外の場所に持っていたのかもしれない。ナップザック。リュックサック」

全員の目が彼のほうを向いた。

ロブは自分で自分の疑問に答える。

「ただし、ナップザックはどこにもなかった。リュックも」

フランキーが「ああ」と言う。

「自転車もなかった」

この辺には大勢のサイクリストが、特に夏の間、やってくる。

「自転車はほかのどこかにあるかもな」フランキーが応じた。「誰かが山の斜面から投げ落としたとか。道に置き去りにされてたのを見つけたりとか。自転車は持ってかれやすいだろ、特に値の張るマウンテンバイクは」

「家出人かもしれません」とダーリングが言った。

「だとすればこの辺には誰もいないねえ」

突然、ジークの無線が息を吹き返した。爆音のノイズに続いてアギーの小さな声がジークの現在地を求める。ドクがびくっととび上がってジークをにらみつけた。ジークは後ろめたそうにして部屋から出て行ったが、すぐ戻ってきてロブを手招きした。

「行くぞ。5号線の東で12－16だ」

おっと、交通事故だ。そして州警察ではなくこちらに通報が来たということは、ほかに対処できる人間がいないということだ。これでこの午後、そして夜まで手いっぱいになるだろう。

ロブは残念そうな視線をダーリング捜査官へ飛ばしたが、ダーリングは眉を寄せて骸骨を見下ろし、ロブの存在すら忘れたようだった。ロブがてっきり勘違いしかかったあの空想のつながりはどこに？

内心溜息をついて、ロブはジークについて処置室を出ると、葬儀社の一階まで階段を上っていった。

「あの野郎、彼女とヤッてるかな？」

ジークが、処置室の冷蔵庫の中にまで届きそうなひそひそ声で言った。

何のことだととぼけたい誘惑はあったが、ロブは本音で答えた。

「いいや」

「やけにきっぱり言うな？」

たしかにこれについては少々確信をこめすぎたかもしれない。ロブは肩をすくめた。ジークが振り向いたので、もう一度肩をすくめる。

「ＦＢＩには職場交際禁止ルールがあるかもしれないしな」

「いいや、ないぜ」意外にもジークがそう言った。ロブの視線を受けて続ける。「デタラメ言ってたわけじゃねえ、俺はマジでＦＢＩに入ろうかと思ったんだよ。ただあんな、ケツの穴までカチカチのアホ面捜査官連中と働きたくなくてな」

「お前の語彙は大したもんだよ、ラング」

「あんなバービーみたいな可愛い子もいるって、思い出すべきだったよ」

夢の見すぎだ、とロブは思った。このニアバイでは適齢期の独身男が品薄で、そのせいでジークは自分の男の魅力に過剰な自信を抱いているのだ。

「とにかく、とんだ時間の無駄だったな」

ジークがそう言いながらガラスの両開きドアの玄関を開けた。薬臭く冷え冷えとした地下の後では、雨に濡れた空気にほっとした。

そして、安置台の骨を陰気に見つめていたダーリング捜査官のことを思い出すと、ロブもジークに同意したい気分だった。

2

「時間の無駄だったわね」

ジョニー・グールド捜査官はそう言いながら、アダムについて彼のキャビンへ入ってきた。

雨がまた降り出していた。雨粒が屋根を心地良いリズムで打っていたが、部屋は冷えて湿っぽかった。ここは空調があるのか、それとも暖炉や薪ストーブで暖を取らねばならないのだろうか。

「いつものことだ」

アダムは外したネクタイを、冠雪したカスケード山脈の絵の下にあるテーブル前の、椅子の背もたれにかけた。襟元をゆるめる。

ジョニーは彼のベッドの足元側に座って、パンプスを脱いだ。

「そうとは限らない。当たることだってあるでしょ、グランツ・パスの事件は間違いなくうちのやつだったし」

ストッキングに包まれた足を屈伸させ、爪先をのばして、また曲げた。すらりとした脚だ。オードリー・ヘプバーンのようでしょ、と当人がアダムに言ったのだ。その記憶にアダムはかすかに微笑んだ。

「グランツ・パスは5号線が通っている。この犯人は、州間道5号線周りをうろつくのが好きなのだろう」

ジョニーが呻いた。

「にしてもひどいわね。徹頭徹尾。死体を地中から引っ張り出してマウンテン葬儀社だかマッド葬儀社だかに担ぎこむなんて。法人類学者を呼ぶなんてこと、頭にも浮かばなかったんでしょうね？　それで犯罪現場を壊滅させちゃって」

「そうだな」

　ジョニーはすっかりエンジンがかかっており、この際全部の不満を吐き出させたほうがいい。それにアダムとしても心の底から同意見だった。

「一度よ？」とジョニーが人差し指を立てた。「手つかずの現場を調べる一度きりの機会。あらゆる物的証拠を採取する唯一のチャンス。発見場所の写真を撮り、地形や死体に残る何らかの証拠を確認し、必要なデータを集める——それを台無しにしたのよ！」

「わかってる」

「救助作業か何かのつもりだったのかしらね？　いち早く死体を回収しないとって？　あの人たちちゃんと研修受けてるの？　制服着てるのに。本物の保安官なんでしょ、地元の自警団とかじゃないわよね？　バッジ着けてるし。ヒゲ医者があの現場をどんな手順で扱ったか聞きながら、私、卒倒するかと思ったわ」

　ヒゲ医者、の言葉にアダムはつい笑みをこぼした。

「軟部組織がない以上、あの身元不明死体《ジョン・ドウ》にリッパーのほかの被害者同様の傷があるかどうかは断定できないわね」

　リッパーは被害者の胸に記号を刻み付けていた。肉と血は扱いにくいカンバスなので、その記号が何なのか、誰にもはっきりわかっていない。現時点で一番有力な仮説は、そのギザギザの線が不完全な十字架と花を表しているというものだ。

「ああ、できない」アダムは答えた。「それを懸念していたんだ。だが監察医が考えているほどあの骨が昔のものなら、リッパーの犯行だとは考えにくいだろう。だから、我々の捜査に影響はない。彼らは自分の捜査の邪魔をしただけだ」

「それ、私の機嫌を取ろうとして言ってるだけでしょ」とジョニーがむっつり言った。

「いいや。あれがリッパーの犯行なら、あの林道の死体からレッディングで心臓をえぐられて発見されたジャッキー・ラモスまでの二十年間、奴は何をしていた？」

「いい指摘ね」ジョニーがアダムの顔を眺めた。「でも疑ってもいるんでしょ？　あの薄気味悪い地下安置所で、そんな顔してたわよ」

「疑いはある。だがその部分ではない。こんな長年の空白は理屈に合わない」

連続殺人犯《シリアルキラー》に中断期が存在しないわけではないが。ＢＴＫキラーがその証だ。病気、刑務所、縄張りの変化……時にただ歳をとって犯行から手を引くこともある。死んだり。だが、殺人の間隔が二十年空くというのはきわめて低い可能性だ。そして今回、理屈に合わないことはほかにもある。

ということは、ロードサイド切裂き魔《リッパー》の犯行数はまだ二十一のままだ。一方のＦＢＩが一矢も報《むく》えていないうちに。アダムは溜息をついた。

「あの人たちがＤＮＡの話を始めた時、笑いたいか泣きたいかわからない気分になったわよ」

そう言いながらも、ジョニーは気を鎮めつつあった。頭に来ているというよりうんざりしている声だ。

「田舎のパトロールだからな。よく言ってもせいぜい分所レベルだ。わざわざＦＢＩに連絡してきただけ大したものだろう」

ジョニーは返事をしなかった。数秒、二人は屋根を打つ雨音に耳を傾けた。

「それって本物の絵？」ジョニーがベッドから立ち上がって机に近づき、木枠の絵をしげしげと眺めた。驚きの笑いをこぼす。「筆の跡があるわよ。本物の芸術作品がかかった部屋に泊まれるなんて、いつ以来かしら？」

「芸術は言いすぎでは」

「まあね。ほらまあ、本物の絵ってことよ」

アダムは首を振った。貸しコテージの内装を眺める。節の多い板壁、織地のラグに青い格子縞のカーテン、薪ストーブにヴィンテージの赤いフォーマイトのカウンター。

「このコテージ、いつ頃建ったものだろう」

「五十年代あたりじゃないかしら？」

「そんな感じだな。その頃と同じマットレスを使っていないよう願おう」

「シーツも変えてくれてるよう願うわ」ジョニーがベッドに戻ってヒールを履いた。「モーテルがひとつもないなんて信じられない。こんな小屋、温まるまで延々とかかるわよ」

「そっちの部屋まで行って暖炉に火を熾《おこ》そうか」

「冗談、元ガールスカウトに何を言ってるの」

これが初めてではないが、ジョニーが何気ない言葉を女性蔑視と受け取らないたちで助かった。アダムはニヤッとした。

「それは初耳だ。じゃあ、どうせなら夕飯を食いに出ないか？」

彼女はトレンチコートの深いポケットから丸めた雑誌を引っ張り出し、アダムにつきつけた。

『素敵な花嫁』。

アダムは、表紙のエアブラシで修正された幸せいっぱいの花嫁にしかめ面を向けた。

「それはそうだが、どうして結婚に当たって毎日ディナー抜きにしなければならないのか、僕には理解不能だよ」

「ヴェラ・ウォンのサイズ４のウェディングドレスが入らないなんてことがないように、夕食を抜くのよ。ディナーがまた食べられる日が待ち遠しいわ」

「クリスが、きみとの新婚旅行中にアウトバック・ステーキハウスを予約したと言っていたよ」

ジョニーが笑った。

「最高じゃない。その店がマウイにある限りね。旅と言えば、私たちの帰りの便はいつだっけ？」

「午前六時半。ロスへの直行便だ。乗り逃したくはないね」

オレゴンが目的地なのにワシントン州へ飛んでから二時間乗り継ぎ便を待つ、などという時間の無駄がアダムは心底嫌いだ。しかもこの数ヵ月、そんなことばかりやってきた——5号線近辺でぽつぽつと見つかる死体のどれがリッパーのものか確認するという嫌な仕事を押し付けられて。

だがそんな誰もが羨む仕事をあてがわれるのだ、四ヵ月前のアダムのように盛大にしくじれば。

「それはあのお馬鹿コンビに言ってやって。正直、あの人たちは一刻も早く私たちを追い出したいだろうけど」

「それはどうだろう。きみはかなりいい印象を持たれているようだよ」

ジョニーがそれに笑った。

「スカートさえ履いてれば可愛く見えるんでしょ。じゃあ、暁時《あかつきとき》に会いましょう」とドアへ向かう。「私がしないような悪さは何もしないでね」

「夕食を食べるとかか?」

ジョニーの後ろでドアが閉まると、アダムは真顔になった。一人の食事は大嫌いだ。一人でいると、忘れたいことを延々と考えてしまう。思えば皮肉だ、かつては朝食でも昼食でも夕食でも事件の話ばかりしていた彼が。

とは言え、あの頃の仕事は死体安置所《モルグ》パトロールではなかった。

キャビンの中をたしかめ、唯一の熱源が使い回しの固形燃料を燃やすだるまストーブだけという事実を認めるしかなかった。これから火を熾しても、すぐ夕食の頃合いだろうし、放置して火事でこのリゾート地を焼き払う羽目になるよりは、ひとまず熱いシャワーを浴びて、ストーブの相手は戻ってきてからのほうが話が簡単だろう。

熱いシャワーは良かったが、二分も経つと湯温が下がりはじめた。急激に。アダムは濡れた体を拭い、服を着て、髪をきっちりととかした。

その成果に苦笑する。いかにもな政府の職員？　前ならそんなことにも笑えたかもしれない。どのみち、夜遊びに出かけるわけでもないが。

むしろ、夜遊びなんか最後にしたのはいつのことだったか。

キャビンのカーテンを閉め、布団をめくって空気にさらした。ランプの灯りに照らされたキャビンはそこそこ居心地良さそうに見えた。ペンドルトンの毛布、木の台のオイルランプ、古めかしい壁の絵が、時が巻き戻ったような雰囲気を出している。この内装はどこか懐かしかった。父からただ一度きりつれていかれたキャンプの時か？

何にせよ一晩だけのことだ。それがすめば、空調とたっぷりの湯がある世界へ戻れる。文明社会へ。

キャビンを今一度見回してから、アダムはコートを手にし、夕食を取りに外へ向かった。

雨はまたやんでいた。暗く、そびえ立つ針葉樹から雫が降り注ぐ深い闇の世界。数メートル先にジョニーのキャビンの明かりが見えた。このキャンプ場の客は彼らだけのようだ。十月ならこんなものか。風光明媚ではあるが、この辺には夏の水遊びから冬の雪遊びまでの間に観光客が楽しめるものはあまりない。

松葉が、湖畔のレストランを目指すアダムの足音を吸い取る。木々の間から輝く窓が見え、食欲をそそる焼けた肉の匂いが漂ってきた。

とても静かだ。湖の波音や草葉のざわめきが聞こえるほどに。雫の一滴ずつが大きく響く。心細くはない。そういうたちでもないし、訓練も積んでいる。自分の身は守れるし、その自信も持っている。だがこの場所の何かが、アダムの心をざわつかせていた。

それとも、マックレラン保安官の不安が伝染したか。何しろ彼女は……思い悩んでいたからだ。危機感というほどのものではない。彼女を悩ませているものは、はっきりした形のないものだ。彼女にはそれを言葉で言い表せない――あるいはまだそこまで思いきれていない。だがアダムは、その困惑は二十年前の殺人とは違う何かについてだと見ていた。あの死体を心良く思ってはいないが――予想していたわけでもないが――彼女の心をわずらわせているのはそのことではない。

いや、彼女はもっと悪い事態を覚悟していたのだ。

アダムの思い違いかもしれないが、検死結果を聞いても、保安官にはほっとした様子がなかった。

湖から立ちのぼる霧が岸へと流れてくる。ハロウィンにはさぞ不気味な舞台になるだろう。

アダムは歩きつづけた。レストランまでは思いのほか距離があった。夜闇は距離が読みにくい。

不安を振り切ることができなかった。だが心の乱れを、不吉の予兆と勘違いしているだけかもしれない。アダムを本当に悩ませているのは、ジョニーとあまりにも離れがたいという実感かもしれなかった。結婚式がすめば辞職するというジョニーの決心は変わっていない。運命の日は四ヵ月先だったが、もう無視できないほど迫っていた。ジョニーというパートナーを失いたくなかった。ジョニーが腕利きの捜査官だから、だけではない。それも大いにあるが。そしてジョニーが友人だから、というだけでもない――アダムはたしかに誰にでもつき合いやすい相手ではないが。別に人気者になりたくてＦＢＩに入局したわけでもなし。ただ、ジョニーはアダムにとって初めて心底しっくりきたパートナーだったのだ。まだ組んで四ヵ月だったが、二人はいいチームだった。わざわざ話さなくても相手の考えが読めたし、ほかのパートナーたちのように反目や対抗意識を抱かれることもなかった。アダムは彼女を気に入り、敬意を抱き、信頼していた。

だが彼に決定権はない。ジョニーによれば、ＦＢＩ捜査官は一家に一人で充分で、だから彼女は二月に退職するのだ。

白くてゴテゴテした二階建ての、正面にガタつくポーチがある建物が見えてきた。水辺に建つそのボートハウスの横手には低く長いデッキがあり、そのデッキはポーチの明かりを受けて骨のように光っていた。月が出ていないので、ボートハウスの板ぶきの屋根や、ガイドブックに〝素朴な魅力〟とか書かれそうなあれこれ以上のものは見えなかった。

レイクハウス・レストラン&バーは営業中だった。アダムにしてみればそれで充分。窓の内側は照明で明るく、夜空に銀の煙が立ちのぼっていた。

短いステップを上る。正面ドアのガラス窓には〈十月十五日から三月十五日まで休業。ハッピー・ホリデイズ。またね!〉という張り紙があった。

店内の音からすると、地元の人々が店と騒々しくも心のこもったお別れの会をしているようだ。アダムはためらった。静かな食事と一、二杯の酒を、と思って来たのだ。マックレラン保安官によればこの店以外の候補は壁の中の穴みたいなピザ屋と道具箱サイズのバー。バーはマリーナ・グリルというご大層な名前だったが、グリルドチーズサンド以外のグリル料理があるとは思えない。

アダムは店のドアを開け、暖気と騒がしい声の中へ歩み入った。

淡い緑色の派手な髪型をした小柄な娘が、何人づれかとアダムにたずねた。

「一人だけだ」とアダムは答えた。

娘は彼に哀れみの目を向け、クリップボードをたしかめてから、先に立って歩き出した。アダムはマーメイドカラーの髪の彼女について奥行きのある混んだバーを抜ける。フランネルのシャツやダウンのベスト、ハンティングキャップがやたらと目につく。幾人か女性もいたが、アダムに向けられた険しい好奇の目はほとんどが男のものだった。

大きく無骨な、黒ひげの男が、青い目で鋭くアダムを値踏みし――そして背を向けた。

もう、慣れた。

ニアバイのような小さな保養地では、アダムが何者で何のために来たのかも知れ渡っているだろう。それどころか、隣人たちと酒を飲んで笑っている男たちの誰かが林道で見つかった身元不明死体《ジョン・ドウ》の殺害犯かもしれない。フリンジジャケット姿でウェイトレスにコナをかけている銀髪の男は？　五十代にもなってフリンジジャケットを着ているなんて、それだけで逮捕ものだろう。

この仕事の厄介なところだ。バーに入った瞬間から、ここにいる誰が子供の養育費を払っていないのか、妻に暴力をふるっているのか、裏道に死体を捨てたんじゃないかと考えずにはいられない。自分が取り締まるべき人々の中で暮らすのは、楽だろうか、苦しいだろうか？

アダムの目がハスケル保安官助手に留まって、食堂へ続く小さな段につまずきかかった。

「足元に気をつけて！」

緑の髪の接客係が今さら肩ごしに言ってよこす。

ハスケルはスコッチウイスキーのようなものを飲みながら、仲間たちの親しげなからかいを受けていた。「無罪！　無罪だよ！」と抗って、笑いながら首を振っている。その視線がふとアダムのほうへ流れ、二度見まではしなかったものの、ほんの一瞬――妙に長く感じられた一瞬――二人の目が合った。

アダムの鼓動が不意に速まり、顔に血が上るのがわかった。

さっき、もしかしたら……なんて思いがなかったとはとても言えない。予想外のことだったが。近頃アダムはすっかりツキに見放されていたし。それにこんな小さな町――町というにも小さすぎるリゾート集落――ではいくつも障壁があるだろうとも思っていた。妻と子供の存在とか、そういう。

勘違いかもしれなかったし。というか、きっとただの勘違いだ。サインを読み取るのは得意じゃない。普通の人間よりサイコの気持ちを読むほうが上手だな、とタッカーには言われたものだ。

今一番思い出したくない男、タッカー。

「ここでいいですか?」と接客係が、ノーマン・ロックウェルの釣りの絵が数枚かかったコーナーの小さいテーブル席で立ち止まった。

「いいね」

ハスケルの姿が格子縞とデニムの波にさえぎられて見えないから、本当はあまり良くない。

空席はここだけだったので、仕方なくアダムは座ると、よれよれのメニューを取り上げてケチャップのしみだらけのページをとりとめなく眺めた。

「飲み物は何を?」と接客係が聞いた。

「ジン・アンド・トニック」

「wellのジンでいい?」

まだ気が散っているアダムは「もちろん」と自動的に返してから、彼女が去ると自分に舌打ちした。安物のジンは嫌いなのだ。なんだろうと安物は嫌いだ。

さらにメニューをしげしげ眺めた。のたくるような字に焦点が合ってきて、何があるのか読み取っていく。ビーフが多い。トライチップの燻製《くんせい》からミートローフまでのあたりに、何か食べたいものがありそうだ。検死の後はいつも食欲がない。これだけ経験を積んでさえ。まあ今日見た二十年前の遺骸に解剖するほどのところが残っていたわけではないが。それでも、だからといって楽なわけではない。

向かいの椅子が引かれ、松の木材同士が擦れあった。ハスケル――しっかりと引き締まった体で広い肩の――が腰を下ろした。

「やあ」

アダムの心臓がはねた。

「どうも」と返す。

「座ってもいいかな?」

聞くには遅いと思うが、アダムも文句を言いたいわけではない。

「かまわないよ」

ハスケルが右手をさし出した。「ロブだ」もう制服からは着替え、ジーンズと赤いタータンのシャツ姿だった。髪が黒くて豊かで、古臭い髪型のくせに額に子供っぽく前髪が落ちていた。アダムはまたいい香りのアフターシェーブを嗅ぎ取る。セコイヤとシトラスのミックス。控えめで、男らしい。ハスケル本人のように。

「アダムだ」

握手を交わした。ハスケル——ロブの手の力強く、それでいて気安い感触をアダムは気に入った。FBIに気迫負けしないところを見せようとこっちの指を握り潰しにかかる連中にはもう飽き飽きだ。

「トライチップがオススメだよ」とロブがメニューへうなずいた。

「チキンアルフレッドにしようかと」

「ここのはどれもいけるよ」

ロブがグラスの酒を飲み干した。茶色の目がアダムの視線と合い、ニコッとする。ハンサムな男で、自分でもそれを知っている。かまわない。自信や自負は好きだ。アダムのほうだって自意識は負けずに高い。すべてに、ではないが。

ロブが切り出した。

「一体いつからF——」

そこにさっきの接客係が、案内だけでなく給仕もするらしく、アダムのジン・アンド・トニックを持ってやってきた。

「どうも、ロビー」とえくぼを作って言う。

「やあ、アズール」

ロブとアズールは少しの間おしゃべりしていたが、アズールはやっとアダムの注文がまだなのを思い出した。チキンアルフレッドの注文に「いいわね」とうなずく。つけ睫毛をロブにパチパチとはためかせてから、引き上げていった。

アダムはグラスに口をつけた。

「じゃあ、あんたはロードサイド切裂き魔《リッパー》の捜査班に？」とロブが聞いた。

アズールにすっかりペースを狂わされたようだ、あまり気の利いた話の糸口ではない。ロブがもうその答えを知っているのは、二人ともわかっている。ロブがカミングアウトしていないだろうというアダムの見立ては当たっていたのかもしれない。このニアバイのような片田舎ではありがちだ。

とにかく、アダムはそんな話題を続けたいわけではなかった。理由はいろいろあるが、そもそも……夕食中なのだ。彼は問い返した。

「きみはいつから保安官所に？」

「保安官事務所？　十二年になる」

アダムはうなずいた。ロブは三十代半ばほどに見える。アダムと同年代だ。一番仕事に脂が乗る頃。その能力はここでは持ち腐れかもしれないが。

「ここの生まれ育ち？」

「いいや。出身はポートランドさ、仕事のためにこっちに越してきた。あと景色のために」

アダムは微笑した。

「アマチュアの写真家なんだ」とロブがつけ加える。

「ほう」

「あんたは？　シリアルキラーを追っかけてない時には何をしてるんだ？」

「ジョギング」

ロブが笑い声を立て、アダムも合わせて笑ったが、冗談で言ったわけではない。趣味は何もなかった。ジョギングをして、ジムに通った。それが一番趣味に近い。子供の頃はヴィンテージの飛行機模型を集めていた。一時期はセーリングにも熱中した。

だが、やはり、過去を振り返ったところで何も生まない。

会話が途絶えた。ロブは空のグラスを掲げ、騒がしい店の向こうで気付いたウェイトレスがうなずいた。ロブはアダムを指す。ウェイトレスがまたうなずいた。ロブはアダムに顔を戻し、小さくニヤッとした。

アダムは当たりさわりのない話題を探して頭の中を引っかき回す。この段階が本当に苦手だ。

ほかの部分、もっと先の段階なら――そこまで行きつけたなら――お手のものだった。趣味として数えられるほどの腕前ではないにせよ、充分楽しめる。

やっと、何とか口を開いた。

「どうやら、きみらは未解決事件《コールドケース》の担当になったようだな」

「ああ、まあ……」とロブが肩をすくめる。

その返事にアダムは驚いた。

「違うのか？」

「二十年前の事件で、ＩＤもなし？」とロブは苦い笑いを浮かべる。

「保安官事務所は捜査を行わないつもりか？」

口調にこもる非難の響きは隠せなかったようで、ロブの笑みが薄れた。

「捜査するって、何をだ？　二十年前にあったひき逃げか？　まあとにかく、フランキー次第だね。つまり、マックレラン保安官」

なんだと。なんてことだ。ただ、アダムはやる気のない捜査機関への反発で今夜のチャンスを台無しにしたくはなかった。

「そうか」

「なあ」ロブが言った。「うちだってできることはやるさ、でもうちはＦＢＩじゃないんだ。ポートランド市警ですらない。ただの小さな、田舎の保安官事務所で、仕事のほとんどは悪ガキどもが火事を起こしたとか落書きしたとか、自分の庭でジリスを狙い撃ちするのが武器所有の権利だと言い張る馬鹿どもの相手さ。あんたたちに連絡したってことだけでも、こっちがこの手のことの扱いにまるで不慣れなのはバレてるだろ」

「この手のこととは、二十年前のひき逃げか？」

ロブの暗い目に笑いはなかった。

「わかったよ」と認める。「ひき逃げじゃなかったかもな。ひき逃げ犯が相手を埋めたって話は聞いたことないし。でもあんたたちの追ってる犯人でもない、だろ？」

「ああ。違う」アダムは答えた。死ぬようなひき逃げで骨が一本も折れないなんて話も聞いたことはない。

「パニックになると人間はおかしな行動に出るもんさ」

「たしかに」

今回の埋葬の浅さや地形を使って死体を隠したあたりには、パニックや焦りもにじむ。ただし、人里離れた場所選びには打算も感じられた。

「でもやっぱり、どうしてフランキーが今回のがあんたらの、あれだ、犯人《ホシ》じゃないかとピンと来たのかがよくわからないんだよな」

内心アダムは顔をしかめた。ロブは、もう一人のラング保安官助手ほどあからさまな敵意を見せはしないが、地元の捜査機関はＦＢＩに現場をうろつかれるのを嫌がるものだ。通常は捜査機関の幹部がＦＢＩを招喚するのだが、それでも。別にＦＢＩが脈絡なく殺人捜査に割り込んでくるわけではなくとも。

アダムは当たりさわりなく返した。

「最近はよくあることだ」

「それって、ハイウェイ周りが奴のいい死体の捨て場になってるってアレか」

「そう。それだ」

「なのにどうしてフランキーがこんな辺鄙《へんぴ》なところの死体があんたたちの捜査対象だと思ったのか……俺にはわからんね」

アダムは首を振った。どのみちロブはほとんど自問自答しているだけだ。

アダムたちは、見込み薄だと知りながらここへ来た。リッパーは犠牲者を慎重に選び、州間道５号線に近い都市や大きな街のゲイクラブやゲイバーで、常連やスタッフの若い男を主に狙う。とりわけ社会的弱者を。いなくなっても誰も気にしないような。たとえ行方不明だとわかっても、地元の捜査機関がその失踪を捜査しないような。

そしてリッパーは、長いことそれを続けている。終わりはまだ見えない。

アズールが、二人の酒とアダムの夕食を手に現れた。皿がすぐ運ばれてきた早さは、あまりいい兆《きざ》しではない。それでもアダムは食べはじめた。今度は隣のテーブルの男ときわどい会話を交わしたアズールは、彼のグラスを取って去っていった。

ロブが口調を変えて言った。

「あんたがここに来たことに文句を言う気はないけどね」

自分でよく心得た魅力をこめてアダムに微笑みかけ、アダムも笑い返した。話の流れを戻せてほっとしていた。今回の事件がアダムたちの担当だと判明していたら、今こうしてこんな会話はできやしなかった。同僚や仕事のメンバーとは関係を持たない主義なのだ。タッカーのことがあってからは。タッカーとあんな終わり方をしてからは。二度と御免だ。

だが今回の事件はＦＢＩと無関係だったし、ロブ・ハスケル保安官助手とも、今夜がすぎれば二度と会うまい。

アダムは微笑み返して答えた。

「ならよかった。僕もここにいられてよかったから」

ロブの笑みが大きくなった。


三杯の酒とありふれたチキンアルフレッドを一皿食べた後、アダムとロブは濡れそぼった草と高い木々の間を抜けてアダムのキャビンへ向かった。

ありがたいことに、ジョニーのキャビンの明かりは消えていた。まあどうなろうと、ジョニーがそう何か言ってくるわけでもないが。これもまたパートナーとして彼女を失いたくない理由。アダムは自分のプライバシーは大事にしたいたちだ。秘密主義、って言っていいと思うわ、とアダムの結婚式の連れが誰になるかという流れからそんな話題になった時、ジョニーは言ったものだった。

　アダムがごそごそと鍵を取り出すと、ロブが笑った。

「わざわざ鍵かけてるのか？」

「被害妄想《パラノイア》は、魂にいい」

「いや違うだろ」

「かもな」

　うなずいて、アダムはドアを開けると明かりのスイッチを手で探した。

　ロブが横をすり抜けて入り、数秒後、テーブルのランプの一つがパッと光った。「これでいい」と言う笑顔に、三角形のランプの光が不気味な影をつけた。

　初めてじゃない、という慣れた様子。このキャビンに来るのも初めてじゃない。結構、アダムはどうでもよかった。少々の好奇心はあったが。

「じゃあ、きみはカミングアウトしているということか？」

　そう聞くと、ベルトのバックルを外す途中でロブが笑った。ジーンズとパンツをぐいと下ろす。

「してるさ。今夜はね」

　たしかに、今夜は。

アダムも笑って、仕立てのスーツから腕を抜き、ショルダーホルスターを外した。ロブが銃を所持していないのが嫌でも目につく。

「銃は持たないのか？」

「勤務時間外だから」

ロブが自分のシャツをアダムのパソコンバッグの上に放り投げた。

またもアダムは、進行中の出来事に水を差すような一言を呑み込まねばならなかった。表情を殺したことが、かえって相手の捜査官にはあからさまだったか、ニヤッとしたロブに言われた。

「いいんだよ。だってあんたが俺を守ってくれるだろ？」

ロブの茶目っ気を、アダムは少し気に入りはじめていた。

「ああ、守るよ」

ロブ――今や完全に、あっけらかんと、見事なほどに素っ裸の彼は、近づいてきてアダムに両腕を回した。囁きかける。

「でもあんたのことは誰が守ってくれるんだろうな？」

アダムはロブの広い肩に腕を回し、挑発的に互いの股間をぶつけてやった。

ロブの肩はがっしりとして、腕も筋肉質だ。やはりたくましい太腿がアダムに押し付けられている。強靱でしなやかな肉体――熱い絹のような肌の下の引き締まった筋肉。アダムは両手を這わせ、感触を楽しみながら、探って……。

　ロブが呻いた。

「いいね。制服もいいけど制服じゃない男も最高」

　アダムはつい笑っていた。おもしろい男だ。こんな遊び心やノリの良さのあるセックスは、あまり縁がない。もちろん、快楽ならあったが。肉体が必要とする欲求の発散も。

　ロブのジョークにペースを乱される――キスしようとしてくる動きにも。

　温かな息に香るスコッチの残り香がいい。ロブのふっくらとした唇は固さと柔らかさとどちらもそなえていたが、しかしあまりに親密すぎる行為だ。誰かのことを思い出しそうになる。ロブのキスをかわすと、アダムはロブの耳の下や顎に頬ずりし、またさっきよりも強引に腰を押し上げた。押すというより突くように。何をするにせよもうそこに取り掛かりたい。

「何がしたい？」ロブの声は深く、ざらついていた。「言ってくれれば。何だっていいよ……」

　じつに寛大だ。珍しいくらいに。

「コンドームはあるか？」

「ん……あるよ。ちょっと待ってろ、今……」

「どこにも行きやしないが――」

　アダムの声が途切れた。屈んだロブに、よっこらせと肩に担ぎ上げられて息が絞り出され、喘ぐ。ロブが彼をベッドに放り出した。体の下でバキッという音が鳴って、空気が抜けるようにマットレスの中央が沈んだ。

ロブの表情があまりにも最高で、アダムは笑い出していた。

「聞かなかったことにしてくれ」とロブも笑って、ジーンズの中を手で探る。アダムと目が合うと、必死の形相でジーンズを左右に引き裂くマイムをしてみせ、アダムをまた笑わせる。

ベッドのアダムの隣にやってきたロブは、自分は歓迎されていると疑わず、楽しそうで、ちょっと得意げだった。道化者ではないが目的のためなら道化を演じることもいとわない。

「あんた、本当に緑の目をしてるんだな」ロブが囁いた。「この明かりでもその色がよくわかるよ」

「きみは本当にでかいモノを持ってるんだな」アダムはそう返して手をのばした。「この明かりでもそのでかさが――」

いい気分だった。まさに今彼が必要としているもの。まさしく求めていたもの。

アダムはコンドームをつけ、ロブはアダムの肩に毛の生えた足を乗せてアダムを受け入れる。焦茶の瞳がまっすぐにアダムを見つめていた。恭順ではない。ただ歓迎してくれているだけだ。ニアバイへようこそ、シリアルキラーを探しにやってきて美味しくないチキンアルフレッドのために滞在して……。

もう一日ここに滞在するなら、次にコンドームをつけるのはロブのほうで、マットレスに組み敷かれて喘ぐのはアダムになっていただろう。

アダムがあと一日滞在するなら、どのみちこういうことは起きないだろうが。

見下ろすとロブのペニスは巨大で、赤くそそり立ち、引き締まった腹に向けて物欲しげに頭をもたげていた。肌は意外なほど、不思議なくらいに白かった。普段からあまり陽を浴びていないような。オレゴンならそれもそうか。

「ほら、来いって」ロブが囁き声でせっついた。「奥までどうぞ、だ」

そんなようなことを。アダムはろくに聞いていなかった。セックスの最中に知的なことを申し述べる人間はいない。アダム自身も含めて。ここにあるのはただ肉体的な快楽、それも主にはアダムの。ロブのほうも気持ちがいいよう願ってはいたが。意識の片隅で、聞こえる限りそこは大丈夫そうだと感じた。

アダムは頭をぐいとそらせて腰を回した。ロブが押し返し、平然とアダムのリズムに応える。彼の中の濡れた熱はただ……。

「いい。最高だ――」

アダムは呟いた。短い突き上げを始め、腰を振り、激しく貫く。快楽の肉体労働。背骨の根元がうずき、陰嚢が張り詰めて――待て、あともう何秒かだけ、もっと……。

世界がそこだけに凝縮される。汗と体液まみれの深夜の疾走。猛スピードで闇を駆け抜け――。

……ああ。

濡れた、官能的な解放。目の前に星が散る。その火花を感じる。

アダムは叫んだ。そして夜のどこかからロブが叫び返した。

アダムの中の駆り立てるような切迫感、衝動が薄らいで、段々とスピードが徒歩くらいに、そしてよろめくくらいになり、ついに止まる。震え、息を切らせて。

ロブが背をそらし、また叫んだ――今回はそれがヨーデルに変わる。

ヨーデル？

「ヨーデル・アイ・エエー・オー！」

そう、ヨーデル。笑い声が続く。この男は長く山に住みすぎだ。

「……信じられねえ、すげえ良かった」

やっと、ロブがそう表明した。薄暗がりでさえ目が輝いて歯が白い。アダムより日照りが長かったのかもしれない。

体液まみれでベタついて、疲れ果て、アダムはロブの隣に倒れ伏した。「良かったよ」と言ってロブの肩をつかむ。ロブの肩だと思われるところを。膝かもしれない。瞼が重い。部屋はセックスと古いシーツとロブの匂いがした。あのじつにいい匂いのアフターシェーブ。アダムは目をとじた。


睫毛を上げると、かび臭いブランケットがかけられていて、キャビンの中は暖かかった。

うっかり眠ってしまった自分も驚きだったし、ロブがストーブに火を熾しているのに気がつかないほどぐっすり眠ったことにも驚いた。手首にそっとふれられて、もっと驚いた。顔を向ける。

ロブが隣でくつろいで、頭を垂れ、指先でアダムのブレスレットの銀鎖をたどっていた。睫毛が頬骨に濃い三日月を落としている。

「きれいだな」と頭を上げ、アダムと目を合わせた。

アダムは唇を上げる。

「とても……洒落てるな」

それは褒め言葉ではなさそうだった。アダムは答えない。ロブは彼を眺めた。ゆっくりと言う。

「じゃあ、連邦政府はこういうのはかまわないってことか？」

「こういう……？」さっきの会話を思い出すのに少しかかった。「ＦＢＩがゲイの局員を差別するかということなら、ああ、ノーだ」

ロブが眉を上げる。納得してない？　評価してない？

「Ｊ・エドガー・フーバーはもうＦＢＩの局長じゃない。ずいぶん昔に出ていった、そういうことだよ」

「ふうん？　まあ、表向きのポリシーと現実には差があるもんだろ」

それは正しい。異論の余地なく。下っ端が理想と現実の間で苦労しない仕事などきっとこの世には存在しない。

乱れたベッドからさっと、しなやかな動きでロブが立ち上がり、アダムはうっすらとした落胆を覚えた。ロブは部屋を動き回って服を拾い上げ、着ている。

アダムは口を開けて、言おうと……だが何を？　泊まっていけばいい？　たとえロブにそんなそぶりがあったとしてもいい考えではないだろう。そんなそぶり自体がないし。それにアダム自身、そんなことをたのみたいわけではない。

ただ時々……セックスの後、孤独を感じるだけだ。

とりわけ、今夜は。森に囲まれて、四方の壁の向こうに広がる闇、不自然な静けさがアダムに恐れさせる。追憶や物思いだけを道連れにひとりになる瞬間を。

「じゃあ、きみは公表《アウト》してないのか？」

アダムはロブが赤いタータンのシャツに腕を通すのを見つめた。

ロブはきょとんとして、顔を上げた。

「は？　まあ、俺は挿入《イン》はしてないね、ご承知のように」

「わかったよ」

結局のところ、アダムにはどうでもいいことだ。この仕事ではつい知りたがりになる。

ロブがじつにてきぱきとジーンズを履き、ベルトを締めた。

「俺は、私的なことを人に知られるのが嫌なんだよ。それだけだ。プライバシーは守っておきたいね」

「ああ。僕もだ」

ロブがウインクした。

「ほしいと思ったものがあれば、迷わず取りには行くけどな」

アダムは微笑んだ。よく理解できたし、今夜はとてもいい出会いだった。「そうしてくれてよかったよ」

「よかったのは俺のほうさ」ロブがニヤッとした。「いや、あんたも悦《よ》かったならいいんだけど。とにかくこっちは大満足」

意外な甘い言葉にアダムが反応するより早く、ドアを開けたロブがその向こうの漆黒の闇へ踏み出した。ほがらかに言う。

「おやすみ。南京虫には気をつけて」

ドアが静かに閉まった。

3

翌朝五時きっかり、ロブはアダムのキャビンのドアをノックした。アダムはひどく堅苦しくきっちりした──昨夜の一糸まとわぬ姿を見ていなければスーツのまま眠ったんじゃないかと疑いたくなるほど隙のない──格好でドアを開け、不機嫌に眉をひそめた。

「ぎりぎりだ、保安官補」

ロブは陽気に笑いかけた。「ああ、おはよう、ダーリン」

ダーリングの顔がさらに険しくなった。こんなくだらないジョークはもう一生分聞いてきたに違いない。それでも、だ。とはいえアダムの向こうへ目をやったロブは、グールド捜査官がキャビンの中に座ってインスタントコーヒーを飲みながら目を見張って二人を見ているのに気付いた。

「おっと失礼」ロブは言った。「空港までは四十五分もかかりません。火曜の朝でこの時間なら空港も空《す》いてる」

「いい朝ね、保安官補」グールドが挨拶した。コーヒーカップを下ろしてパソコンバッグを手にする。

「ええ、まったく。雨さえ降ってなきゃいつもいい朝ですよ」

アダムがトレンチコートをつかみ、ロブをじろりと睨んでから、同僚を追ってキャビンを出た。

まったく。悪気はなかったのだが。きっと早く来たとしてもアダムはこんな調子だったのだろう。じつに生真面目な男だ、ダーリング特別捜査官。前夜のような出来事はおそらく珍しいことだろうし、ロブにとっても珍しいことだった。その気がないからではなく、シーズンオフなので当たりが少ないのだ。アダムのほうは……まあ、五百ドルはかかっていそうな髪が乱れるようなことはきっと避けたいんだろう。

ロブは溜息をついて一行に加わった。

空港までは車で、言ったとおり四十五分もせずに到着した。ロブが無線の雑音に時おり邪魔されながら考えこむ間、捜査官たちは後部座席で低く話し合っていた。アダムとの間のすべてのつながりが切断されたのが残念だ——別に言いたいことがあるわけでもないが。近くに来ることがあったら連絡を、とか？　ないだろう。二人がロブを運転手のように扱いたいなら好きにするがいいさ。

空港の駐車場に着くと、グールド捜査官は「ありがとう」と「さよなら」を言って大変愛らしい笑みを投げ、パートナーを待たずにきびきびとターミナルへの道を横切っていった。頭が切れて気も利く。こういう女性はいい。

「安全な旅を」とロブはアダムに言った。

時間の余裕を持って着いた今、アダムは落ちついていた。彼はくたびれて見え、緑の目の下には隈《くま》があったが、それでもロブに笑顔を向けた。魅力的な、ひずんだ笑みをしていて――尖った犬歯は目立つが――ロブとしては昨夜が一度きりのことなのがまた惜しくなっていた。

クラマスに時々会っている相手はいる。特別な相手は誰もいない。そしてアダムはどこか……特別に思えた。少なくとも、ロブの知る誰とも違っていた。

「ああ、ありがとう」アダムが答えた。「協力に感謝する。昨夜のことも」

その顔には色がのぼっていて、ロブはそれを愛らしいと思う。

「いや、礼を言うのはこっちのほうさ」とロブは応じた。その一言は、残念ながら不本意なくらいあけすけに響いた。

アダムは笑っただけだった。「グッドラック」と言って背を向ける。

ロブがその最後の言葉を噛みしめている間に、アダムは大股に道を渡ってガラスドアの内側へ消えた。

あの未解決事件の捜査への励ましかもしれないし、半径五十キロ以内で唯一のゲイの男として励ましてくれたのかもしれない。

どっちにせよ、たしかに今はあらゆる幸運が必要な気がした。

「何とでも言うがいい」午後三時にやっと保安官事務所に戻ってきたロブに、保安官のフランキーが自分のオフィスから言った。「小さな町のいいところは、まさにこいつさ」

「ニアバイは町と名乗るには小さすぎますけどね」とロブは返した。

ただの八つ当たりの反論だったし、不機嫌の理由などない。気落ちする理由もないが、そんな気分だった。ダーリングとグールドを空港で降ろしてから、もうずっと。最後に受けた通報——ジャック・エルキンスのピックアップトラックをまた泥から引っ張り出す——も気分を良くしてはくれない。そんな仕事に飽きているわけじゃない。ポートランドでジャンキーや売春婦を追いかけ回す派手で刺激的な仕事を捨てて静かで平和な田舎に来たことは、後悔してない。ただ、なんだかどうも落ちつかなかった。

今週末には、クラマス・フォールズにいるお友達を訪ねるとするか。

フランキーの機嫌のよさは揺るがなかった。

「時々は小さな町で働くほうがうまくいく。大都会じゃこうはいかないさ」

彼女は書類ばさみをひらひら振っていて、ロブは歩いていくとオフィスのドア枠に寄りかかった。腕を組む。

「それ何なんですか？」

フランキーは満面の、らしくもなく陽気な笑みだった。

「歯科診療記録さ。あの林道の死体と一致したよ」

「もう？　冗談でしょう」

「いいや」

「さすがだ」ロブはほめた。「てことは地元の人だったんですか？」

「ああ、そうなんだよ。ダヴ・コールターだ」

その名が何かの意味を持つように、フランキーはロブを見つめた。

ロブは肩ごしに後ろを見た。所内は無人だったが。ジークからは今朝病欠の連絡があり、それでロブが運転手役をやったのだった。そしてアギーは忌引休暇で、ラスベガスで父親の葬儀に出ている。ロブはフランキーへ向き直った。

「誰ですって？」

「ダヴ・コールター。両親が湖畔のキャンプ場を所有していた。マリオンは、ロジャーが死んだ後でそのキャンプ場をシド・ロディに売ったけどね」

ロブは首を振った。彼が来るよりずっと昔の話だ。

「ダヴはほら……あれだ、そういう」とフランキーが言った。

「頭がまともじゃない？」とロブはあてずっぽうを言う。

「ゲイだった」

それでさっきの目つきの含みがわかった。あんたのお仲間だよ、か。

「人によっては同じ意味だ」とロブは軽く言った。

フランキーが深い、喫煙者独特の笑い声を立てた。

「あの頃は、確かにね。だから、ダヴが村を出てっても誰も驚かなかった」

「行方知れずだったたってことですよね？」

「そうじゃないんだ。変なところなんか何もなかった。ダヴは置き手紙をしてったんだ。よく覚えてる。両親に向けた手紙で、こんなド田舎には二度と帰らないって書いてた。〝ド田舎〟って言葉に我々田舎者たちがみんなムッとしたからよーく覚えてるんだよ」

「じゃあ彼は家出人ですか」

「いいや。あの時、二十代前半だったはずだ。私が二十二歳くらいだったし、一緒に学校に通ったし。だからダヴは法的に大人だった。幸せじゃなかったし、ここになじめていなかった。出ていった時も誰も驚かなかったよ。むしろあれだけ長く持ったのがびっくりだ」

「あまり遠くまでは行けなかったようですが」

「ああ、そうだね」フランキーは陰気な顔をしていた。

「コールターの死因について新しい証拠は？」

フランキーが首を振る。

「骨はクラマス・フォールズへ運ばれ、そこでドクが正式な検死を行う。法人類学者も加わるそうだ」

ロブは唸った。遅くてもやらないよりマシだ。口を開いた。

「じゃ、うちの担当の未解決事件《コールドケース》になるんですか」

「そのようだ」フランキーが書類ばさみをデスクに放り出し、ロブはそれを取ろうと手をのばした。「博物館への押し入りはどうだった?」

「未遂ですよ」ロブはファイルを開いた。予備検死の報告書と歯科のカルテのコピーだけだ。

カルテの日付を見てロブは目つきを険しくした。

「待って下さい、これは三十年前のものだ」

「だね」

「ドクが間違ってたってことですか? 彼は三十年前に失踪してる?」

「お前の計算は合ってるよ。ほら、博物館への押し入りはどうだったんだ?」

「ろくな心得もない奴が裏口の鍵をピッキングしようとしたんですよ。うまくいかなくてドアを蹴り破ろうとした。ミセス・ジョセフがそれで起きて、相手を追い払った」

「起きた時すぐに通報してくれればよかったんだ。七時間も経って呼ばれても、こっちに何ができると思ってるのやら」

「相手が戻ってこないのはわかってたし、どうせ陽が昇るまで何も見えないんだから誰も起こしたくなかったって言ってましたよ」

「気遣いがありすぎるのも考えものだな」とフランキーが言った。

「まったくです」

ロブとしては夜中にミセス・ジョセフの通報で呼び出されずにすんでありがたかった。色々な理由から。それに実際、日が昇るまでできることもあまりない。どこかのガキか、ガキどもか、押し入ろうとした奴はロブやジークが駆けつける頃にはとうに姿をくらませている。

とにかく博物館は厳密には国有地にあるので、事件は保安官事務所と同様にパークレンジャーの管轄でもあるのだった。近頃のパークレンジャーに人手を割く余裕があるわけではないが。なつかしの、政府の予算削減があってからは。

フランキーが眉を寄せ、考えこんでいた。

ロブは言った。

「あそこには警報装置を付けたほうがいい」

「あの博物館のどの収蔵品より警報装置のほうが高くつくだろうよ」そのフランキーの言葉は、きっと正しい。「指紋採取は？」

「やってはみましたが。昨夜ほぼずっと強い雨が降っていたこともありますし、あのドアには大勢がさわってる。使えそうな指紋は採れなかった。割られた窓の外にあった足跡の靴形は採りました。27・5センチのハイキングブーツ、特筆すべき特徴はなし」

フランキーはまだ眉間に皺を寄せていた。

「なんです?」とロブは聞く。

フランキーがゆっくりと言った。

「わかるだろ、ロビー。いつか、お前がこのニアバイの保安官になるんだ」

「はあ?　俺が?」

そんなことを言われると、一気に身がまえる。

「ほかに誰が?　ジークか、アギーか?」とフランキーが首を振る。

「別に誰かに継がせなくてもいいでしょう。自治会が外部から誰か雇ったっていいんだし」

ロブはコールターについてのファイルを、散らかったデスクの上に投げ戻した。

「そうだな、お前が手を挙げなきゃきっとそうなるな」

「手を上げる?」ロブは言い返した。「手ぐらい毎日上げてますがね」

フランキーの眉間の皺が深くなった。

「何もかもジョークですませられるわけじゃないぞ」

「ジョークだなんて思ってない」ロブは苛立ちはじめていた。「侵入未遂に笑えるところなんかない。盗みに入る気だったのかただ荒らすつもりだったのかは知らないが、俺はおもしろがってなんかいませんよ。指紋採取も試みた。靴型は採った」

フランキーが違うと手を振った。

「そんな話をしてるんじゃないよ」

「なら何なんです？」

答える価値もないように、フランキーは首を振って言った。

「マリオン・コールターは今はクラマス・フォールズに住んでいる。息子のことを知らせてやらないとな」

ロブは「了解」と言い捨てた。使者の役目ほど嫌いなものはない。そんな知らせを、愛する者に伝えなければならないとは。

それでもいい面もある。クラマス・フォールズにいる間、友人と会う段取りがつけられるかもしれない。ディナーでも一緒に。それか、ディナーなんてすっとばして本番か。

「お前にこの捜査の指揮をとってほしい」

「了解です」

どうせそれしかないだろう？　フランキーは何を考えているのか。

「それから、拗《す》ねるな」

それこそ余計なお世話だ。ロブは口を開きかけ、フランキーのつぶらな目のきらめきを見て、気を変えて言った。

「んじゃどうでしょう、フランキー。あなたは被害者を知っていると言った。なら、まずあなたの聴取から始めるべきかも」

フランキーが首をのけぞらせて、深い、気圧されるような笑い声を立てた。

「そうかもしれないな。あまり教えてやれそうなことはないけど。ダヴとは友達じゃなかった。あまり友達はいなかったはずだよ。ほら、孤立するたちだったからさ。出ていってもみんな驚きもしなかった」

「敵はどうです？　彼はゲイだって知られてたそうですね。三十年前だとそれを良く思わない人間もいたんじゃないですか」

　フランキーが考えこんだ。

「学校でいじめられてた覚えはないね。まあ、彼だけ特別にってほどは。大体の人間が彼に近づかなかった。変わり者だったよ。つまり、ゲイだってことだけじゃなく、ね」

　なんとも都合のいい物の見方だ。ロブは聞いた。

「じゃあ友達もなし、敵もなし？　幽霊みたいな存在だったんですか？」

　フランキーは肩をすくめた。「そう言っていいかもね」

「学校に一緒に通ったと言ってましたね。その頃のニアバイには学校があったんですか？」

「はっ！　赤屋根の一部屋だけの小さな学校か？　そういう想像をしてるんだろ。いや。あの頃も子供たちはクラマス・フォールズまでバスで通ってたのさ、今みたいに。私たちはヘイニー小学校、それからヘイニー中学校、そしてヘイニー高校に通ったよ」

　少しほっとする。それならそこに手がかりがあるかもしれない。せめて被害者の性格がわかるヒントが。ダヴ・コールターとは何者か？　歯科のカルテとあやふやな思い出以上のなにかがほしい。

「わかりました、母親に連絡して、話を聞く手配をします」

「よろしい」

フランキーが言った。


「あなたの言うことは、もうとうにわかってたことだけ」とマリオン・コールターが言った。「ダヴが死んだのはわかってた。もう何年も前から、うちの子は死んだって知ってたわ」

彼女は小さく、生気にとぼしい女性で、色あせた髪と色あせた目をしていた。乾いた目だ。涙ひとつこぼしていない。声は疲れきり、小さかった。彼女が話すたびにロブは聞き取ろうとつい身をのり出していた。

母親のマリオン・コールターを見つけ出すのはそう難しくなかった。だがいざ彼女にドアを開けさせるとなると……一筋縄ではいかなかった。二度、ドアをノックしに来て、それから留守電に伝言を残してみた。しまいにロブは、彼女の住む部屋の前に車で張り込み、姿を見せるまで待った。

そしていざ彼女がショッピングカートをのろのろと押して現れた時、あまりに想像と違っていたので、見逃すところだった。もっと年上で、もっと裕福な姿を思い描いていたのだ。つまるところ彼女の息子のダヴとフランキーは同級生だったのだし、それに彼女は湖畔の三十四戸のキャビンを売ってひと財産手に入れた。だが、彼女はフランキーよりさして年上には見えず、買い物袋の中身からして大して裕福にも見えなかった。冷凍食品のパスタが十個あまり、フルーツポンチの二ガロンのジャグ。

「どうしてですか？」ロブは聞き返した。「どうしてダヴが死んだと？」

彼女はあいまいに肩を揺らす。「あの子から一度も電話が来なかった。手紙も来なかった」

ロブが身分を述べた時、彼女はロブを部屋に上げようかどうか悩んだように見えた。ついにドアが開くと、ロブは溜め込み屋の理想郷に足を踏み入れていた。新聞がところ狭しと積み上げられている。壁に立て掛けられた新聞は、天井まで危なっかしい塔を作っている。もっと低い塔が大量に立ち並び、リビングまでの道を紙の迷路に変えていた。

時事に通じるとか、もうそういうレベルじゃないだろう。

「息子さんとは仲が良かったんですか？」

「いいえ。でも大人になったら、いつかは連絡が来たと思うんです。あの子が生きてさえいれば……」

彼女は花柄の室内着《ハウスドレス》を着ていた。今時、こんなものは誰も着ない。少なくとも彼女の年齢なら。いくら何でも時代遅れすぎる格好だった。

ロブは時計を見る――新聞の塔の上から半分だけのぞいた時計を。あと二十分で友人との約束の時間だ。

「ダヴに害意を持つような人間に心当たりはありますか？」

「いいえ」

「息子さんが家を出た正確な日付はわかりますか？」

「十一月」

十一月というのは正確な日付か？

彼女は、どこかロブを苛立たせた。彼女のすべてに神経を逆撫でされる。煮え切らない態度、山積みの新聞、息子が死んだと思い込んでいた事実——そしてそれに加えて何もしなかったという事実。何ひとつ。そのすべてに苛々する。そしてロブは、自分が苛立っているという事実も気に入らなかった。同情する気にはなれないにしても、プロとして客観的な距離を取れ。

とにかく、もうとっとと帰りたい。

「息子さんがあなたと夫に残した手紙は、まだお持ちですか？」

マリオンは新聞がずらりと並んだ部屋を見回した。新聞の束の下から手紙が顔をのぞかせるのを期待するように。

「手紙は残していました」とうなずく。「どこかにあるはず」

「息子さんの写真はありますか？」

またもやさまよう視線。「どこかに……」

ロブは溜息をついた。マリオン・コールターはわざと捜査の邪魔をしているわけではなさそうだが、似たようなものだ。

身の入らない仕事ぶりだと自分でもわかっていた。もしダーリング特別捜査官がここでこの聴取を見ていたなら、あの見下すような表情を浮かべていたことだろう。だがダーリング特別捜査官はここにいないし、さっさと切り上げないとロブは友人との約束に遅れる。〝捜査だから〟という言い訳に、友人は今度はいい顔をするまい。どうせマリオン相手に捜査の進展が望めるわけでもない。あるいはロブがもっと粘れば、何か出るか。

息子さんのことを聞かせてください。ダヴはどんな性格でした？　そういう質問をするべきなのだ。三十年前のコールドケースでなければ、ロブも聞いただろう。とは言っても、ここにいるのは息子の写真すら手元にない母親だ。その息子はふっと地上から姿を消し、誰もそれを疑問に思わなかった。ましてや誰も彼を探そうとしなかった。

ロブは哀しかった。ダヴ・コールターを気の毒に思う。あの若者にとって人生は優しくなかった。死もまたしかり。

できることには限りがある。しかも今回ははじめから八方塞がり。

「息子さんの友人の名を、リストにしてもらえませんか？」

「えっ。私……」

彼女は力なく言葉を途切らせた。

ロブは歯を食いしばってたたみかける。

「どうせなら、息子さんと少しでも親しかった人間を覚えている限りリストにしてください」

「親しかった？」

マリオンは警戒した様子だった。

「そうです。友達。あるいはどんな相手でも。それか、友達じゃない相手。彼が苦手だった誰か。揉めた相手はいませんでしたか？　かなり昔のことなのはわかっていますが、とにかく思い出せる限り。友人でも、敵でも。そのリストを作ってもらって、息子さんの写真を数枚探してもらって――それと息子さんが残していった手紙を……」

「どうして？」彼女が口をはさんだ。困っているような顔をしていた。

「どうして？　そりゃ、息子さんの死を捜査するからです」

「でも……もう遅すぎるでしょう」

「どういう意味かよくわかりませんが。まあコールドケースなのは確かです」

「あの子は死んだの」マリオンが言った。「何をするにももう遅すぎる。今さら蒸し返して何になるの？」

ロブは正直、どう答えていいのかわからなかった。あなたの死んだ息子のために正義がなされるべきだ、とか？　これでどうだろう。仕事だから？　崇高さには欠けるが、真実だ。殺人者を野放しにしておくのは我々全員にとって危険だから――これも真実だ。

ロブは立ち上がった。

「もしよければ、それらにご協力いただけますか?」

彼女はぼんやりしたままロブを見上げてまばたきしていた。きっとリストも作らないだろうし、写真も探さないだろうし、手紙を見つけようともしないだろう。きっと二、三日のうちにロブが来たことさえ忘れ去る。

「お悔やみ申し上げます」とロブは言った。


彼の予想どおり、マリオン・コールターはたのまれた情報も写真や手紙も提供しなかった。ロブはその後も数度電話をかけてみたのだが、マリオンは電話にも出ず、留守電のメッセージにも反応しなかった。

ロブは諦めなかった。すぐには。ダヴ・コールターの検死報告書が届いた。胸郭にほとんど見えないような、ナイフで付けられたのかどうかも判別できない小さな傷がいくつかあった以外、死因についての手がかりはなかった。

自然死であった可能性もわずかながら残る。注目されたくない親切な誰かが彼の死体を見つけ、埋葬した可能性も。

あるか?

コールターの学校の記録のコピーもすべて入手した。役に立つものはなし。被害者の成績は中くらい――そして、彼が一学期につき二十日あまりも休んでいたことを思えば、それは偉業と言えた。担任の教師たちの記憶に彼がほとんど残っていないのも無理はない。きっと目の前に並べて面通しをしても、どれがコールターか見分けすらつくまい。

ロブは人々に話を聞いて回り、ダヴ・コールターについて聞き出そうとした。フランキー以外誰も彼のことをはっきり覚えていないようだった。そしてそのフランキーも、コールターが周囲になじめず不幸だったという以上のことはあまり覚えていない。

「彼の父親はどうです？」

ロブはそう聞いた。悲しいことに子供に何か起きた時、両親というのは一番最初の、わかりやすい容疑者なのだ。

「そうは思えないねえ」とフランキーが答えた。「時々は息子をひっぱたくことくらいあっただろうけど。虐待はされてなかったよ。あの頃の基準で言えばね。どっちかって言うと、育児《ネグ》放棄《レクト》のほうが近いんじゃないか」

「友人は？　友人ぐらいいたでしょう」

「いたかどうかわからないね」とフランキーが言う。

ロブがどっちに向かっても、どこも袋小路だった。それでも進み続けることはできただろう。だがその頃にはホリデーシーズンになっており、初雪が降り、そして観光客が戻ってきた。誰もが忙しかった。フランキーですら、ダヴ・コールターの話題に興味を失った。

〝捜査終了〟という言葉は誰ひとり使わなかった。だがロブが薄っぺらいファイルをキャビネットの一番下の引き出しにしまっても、誰も一言も言わなかった。そのファイルをまた取り出すこともなかった。

十一月、十二月、一月。

そして、シンシア・ジョセフが殺された。

4

「納得いかねえな」とラッセルが言った。「どうして俺たちが？」

背が高く、肌が褐色で男前のラッセルは、現代的なＦＢＩ像の広告塔になれてもおかしくなかっただろう。頭も切れる。魅力的にもなれる。ただその才能を、アダムに対して無駄遣いしようとはしなかったが。

「国有地での殺人だからだ」

アダムはそう答えた。意識のほとんどは目の前の道路に向けられている。雪が降りはじめていた。本降りではないがくっつきやすい雪で、こんな中での運転には慣れていない。生まれも育ちもカリフォルニアのアダムは、スキーよりセーリングが好きだ。冬用のタイヤでないこともよく自覚していたし、どんな訓練も路上で行き合った相手が無分別だったら役になど立たないのだ。

とはいっても道にあまり多くの車は見なかったが。それ自体ひとつの警告か。

二人はこの午後にメドフォードに着き、車を借りて、保養地のニアバイへ向かっている。国有林の端にある小さな博物館の学芸員が喉をかき切られ、ネイティブアメリカン関連の展示の上に置かれた死体が発見されたのだ。マックレラン保安官はＦＢＩに――特にアダム個人に――捜査協力を要請した。

ラッセルがどちらに腹を立てているのかはよくわからない。ＦＢＩが呼ばれたことか、アダムが特に指名されたことか。

「どうしてあんたが？　どうしてご指名？」とラッセルがまた言った。

「知らないね。行けばわかるだろう」

だがアダムは、呼ばれたのがありがたかった。感謝していた。主任がためらわずにロードサイド切裂き魔《リッパー》の捜査班からアダムをさし出したことにはがっかりしたが、死体安置所《モルグ》めぐりから離れられるのは正直ほっとする。いつの日かありえるリッパーの裁判に向けて、犠牲者のデータベースをコツコツ作る仕事が無駄だと思っていたわけではない。見習い格の捜査官にまかされる仕事なんて、それくらいだろう。ジョニーのパートナーだった時は何とか耐えられた。

アダムとＪ・Ｊラッセルは握手を交わした瞬間からそりが合わなかった。ラッセルはアダム以上に死体安置所《モルグ》巡回業務を忌《い》み嫌っていて、しかもラッセルは本当にほぼ見習いでまだ経験が浅い。自分の経験の浅さを自覚できないほど青い捜査官。

もしかしたらラッセルが神経にさわる一番の理由は、あまりにアダム自身を思い起こさせるからかもしれない。少なくとも、かつてのアダムを。

「分所なら殺人事件を担当するには力不足だし、州警察に引き継ぐべきだろ。それか郡内のでかい保安官事務所にさ」とラッセルが言った。

じつに正論だ。

「ＦＢＩを呼びつけていい筋合いなんかねえだろ」

「国有地での殺人だ」とアダムはくり返した。

「俺たちはロサンゼルス支局だぞ。こいつは、どうしてもって言うなら、ポートランド支局の担当だろ」

「向こうが我々を呼んだんだ。協力を要請した。ポートランドも了承済みだ」

「ポートランド支局がこれに人手も時間も無駄遣いしたくなかったからだろ」

そのラッセルの指摘も、たぶん正しい。アダムは当たりさわりなく返した。

「結論に飛びつくのはまだ先でいいだろう」

ラッセルの沈黙は石のようだった。

空港からのドライブはそんな調子だった。一時間ほどかかった。そしてニアバイに着いてから、図書館と、期待をこめて〈観光センター〉と名付けられた建物の間にはさまれた保安官事務所を見つけ出すまで二分。

アダムはこの数ヵ月であまりにも多くの地方の警察署や保安官事務所を回っていたので、ドアを開ける前から中の様子を言い当てられた。いつも同じ景色だ――自分だけに電話番を押し付けられて不満な女性の保安官助手から、遠い都会の犯罪や惨劇が貼り出された掲示板まで。注意を怠るべからず……他人の家の内情に。なにしろこんな小さな町ではひどいことは何ひとつ起きなかったのだから。

それが現実になるまでは。

今回の保安官助手は背が高くボーイッシュな痩せ型で、黒髪をきついポニーテールに結んでおり、その髪はストリートファイトでは邪魔になるだろう。きっと彼女のキャリアのほとんどは電話番と書類整理に費やされるだろうから、髪型の心配は不要か。

彼女の目が、アダムとラッセルの姿に見開かれた。

「フランキー！」とラッセルが示した身分証に目もくれずに叫ぶ。

「何だ？」

長い板張りの壁の先のオフィスから、マックレラン保安官が叫び返した。

「来ましたよ！」

ラッセルが身分証をしまった。マックレラン保安官がオフィスからとび出してきて二人を出迎える。アダムの記憶にあるよりさらに小柄でずんぐりして赤ら顔だった。

「急な話なのにすぐ来てくれてありがとう、ダーリング捜査官」

いつでも急な話なのだ。殺人や誘拐や銀行強盗が起きると思ってスケジュールを組む者はいない。アダムは握手を交わして言った。

「当然です、保安官。こちらはラッセル捜査官」

マックレランはラッセルに挨拶がわりにさっとうなずいた。疲れ切って見える。四十八時間ぶっ続けで起きているような。実際そうなのかもしれない。目の下に隈《くま》ができ、口元に皺《しわ》が刻まれていた。受付の保安官助手を指す。

「彼女はアギー、いやホーキンス保安官助手だ。残りは知ってるね。ジークは博物館近隣の住人の聞き込みに出ている。残念ながらこの時期は無人の別荘がたくさんあるんだが。ロブと私で、現場写真を見ていたところだ」

ロブ・ハスケル保安官助手の名を聞いた自分の脈のはね上がり方が、アダムは気に入らなかった。今はそんな場合じゃないだろう。前回の出会いでは楽しませてもらったが、一度きりのことだ。そうであるべきだ。

「コーヒーは勝手に飲んで」マックレランが二人を自分のオフィスへと案内した。「今のところマスコミは静かだ。そのままでいてほしいものさ」

「いつまでもじゃない」ラッセルが言った。「どこかのブロガーがそのうち記事にする。ツイッターに流す」

ロブは保安官のデスク脇に座っていた。肘のそばに食べかけのサンドイッチがのった紙皿とコーヒーカップがある。おぞましい犯罪現場の写真の列に目を通していた。チラッと目を上げ、アダムと視線が合うと小さくうなずき、写真の分析に戻る。

ほっとした。心配はいらないようだ。ロブもまた、アダムと同様にこれを純粋な仕事として割り切るつもりだ。

なのにどうして心がかすかにチクリと痛むのか、アダムにはよくわからなかった。

不思議なことだ。ロブがこんなに端整な顔をしていた覚えがない。だがハンサムだった。強く角ばった顎から、表情豊かな焦茶の目まで、どんな基準で言っても相当に魅力的だ。

「ロブ、お前はダーリング捜査官は知ってるな。こちらはラッセル捜査官」

「どうも、ラッセル捜査官」ロブがまたアダムのほうへ顔を上げた。口元がほんのかすかに揺れ、続ける。「ダーリング捜査官も」

「犯罪現場の初期対応はどこが？」とアダムは聞いた。「州警察ですか？」

「そのとおり」とマックレラン保安官。

ラッセルが聞いた。

「保安官、分所が殺人捜査をしようとしてるのはどうしてです？　なんで捜査を引き継がないんです、メドフォードとか――」

「それはメドフォードがジャクソン郡だからだ」ロブが応じた。顔にも声にも気のいいユーモアはかけらもない。「あんたがいるここはクラマス郡だ。それに俺たちは分所じゃない。ニアバイは立派な自治体だ。設立を認可され、州議会によって承認されてる。フランキーはこのコミュニティで正式に選出された保安官だ」

ラッセルは真っ赤になり、アダムの目を見てから、そっぽを向いた。

アダムは言った。

「助言でも助力でも必要なだけ、保安官。何でも言ってください。これはあなたの捜査だ」

「そりゃよかった」ロブが答えた。「マスコミに書き立てられるにはＦＢＩを呼ぶのが一番だからな」

「ロビー」と保安官が注意した。

ロブは肩をすくめた。

「そっちが呼んだのだろう？」とアダムは返す。

「俺は呼んでない」とロブ。「俺だったら――」

「ああ、私がダーリング捜査官を呼んだ」マックレラン保安官が割り込んだ。「正式に選出されていようがどうだろうが、我々の手には負えない。それに州警察やクラマス警察に引き継ぐのだけはごめんだ」

「なら縄張り争いで吠え合うのはやめて捜査を始めよう」とアダムは言った。

ロブがぶっきらぼうに「そうするさ」と言った。デスクの向こうから写真を押しやる。強く、器用そうな手。爪は短く切り添えられ、甘皮は少しささくれていた。突然に、この手に背中を撫でられ、尻を揉まれた鮮やかな記憶がアダムの脳裏をよぎった。

唾を呑み、マックレラン保安官へ言う。

「死体は葬儀社に?」

「いや、今回は。死体はクラマス・フォールズへ搬送された」

アダムが向き直ると、ラッセルが「俺は監察医に話を聞きに行ってくる」と言った。アダムはうなずく。

ラッセルは一刻も早く文明社会に戻りたいのだ。責める気にはなれなかった。ラッセルはこの捜査には見込みがないと信じ込んでいて、そうかもしれないとはアダムも思う。ただラッセルと違って、アダムは目先の変化がありがたかった。一方のラッセルは、上司の目に留まって昇進のチャンスになるような物事以外に時間を取られるのがたまらなく嫌なのだ。アダムにもよくわかった。かつての彼にもそう感じていた頃があった。

ラッセルがオフィスから出ていくと、アダムは犯罪現場の写真を取り上げた。

段々と慣れるものだ。当たり前だろう。他人の苦痛に共感しないよう壁を作れなければ、こんな仕事はできない。何も感じなくなるほどの壁ではないが、シンシア・ジョセフのような女性の惨死を見ても昼食を吐かずにすむくらいには高い壁を。

そのせいで眠れない夜もあったが。

被害者のシンシア・ジョセフは四十歳前後だった。ネイティブアメリカンで、黒髪の、愛らしいというより線の強い顔をしていた。もっとも、喉を切り裂かれていては愛らしく見えるのは難しい。

アダムが口を開けかけると、ロブがぼそっと言った。

「奴は彼女の頭をメタートテで殴った。その一撃で気を失ったよう願うよ」

たしかにそう願いたい。アダムは聞き返した。

「メタートテ？」

「手持ちの平石臼《ひらいしうす》だ」

「凶器は見つかったのか？」

「いいや」ロブが答えた。「博物館にあったナイフのひとつを使ったとみられる。展示ケースが割られて開けられ、どうやらナイフが一本消えている」

「死亡推定時刻は判明しているか？」

「まださ。夜間に死んだってことだけ。彼女は昨日の朝九時を少し回った頃に発見された」とマックレラン保安官が答えた。「ピート・エイブラムスがプロパンガスを配達しに彼女の家に行ってね。博物館のドアが開きっぱなしなのを見て中に入った。彼がシンシアを見つけた」彼女の顔の皺がさらに深くなった。「犯人はシンシアの死体を展示物の一つの上に置き――」

そこでロブを見ると、ロブが「ジオラマ」と教えた。

「そう、それだ。弔《とむら》いのジオラマだ。モドック族は死者を火葬にしてたから、その儀式のために遺体を準備する場面を展示していたらしい」

ロブが「犯人は、葬儀用の薪の山の上に彼女の死体を捨てた」と言った。

アダムは考え込みながら言った。

「そうか。だが薪には火をつけなかったんだな」

「本気かよ」とロブが呟いた。

アダムはたずねる。

「その展示の中に人形は配置されていたのか？　それはどうなっていたのだろう」

「いや。人形は展示に含まれてなかった」

答えたマックレラン保安官は、何か重大な宣告を待ち受けているかのようにアダムを見ていた。アダムには何の宣告もない。第一印象くらいなら言えるが。保安官たちが自分で気付かないようなことは何もない。これが衝動的な犯行で、おそらく犯人は精神が錯乱して計画性のない人間だと。

マックレランが言った。

「シンシアと娘は博物館の隣に住んでいた。去年の十月、誰かが博物館に侵入しようとして、それをシンシアが追い払った。また同様のことが起きたのではないかと、我々は考えている」

「今回は相手が逃げ帰らなかったわけだけどな」とロブが付け足した。

　アダムはたずねた。

「その博物館にある何がそれほど貴重なんだ？」

「何も」マックレラン保安官はアダムと目を合わせ、くり返した。「何もない。貴金属も、宝石もない。いくつか動物の剝製があって――ジオラマがあって、何枚かの地図と自然や森についてのふんだんな情報があったよ。それとシンシアの家族が所有していたモドック族の遺物のコレクション。椀とか籠とか。衣服、ビーズ、羽飾り。彼女がヘンリーと結婚した時、公園局に山ほど寄贈したんだよ」

「ヘンリーとは？」

「ヘンリー・ジョセフ。ヘンリーとシンシアの夫婦は二人ともパークレンジャーだった。ヘンリーは五年前亡くなってね。それからもシンシアはツアーガイドや博物館の学芸員を続けてた」

「娘がいると言ってましたね？」とアダムは問いかける。

「ティファニーか。十七歳だ。この週末はクラマス・フォールズの友達のところに泊まってる」

「ナイフが展示ケースから奪われたとみられる、と言ってましたが。ほかに博物館からなくなったものはありますか?」

ロブが答えた。

「それを調べていたところだ。いくつかの物品が消えてるように見える。シンシアが何かの理由で動かしたのかもしれない。ティファニーが何か知ってりゃいいんだが」

アダムはゆっくりと聞いた。「まだ彼女と話してないのか?」

「話したいんだが。彼女は昨日学校を欠席してて、泊まりに行った友人のラストネームを我々は知らない。アギーが今、ティファニーを探している」

あまりいい感じではない。ありていに言って、怪しい。もっとも、前回の侵入未遂事件は別の仮説を示しているが。好まれやすい仮説を。

アダムは写真へ目を走らせながら、様々な可能性を考える。やがて言った。

「現場をじかに見たい。もしかまわなければ」

「全然。是非。ロブが案内する」

マックレラン保安官がくたびれた声で言った。

さっと立ち上がったロブが、壁のフックから上着を取って着込んだ。「じゃあ行こう」と言う。

沈黙の中、二人は保安官事務所を出て、建物の角を回りこみ、緑と金の保安官事務所のロゴマークが入った白いSUVに乗りこんだ。雪はみぞれ混じりの雨に変わっていた。車内は冷え切っていた。ロブのアフターシェーブの香りがアダムに届く――グリーンシトラスとセコイヤ。その香りがひどくなつかしいことに、自分でとまどった。

ロブとすごした夜以来、セックスらしきものは自慰だけだったことを思うと、これはただのパブロフの犬的な反応かもしれない。

「で、どうしてた？」車を後ろに出しながら、ロブのまなざしはバックミラーに据えられ、太いタイヤが雪混じりの土と砂利の道に深い跡を残した。「あんたのロードサイド切裂き魔《リッパー》のほうはどんな調子？」

じつのところ、リッパーは近頃動きがない。最後の犯行からほぼ五ヵ月経っていた。リッパーの休止期間の最長記録ではないが。六ヵ月という前例がある。相手選びに失敗して返り討ちにあったのではないかと期待するくらいには長い期間だ。そういうことを願うべきではないのだが。犯人逮捕こそが目標。

「悪くない。忙しかった」アダムは答えた。「こんな状況での再会になって残念だ」

ロブが短い笑いをこぼした。

「ほかの状況で俺たちが会うことなんてあるのかい？」

まあ、ないだろう。

「被害者はきみの知り合いか？」

「そりゃね」一言で、ぴしゃりとひっぱたくように。「ニアバイではみんなが誰もを知っている。シンシアはこのあたりの人間にとっちゃただの〝被害者〟じゃなかった」

「それは理解している」

「いや、わかってないね」ロブはアダムに険しい、歯の白い笑みを投げた。「俺たちにとっちゃ個人的なことだ。あんたにとっちゃ、いくつもの事件のひとつでしかない。あんたの専門知識はありがたいけどね。でもあんたはもっと注目されてるあっちの捜査班で仕事したいんだろうな」

「そう思ってるなら驚くだろうよ」

ロブの視線が横へ流れた。フロントガラスのワイパーが数秒の沈黙を鳴らし、そしてロブが口を開く——ずっと砕けた口調で。

「で、あれが新しいパートナー？」

「助けてくれ」

口に出して言うつもりはなかったが、ロブが笑って、アダムも一緒に笑った。とはいえ。プロらしからぬ態度。アダムは聞き返した。

「林道で見つかった死体の身元はわかったのか？」

ロブはハンドルから半ば片手を上げ、すれ違ったカウボーイハットの老人に挨拶した。

「ああ、つき止めた」ニヤッと、皮肉っぽく笑う。「意外か？」

正直、意外だ。それを言うのは利口ではないだろうが。

「地元の住人だったのか?」

「ああ。ダヴ・コールター。地元の言い伝えによりゃ俺以外にニアバイに住んでた唯一のゲイだってさ。両親は湖畔にキャンプ用のロッジをいくつも所有していた。三十年前、彼は都会に行くってニアバイを出た。別れの書置きを残してね」

「憎悪犯罪《ヘイトクライム》?」

アダムはそうたずねた。そうなら、そのコールターは地元住人に殺された可能性が高い。もしかしたら、まだニアバイに住んでいる誰か。三十年というのは長い時間だが、一生はもっと長い。

「そいつは、多分もうわからないね。コールターは影の薄い存在だった。誰も彼のことを覚えてない。母親にすら忘れられてる」

「耐えしのび方は人それぞれだ」

ロブはどうともつかない相槌をこぼした。

村の中心となる小さな店が並ぶ道を抜け、国有林を目指す車はスピードを上げた。みぞれ混じりの雨が降っていても、雪はしつこく地面を光らせ、木々は粉をまぶしたようだった。モミや松のカーテンの向こうに、大きく豪華な家々の屋根や窓がちらちらのぞく。

「このあたりの年間通しての人口は?」

「千五百人ちょっとというところだな。減少を続けている。夏季には毎年十万人を超える旅行者が訪れる」

「は？」

アダムの表情に、ロブが笑った。

「同じ週に押しよせて来るわけじゃないよ、幸いね」

「十万人？」

「ここはオレゴン州南部でも有数の観光地なんだよ」

「ここがか？　こんなところで何をするんだ」

アダムの無知っぷりを、ロブは見るからに楽しんでいた。

「ハイキング、サイクリング、乗馬。ほかにも色々。泳いだり、釣り、カヌー、ウォータースキーなんかをやりに来たりね。あれやこれやさ、水ん中でできることなら何だってある。冬には氷上釣りもできたりするよ。今年は駄目だな、暖冬だから」

「これでか？」

フロントウィンドウで左右に揺れながらぼってりしたみぞれ混じりの雨をせっせと払いのけるワイパーを、アダムは疑いのまなざしで見た。

「そうさ。とても暖かいぞ」

村を出てほんの五分でＳＵＶは減速し、メインの道から折れた。その道もまだ舗装はされていたが、アスファルトがすり減っている。車は続けざまの路面の穴にガタガタとやかましく揺れた。

「この先に博物館がある」

　ロブが教えた。

　博物館は、急勾配の三角屋根を持つ丸太造りの建物で、鬱蒼とした森を切り開いた中に立っていた。メインの建物の片側に、枝編みに莚《むしろ》がかかった先住民の小屋が二つある。メインの建物の木組みは、生気のない光の中でほとんど金色に光って見えた。窓枠、ドア、階段はすべて鮮やかな原色で塗られてネイティブアメリカンのシンボルで装飾されている。

「小さいんだな」とアダムは感想を述べた。

「そうさ。女ひとりで切り盛りしてた。シンシアは学芸員で、唯一の従業員でもあった。ほとんどの時間を無償で働いてたけどな。何年か前、景気がもっと良くて旅行客も多かった頃にはパートタイムで人を雇ってたが、ここ数年は彼女一人だった」

「それにここは人里から遠く離れているし」

「そうだな、都会っ子」とロブが、笑いと嘲笑の中間のような音を立てた。

　アダムは彼に視線をとばす。

「僕が間違っていたら申し訳ないが。ポートランドも、オレゴン州で最大の都会では？」

「おっと、そう、そのとおり。俺がポートランド出身だって覚えててくれたんだな、ありがとう」

「忘れはしない」

アダムはロブの視線を、一瞬受け止めた。

黄色い、犯罪現場を示すマークとロープが道の先に張り渡されていた。道端に車を停めた州警察の警官が、ロブがそばに停車する間にも魔法瓶からコーヒーを注いでいた。

ロブとの短いやりとりの後、警官はロープのフックを外し、ロブは車で先に進んで客用の小さな駐車スペースに車を停めた。

降りた二人は、無人の駐車場を横切る。靴底が雪の薄い層をジャリッと踏み潰した。

「木曜の夜は雪か？」とアダムは聞いた。

「雨だったよ。駐車場からも道からも使えそうなタイヤ痕《あと》は出てない」

「車で来たのではないのかもな」

とは言っても、歩きで来るにはここはどこからも遠い。

ポーチを上がっていく二人の下で木の階段が不気味にきしんだ。ロブは建物の横手にある縦長の窓の列を指す。窓の一つが防水シートで覆われていた。

「あそこから犯人が入った。手の込んだことはしてない。ただ窓を叩き割った。シンシアはガラスが割れる音を聞いたんだろう、ジョセフ家はそこに住んでたから」ロブは広場の奥に建つ平屋の白い家へ手を振った。「こういうところじゃ夜は音がよく届くんだ」

アダムはその家を眺めた。道からすぐには見えない位置だ。

「きみは言ってたな、十月にここで不法侵入未遂があったと」

ロブはうなずいた。ドアを開けてアダムのために押さえる。

「でも同じヤツの仕業だとは限らないぞ」

「これまでこの博物館で働いたことのある人間全員のリストを作ったほうがいい」とアダムは言った。

「おっと、どうしてそいつを思いつかなかったかな?」

そのロブの皮肉は高い天井に跳ね返ってよく響き、反響が残る中、二人は地図や国立森林局のパンフレットが整然と並べられた受付カウンターを通りすぎた。未加工の木材、古い革、そして鑑識の薬品臭に、アダムの鼻腔がひくついた。

「こっちだよ」

ロブが言って、二人は左へ折れ、獰猛で精巧な黒とオレンジの熊の仮面と儀式用の装束を身につけた等身大の人形を通りすぎた。人形は色の付いた杖を高くかかげ持ち、それを訪問客に突きつけているようでもあった。ガラスケースがあろうとも、その熊面の人形はかなり威圧的だ。熊の仮面の向こうにある両目は、生きているかのように油断なく光っている。

「あれが一日中目の隅に立ってるのを想像してみろよ」とロブが呟いた。

「彼女からしてみれば同僚のようなものだったのかもしれないぞ」アダムは急勾配の屋根の内側の、梁《はり》がむき出しの伽藍を見上げた。「防犯カメラが見当たらないようだが」

「ひとつも存在しないからさ」

冗談だろう。この時代に?

ロブはつやつやした床から数十センチの台座で浮かされた丸木舟の前で立ち止まった。丸木舟の向こうの窓は割れ、今は防水シートと作業用テープで塞がれていた。

アダムは割られたガラスを検分しに舟の裏側へ回りこむ。プラスチックの犯罪現場用番号プレートを動かさないよう用心した。

「ジョセフ家の正面窓からはここが丸見えだと、犯人はわかっていたはずだ。前と同じ侵入犯だったなら、侵入するところをシンシア・ジョセフに見られる可能性を承知していただろう」

「自分が透明だと考えたとか。それか見られようがかまわなかったか」

アダムは上の空でうなずいた。犯人には計画があったのかもしれない。シンシア・ジョセフをここに単身おびき寄せるのも、あるいは計画の内だったか。

「どうして彼女は助けを呼ばなかった? どうして自分一人でここに駆けつけた?」

声に出して考えていただけだったが、ロブが答えた。

「彼女は怖がっていなかったんだよ」

向き直ると、ロブはすぐ後ろにいた。大の大人が二人立つには狭いスペースだ。二人はぎこちなく互いの目を見つめた。ロブが下がり、アダムは丸木舟の脇をすり抜けて出る。ロブの体温を意識していた。ロブの腕の中で横たわっていた時の感覚がよみがえる。

何の話だったか思い出すのに一瞬かかった。アダムは言った。

「怖がるべきだった。無茶で乱暴な侵入者だ。どうして怖がらなかったんだ」

「自分でどうにかできると思ってたのさ」

「そうなのか？　いささか疑問に感じなくもないが。その不確定要素はシンシア・ジョセフの人間性から来ているのか、殺人者のほうから来るものか」

ロブが眉を上げた。

「その両方かもな。シンシアは、侵入者が知った相手だと思ったのかも」

アダムのまなざしがまっすぐにロブへ据えられた。アダムはうなずいた。

「そうかもしれない。ああ。犯人が彼女の死体を残した場所は？」

「博物館の逆サイドだ」ロブが踵を返し、アダムは彼について笊《ざる》や丸籠、瓶といった展示物の間を抜け、次には地図や二十世紀初頭のオレゴンの白黒写真が貼られた壁をすぎた。

雨はすっかり激しくなっていた。急勾配の屋根を打つ雨音が聞こえる。窓を抜けてきた光が部屋とその展示物に気味の悪い青い紗幕を落としていた。本当の時間よりずっと遅くに思える。人工の黄昏。

ロブが足を止めると、節のある羽目板に点々と残った赤茶の飛沫を示した。

「おそらく彼女はここを曲がってきて、犯人はあそこの展示物の石を使って彼女を殴った」

それは食事やその仕度についての展示だった。モドック族は狩猟採集民で、グリズリーやペリカンからライ麦、スイレンまであらゆるものを食べて生き延びてきた。展示には魚用の銛《もり》や椀、鉄の矢尻の矢、石茹《いしゆ》で用の石と磨臼《すりうす》があった。

「犯人は矢や銛ではなく石をつかんだ」アダムは言った。「最初から彼女を殺そうとしていたのではないのかもしれない」

「それか、場当たり的に、石が一番扱いが楽に見えたとか」

一理ある、とアダムは相槌を打った。ロブの言うとおりだ。凶器を選んだ理由は、あの石臼が一番近くにあったからとかそんな単純なことかもしれないのだ。

ロブが言った。

「犯人に殴られて、シンシアは昏倒した。少なくとも気が遠くなった。そこの擦過《さっか》血痕を見れば、犯人が彼女を引きずっていったのがわかる」

木の床に残る生々しい痕《あと》を避け、ロブはいくつかのガラスケースを通りすぎて建物の一番奥へと向かった。

最後の展示は、美しく構成されたジオラマだった。土台は土と草で覆われている。背景ボードには木々、湖、そして遠くにある原住民の小屋が描かれていた。模型の中央には葬儀用の本物の薪が一メートルあまりの高さまで積まれている。とてもリアルだ。

一番リアル感に欠けるものは、その薪の山を囲む犯罪現場の番号札だった。じつに皮肉。

ロブが言った。

「これの説明を読んだんだ。モドック族は死者を洗い清め、い草の莚《むしろ》で巻き、頭を先にして家から運び出す。死体は火葬の場へ運ばれ、葬儀用の薪の上に頭を西にして寝かされた。そっちに冥界への入り口があるとされていたからだ」

西。日が沈む方角だ。理にかなっている。

「ジョセフの死体は、頭が西に向くよう置かれていた？」

「そうだよ。犯人は彼女の服は脱がしたが、い草の莚には包めなくて、ただ体の上に莚をかけた。彼女は頭を西に向けて横たわっていた」

儀式の手順に乗っ取ろうとしたのか、それとも悪趣味な悪ふざけなのか？　判断は難しい。死体の演出からしてモドック族の弔いについて詳しく、そして——あるいは？——博物館に詳しい犯人なのだろう。これが小さな保養地の小さな博物館である以上、ニアバイの住人は誰でも一度は来たことがありそうだが。

アダムを見つめて、ロブが言った。

「そろそろあんたが目をとじて、犯行の一部始終が天啓のごとく脳裏にチカチカと流れ出す頃合いじゃないのか？」

アダムはかすかに微笑んだ。

「テルミンの音と、切り裂くような効果音が流れる中でか？　いいや」

「本当に駄目か？　便利なのに」

「だろうな」

「もうここは十分見たか？」

「そう思う」

「ならほかにあんたに見せたいものがある」

二人は博物館の入り口に向かって引き返していった。アダムはもう一度、割られた展示ケースのところで足を止める。入り口の扉近くで人形が着けていたのと同じ類の仮面が三つあった。古く精巧で、ヒマラヤスギを彫って鮮やかな植物染料で染めてある。大きな面で、ずっしりして相当着用しにくそうだ。前など見えないだろう。狩猟や戦いには使えない。儀式専用のものだ。

右端には熊の仮面。ロビーにあった人形が着けていたものと似ているが、もっと大きい。二つ目は犬か狼。三つめの仮面は唇にピアスをして目を剥いた禿頭《とくとう》の男を表しているように見えた。

「犯人はここで何がしたかったんだ？」

「おそらく、仮面を奪った」ロブが答えた。「そのように見える。そのとおりなら、展示ラベルも一緒に持ち去られている。仮面をひとつ盗るくらいならどうして四つ全部持っていかなかったのかわからない。この博物館で、きっと一番価値が高いのに。この手の儀式用の仮面にコレクターは大枚を支払うんだよ」

ケースの横には黄ばんだ紙の解説が貼られていた。アダムは身を屈めてそれを読む。

「〈笑い鴉《がらす》の呪《まじな》い〉？」

ロブは肩をすくめた。「物語だよ。モドック族の言い伝えだ」

アダムは読み進めた。


〝踊りの場〟にてクラマス湖の人々が踊り、多くの人間たちがそこにいた。古代の〈古老〉ケムシュはそこに行った。すると〈古鴉《ふるがらす》〉が皆を笑った。踊る皆を。そして踊る者すべてが石にかわった。

〈灰色狼〉は上側の北からキティへ入った。まだ家に帰り着いてはなかったがそこで止まって横たわった。装束姿のまま、その場所で、爪先にビーズのついた革袋靴《モカシン》を履いたまま、立ち止まって休んだ。

すると、古き〈大熊〉が眠れる古き〈灰色狼〉へ近づいた。そして古き〈大熊〉は〈灰色狼〉のモカシンを、ビーズも一緒に盗み取り、それを履いて釣り場へ向かった。

目覚めた古き〈灰色狼〉は、古き〈大熊〉を山から投げ落とした。モカシンとビーズを奪った報いに〈大熊〉を岩の上へ転がした。そうして〈大熊〉は死んだ。

これにより、古き〈灰色狼〉に古き〈大熊〉を殺されたクラマス湖の人々は、北方の人々と戦いになった。

すると〈古鴉〉が戦う皆を笑い、皆は石にかわった。

ロブのほうへ顔を向けると、ロブは奇妙な表情でアダムを見ていた。

「これは、どんな意味なのだろうか」

「俺に聞かないでくれよ」

「展示物の説明を読んだと言っていただろう？」

「手をつけたばっかりさ」ロブが答えた。「気がついてるかもしれないが、この頃どうも地元が騒がしくてね」

アダムはまた向き直り、展示ケースの中身をしげしげと眺めた。

「犯人が何を奪っていったか教えよう」と彼は言った。「犯人は、鴉の仮面を持ち去っている」

5

もちろん。殺人や強奪の理由ばかり探していなければ、すぐにわかったことだ。アダムの行き過ぎたほどの確信ぶりはいささか癪《しゃく》に障《さわ》るが。なのでロブは無感情に言い返した。

「だな。仮説の一つだ」

脳内を読まれたかのように――子供っぽい「お前にだってわからないことはあるだろうが！」という感情のゆらぎまで――アダムが微笑んだ。ほんの小さな笑み。あの尖った犬歯がチラリとのぞくだけの。そして重々しく言った。

「そうなのか。ならばほかの仮説はどんなものだ？」

「単純な窃盗。さっきも言ったが、コレクターには貴重な品だ」

「それではさっき自分で言っていたように、一つだけ奪って三つ残していったのは何故だろうな？」

そして今や、アダムは微笑をこらえようともしていなかった。すっかり笑顔になって、自信と優越感に満ちている。

「さっぱりだ」とロブはそっけなく言い返した。「どうして仮面のラベルは取っていったのに仮面に関係ありそうな説明文は残していったんだろうな？」

「確かに」

気が晴れたのもほんの一瞬だけで、ロブは背を向けた。

「犯人が殺害に用いた凶器を手に入れたと思われる場所に行くぞ。まああんたなら、そっちじゃなくてトマホークを持ってったとか見抜いてくれるかもしれないけどな」

アダムは何も言わなかった。それどころか返ってきたのはあまりにも完全な沈黙で、ロブは余計なことを言ったと後悔する。だがＦＢＩとの絡みには少し気圧されていたし、ロブは力不足を感じることに慣れていない。そして、ためらいひとつなく彼に背を向けて忘れてしまうような男との出会いにも慣れていなかった。なにしろ、彼自身はアダムのことを思い出していたからだ。一度と言わず、二度三度と。

ロブはまた別の、割れた展示ケースの前で立ち止まった。ケースには様々な形や大きさの鉄製のナイフが飾られていた。骨や木の素朴な柄がついているもの。もっと洗練された飾りが彫り込まれたものもあった。

アダムは沈黙したままで、ロブに仕切らせるつもりのようだ。

「犯人はすべてのケースを割っていったわけじゃないから、何か欲しいものを取るためにこのケースを壊したと考えられる」

「筋が通っている」とアダムが礼儀正しく言った。

「すべてのナイフが、それぞれの説明ラベルと一致している。だから犯人はここから何も取らなかったか、ナイフと一緒にそのラベルも持ち去ったかだ」

アダムはうなずいた。

「なんらかの理由で、犯人は自分が何を奪《と》ったか我々に知られたくないんだ。ただし、何かを持ってったこと自体はまったく隠そうとしてないみたいだ」

「それに、急いでいた様子もない」とアダムが言った。

「そりゃそうだろう。何マイルも先まで誰もいないんだ。シンシアの娘はこの週末は友達のところに泊まってるし」

「だが犯人がどうやってそれを知る？」

「ティファニーはバスケットボールチームのチアリーダーだからさ。ヘイニー高校は今プレーオフに出場中。この町の生徒たちは、金曜にアウェイの試合がある時はたいていクラマスの友達のところに泊めてもらってる」

　アダムは意表を突かれた様子だった。

「それは、皆が知っている知識なのか？」

「ああ」

「小さな町か」

　アダムがためらいがちに微笑む。ロブは「そのとおり」と微笑み返した。

　アダムは壊れた展示ケースの観察に戻った。

「ジョセフは博物館の収蔵品とその来歴についての記録簿を持っていたはずだ。彼女のファイルを見なくてはな、何がなくなっているのか突き止めるために」

「そっちのほうはフランキーがやってくれてるよ。最新の展示物の写真はもう古すぎてね。シンシアは博物館の運営を続けるために何年か前にいくつか遺物を売ったんだ。それに展示レイアウトも変わるし。シンシアのファイルのかなりが手書きで、彼女の字を解読できるのがフランキーだけなんだよ」

　アダムは何か言いかかったが、思い直した様子だった。

「ジョセフの家を見られるといいんだが。まだ入れないんだろう？」

「入れるさ。今すぐ行けるよ」

　博物館から雪まじりのでこぼこの地面を、森の縁に立つ小さな白い家まで歩いていくのに三分ほどかかった。考えこんでいる様子のアダムを、ロブは放っておいた。午後の風は刺すように冷たく、アダムの顔はピンク色に、鼻先は赤くなっていた。ロブの苛立ちが消える。たしかにアダムはすべてを見抜いているような口を叩くが、それでもとにかくあのパートナーほど嫌な奴ではないのだし。

　博物館からジョセフ家までの地面は荒れ放題だったが、家はきれいに手入れされた四角い芝生で囲まれていた。花壇を雪の塊が覆っている。正面の芝生に立つ旗竿には何も取り付けられていなかった。

「シンシアの車はガレージの中だ」ロブは説明しながら玄関の鍵を開けた。「ドアは鍵が開いたままだった。殺害犯が家の中に入ったという形跡はない。床に泥や雨水の痕もなく、見た限り異常もない」

　家は暗く静かで、音といえば屋根を叩く雨音とリビングの中からカチカチと響く時計の音だけだった。玄関ロビーに続く最初の部屋はキッチンだ。古いが片付いている。

食洗機は閉まり、緑のライトが皿の洗浄完了を示している。冷蔵庫の上の、焼印された木の飾り板はこう読めた。〈人は求めるものを探して世界中を旅し、帰りついた家でそれを見つける〉

「幸福は自分の裏庭にある、か」とアダムは呟いた。

ロブから目で問いかけられ、アダムはその木札に顎をしゃくった。

「本当にそうかもな」ロブは言った。「どんな裏庭かによるけど。シンシアの寝室はこの先だ」

主寝室は博物館に面していた。ブラインドの一つが慌てて上げたように絡まっている。ベッドは整えられていない。ベッド脇の織地のラグに一足のスリッパが置かれていた。パークレンジャーの制服のシャツが床に放り出されている。

ロブが言った。

「どうやら彼女はパジャマの上、ジーンズ、それに制服の上着とブーツという格好で駆けつけたようだ。拳銃はホルスターに入ったまま、化粧台の椅子にかけてあった」

初めての夜、アダムから銃を携帯していないのかと問われたことが思い出される。ロブはもう二度と、銃を家に残してくる気はなかった。

アダムが言った。

「やはりそれも、彼女が侵入者を恐れていなかったことを示しているな」

「強気な女性だったから」とロブは答えた。「それに一度目の侵入未遂と同じ相手だったなら、あの時は怒鳴って追い払ってる。今回もそれで済むと思ってたのかも」

「その時の相手が男だったと、彼女がはっきり言ったのか？」

「彼女は言い切れなかった。男だとは思っていたけどね。近くで見たわけじゃない。彼女が怒鳴るとすぐさま逃げ出したから」

アダムはうなずいた。「彼女の服は見つかったのか？」

「建物の裏のゴミ回収箱からね」

「興味深い」

「変だってだけかもな」

アダムが肩をすくめる。

「ああ、変なだけかもしれない。娘の部屋は奥か？」

「そうだよ」ロブは先を案内した。「とりあえず、あんたから見ても荒らされた様子はないだろ」

小さなダイニングルームを通り抜ける際、アダムは楕円のテーブルのそばで足を止めて郵便物の小さな山に目を通した。陪審員の召喚状、クレジットカードの請求書がいくらか、加えてモドック部族連合といった組織からの会報数冊――〈南オレゴンと北カリフォリニアでのモドック部族の唯一正当な政府〉。

「彼女は政治的活動に加わっていたんだな」と言うアダムの口調は思案含みだった。

「そういうわけじゃない」

アダムが顔を上げた。

「そうは考えていないのか？　どうやら、彼女は定期購読者だったように見えるが」

「いいか」ロブは言い返した。「そっちに行くのはやめろ。彼女は被害者なんだ。その政治的信念は、彼女個人の自由だ。シンシアは政治活動家じゃない――なかった。過激派でもない。テロリストでもない」

「そうだと言ったか？」とアダムが目を細めた。

「これだ！　って顔をしたくせに。誰だってＦＢＩの目的が９・11で変わったことは知ってるよ。あんたたちは今や国土の安全保障のことばっかりだ」

「じつのところ、国土の安全保障にかかりきりなのは国土安全保障省のほうだ」アダムは彼らしくもなく尖った口調だった。「僕はシンシア・ジョセフという人間を理解しようとしている。きみは彼女はテロリストではないと言ったし、それは信じる。ただ彼女の興味は――言っておくとこちらから見ても意外でも物騒でもないが――政治活動への傾倒を示している」

「彼女が殺されたのは、水や天然資源をめぐるゴタゴタでクラマス部族が不当な扱いを受けたと信じてたからじゃない。あんたがどう思うか知らないが、大勢が彼女と同じ気持ちだったんだ」

「確かにそうかもしれない。だがその一方で、博物館からネイティブアメリカンの遺物がいくつか奪われている以上、ジョセフの死に、彼女の受け継いだ文化や政治的信条が関わっている可能性は残る」

　ロブにはそれを論破できなかった。まったく賛成できないが、その仮説を覆すこともできない。

「ならそれでもいい」と彼は言った。「俺としては時間の無駄だと思うけどな」

　アダムが眉を上げた。モドック族の会報を脇へ置く。

「これはきみの捜査だよ、保安官補」

「今のところは、だろ。俺はもっと身近に焦点を当てるべきだと思うよ」

「彼女は誰かと交際していたのか？」アダムが聞いた。「恋人と言える相手が？」

「いない」

「随分はっきり言うんだな」

「小さな集落だからさ」ロブは答えた。「シンシアとフランキーは女性会に入ってた。二人してお互いに相手を見つけようとしてて——どっちも何の成果もなかった」

「二人は昔からの友人なのか？」

「二人とも、ここで生まれ育った」

「誰もがお互いの名前を知ってる世界、か。ティファニーの部屋は廊下の奥だな」と言ってアダムがロブを追い越した。

二つ目の寝室はキャンディのようなピンクやラベンダー、ミントグリーンでまとめられていた。たくさんのクッションとぬいぐるみ。ロックスターや俳優のポスターはなし。教科書の入ったバックパックがやけに片付いた机にもたせかけられていた。きっちり整えられたベッドの上にあるジムバッグから服がこぼれ出している。

「あれがティファニーだ」

色付きのタンスの上にある四角い鏡の端に二枚の写真がはさまれていて、ロブがその片方を指さした。

若い娘の写真。ティファニーは小柄で可愛らしかった。子猫のようだ。大きな黒い目とまっすぐな黒髪。十七歳。とても、本当に若い。

アダムはその写真をほぼちらりと見ただけで、もう一枚のスナップに注意を奪われていた。古い写真だ。まあ当然か。今時の若者は思い出を保存するのには携帯電話を使う。この写真は使い捨てカメラで撮ったもののように見えた。

「きみは、この写真に写る二人の少年が誰かわかるか？」

ロブは眉を寄せて写真を見つめた。

「左側の子はテリー・ウォーターソンだな。何年か前にブルーロック入江で溺死した。右の少年はビル・コンスタンティンだ」

「テリーとティファニーにはどんな関係が？」

「何の関係もない、はずだよ。この写真は五年は前のものだろう。ティファニーは十二歳だった。テリーとビルは十九歳か二十歳くらい」

「ビルはティファニーとどんな関係がある？」

ロブは切り口上で返した。

「二人にはどんな関係も存在してないと思うね」

「どうしてだ？」

「まず第一に、ビルはティファニーの相手としては年上すぎる。さらに、ビルは内気でオタクっぽいが、ティファニーは活発な人気者だ。成績優秀学生だし。その上チアリーダーだ」

「年上男に恋をする人気者はなにも彼女が初めてというわけでもあるまい。あるいはオタクに恋を」

「いいや」ロブに迷いはなかった。「それはないね」

「ティファニーは、何らかの理由があってこの写真を取っておいたはずだ」

「じゃ、テリーに恋でもしてたんじゃないか。知らないけどな。俺の知る限り彼女は誰ともデートしてない。別にティーンの女の子たちの人間関係を熱心にチェックしてるわけじゃないが」

アダムは納得いかない顔だったが、それが「ティーンの生活をチェックしていない」という部分に向けられていないよう願おう。

「続き部屋があるのか？」とアダムが寝室隣の小さなバスルーム――やはりピンクだ――に向かった。ピンクと黒のタイル、白い洗面台とバスタブ。バスルームは女の子らしいシャンプーと石鹸の匂い、そしてアダムの高価そうなアフターシェーブの匂いがした。自然界には存在しない香りの組み合わせ。

どこかからかすかに風が入ってきていた。ピンクのドットのシャワーカーテンを揺らすほどではない。

ロブはアダムの横をすり抜け、第一印象は間違いだったということに気を取られていた。背は高いがアダムは逞《たくま》しいというわけではない。バービーとケンとは違う。強靱で筋肉質だが。締まった筋肉としなやかな強さ。それはロブも体感して知っている。アダムからは権威と権力のオーラが放たれていた。そのオーラの少なくとも50パーセントが立ち居振舞いからくるもので――10パーセントは青と金のＦＢＩのマークから。残りは……よくわからないが、効果的な何か。

ロブはトイレ脇の窓の鍵を確認した。窓が完全には閉まっていない。そして鍵は……。開いている。

まずい。

ロブが見やると、アダムはシンクのそばの床に落ちていたピンクと白の縞のタオルにさわっているところだった。

アダムがロブを見上げた。

「このタオルはまだ濡れている」

「床に置きっ放しにすると乾かないからな」

そのあたりの科学現象についてならロブは詳しいのだ。

「娘は木曜の朝、学校へ行く前にシャワーを浴びたかもしれない。今は土曜の午後だ。暖房が切られていても、四十八時間以上が経過していることになる」

その話をロブは半分聞き流しながら、鍵のかかっていない、閉まりきってもいなかった窓のことを考えていた。

ぞっとする考えが浮かんだ。通学カバン。「ちょっと待っててくれ」とロブは言うとアダムの横をすり抜けて寝室に戻った。ロブの声に何かを聞き取ったらしくアダムも追ってくると、黙ったままロブが机へ歩み寄るのを見ていた。

ロブはティファニーの通学カバンを拾い上げた。

二人で顔を見合わせる。

「彼女は帰宅していた」とアダムが言った。

まさにこういうことのせいでロブはポートランドを捨てて広々とした自然の中に住もうと決めたのだ。だが悪は――そしてこれは悪に間違いない、絶対――村や郡の境界といったものにはおかまいなしだ。

ロブは自分のもののようには聞こえない声で言った。

「ティファニーは、一部始終を見ていたかもしれない。そして、犯人も彼女を見たかも」

アダムの口元に白い線が浮かんだ。そんなふうに顔色が引く人を、ロブは初めて見た。

口を開いたアダムの声は無感情で、ほとんど冷え切っていた。

「違う可能性もある。ティファニーは母親の死に関与しているかもしれない」

ロブは反論しかかったが、アダムは正しい。ありえないことではなかった。何週間か前にも、カリフォルニアで部屋を片付けろと叱られた子供が母親の首を切断した。思春期の発想というのは恐ろしいものだ。

ロブは言った──反論のためではなく、別の可能性を付け加えようと。

「彼女は殺害を目撃して逃げ出したのかもしれない」

それにアダムもうなずいた。

「そうだな。ただしその場合、どうして証言しに出てこないのかが理解不能だが」

「出てこられないのかも」

「つまり？」

ロブは肩をすくめた。「怪我をしてるから？」

アダムが、わかりきっていることを指摘しに口を開いた──二つめの争いの痕跡はないと。

ロブは先んじて言った。

「とにかく、俺たちは本部に戻らないと」

「彼女の携帯電話がここにあるんじゃないか？　ノートパソコンとか」

二人は手早く捜索を行った。ノートパソコンはティファニーの机の上にあった。携帯電話は見当たらない。

「彼女の手元に携帯があるなら、我々のいい足がかりになるだろう。裁判所命令が出れば――未成年者の失踪ということで出せると思うが――電話会社が携帯の位置を特定できるかもしれない。充電切れにさえなっていなければ――」

「いい考えだ」ロブは口をはさんだ。「だが気がついたろうが、この辺じゃ携帯の電波が弱い。あまりアテにはできないと思うね」

アダムも残念そうにその言葉を認めた。

二人はティファニーの寝室を出て静かな家の中を抜け、玄関へ向かった。アダムは一言も口をきかず、ロブはむしろほっとしていた。ロブとて世界が陽光とキャンディにあふれてるなんて思ってるわけではない。だがこの事件は彼にとって単なる仕事でも、論理の方程式でもないのだ。被害者たちを個人的に知っている。ここは彼のコミュニティであり、彼の家だ。ここの人々は彼の隣人で友人だ。そして一番些細な部分だが、彼の管轄であり、守る責任を背負っている。

そしてロブは、彼らを守れなかった。

玄関の鍵がカチャッと鳴り、ドアが細く開いた。冬の陽光がドア枠を満たす。ロブは拳銃に手をのばし、いつでも抜けるようにホルスターのフラップを外しておくべきだったと悔やむ思いで気付き——頭の隅でアダムが同じように動いてもう拳銃を抜いているのを意識した。

「ＦＢＩだ！」アダムの大声はロブの首の毛を逆立てるほどの剣幕だった。「名前を名乗れ！」

ちょっと待て、本気か——？　いや、完全にそうだ。過去のどこかでアダムが人を殺す気で撃ったことがあるのだと、ロブは確信した。

同時にロブも「保安官事務所だ。動くな！」と叫ぶと、背の高い人影が玄関ホールで凍りついた。

「なんだよ！」仰天し憤慨したジークの声が薄ぼんやりとした空間を裂く。「いったい何してやがんだよハスケル！」

いい疑問だ。この瞬間、ロブは自分がどれほど緊張して神経を尖らせていたのか初めて知った。ロブだけではない、アダムもだ。それどころかロブ以上に焦っていた。ドアの向こうにいるのが同じ捜査関係者である可能性はかなり高かったというのに、二人ともが動揺したのだ。

「お前こそ何してるんだ？」

ロブはそう言い返して銃を下げた。アダムは彼ほどすぐには銃を下ろそうとはしなかったが、ロブはかまわなかった。ジークは少しビビらせておくくらいでいい。

「ティファニーを探してんだよ」ジークが言った。雪の匂いのする風がホールで巻いた。「アギーがやっと、週末ティファニーを泊めることになってた友達を見つけてさ。ティファニーは腹具合が悪いって言い張って、木曜の夜に母親が車で迎えに来たってさ」

「どうして学校の誰もそれを知らなかった？　届けとか何もなしか？」とロブは聞く。

「俺が知るかよ。ガキどもはいつもルール破りをするからじゃねえの？　たまには親もな」

アダムが銃をホルスターにしまった。「きみは、友達がティファニーは具合が悪いと言い張ったと言ったな。その友人は彼女の言葉を信じなかったのか？」

ジークが拗ねたように答えた。

「彼女によりゃ、ティファニーはいきなり風邪になったって話だ。いや、ティファニーが本当に具合が悪いとは信じてないと思うね」

「そうか」アダムはロブのほうを見なかった。

「本部に戻ろう」とロブは言う。

ジークがロブとアダムを見比べた。

「ティファニーの手がかりなしか？」

「彼女がここにいた形跡はある」ロブは答えた。「それから何があったのか、どこに行ったのかはまったく不明だ」

「娘が犯人なのかもなあ」とジークが言った。

ロブはジークを凝視した。アダムも同じことを示唆したのだが、ジークに言われるとどうしてか余計に怒りがこみ上げた。

「最初に思いついたのがそれか？　どうやってティファニーみたいな小さい娘が背の高いシンシアを打ち負かして埋葬展示の上にその体を乗っけられると思うんだ。大体どうしてそんなことをするんだ？」

「ガキってのはイカれてるからな。こないだのカリフォルニアのガキを見ろよ。大体あの子はチアリーダーだろう、チアリーダーってのは殺人鬼と相場が決まってるって、常識だろ」

ジークがニヤッと、それこそイカれたような笑みを見せた。

アダムが口をはさんだ。

「犯行に関与していないのであれば、彼女は被害者である可能性がある。どちらにせよ彼女を発見しなくては」

その感情を排した声がロブを目の前の仕事に引き戻す。

「そのとおりだな。本部に戻ってここまでのことをフランキーに報告しよう」

「何が出てきた？」とジークが聞いた。

「さっき言ったとおりだ。ティファニーがここにいた痕跡」

ジークは迷ってから、アダムとロブに先んじて家の外へ出た。

ロブは一人で考え込んでいたので、町に戻る車内のアダムがいつも以上に口が重いことにはぼんやりとだけ気付いていた。

保安官事務所に着いたほんの数分後に、ラッセルから報告の電話が入った。

「今夜は戻ってこないよう伝えといて」マスコミを通じて失踪者情報を周知するかどうかの議論を中断して、フランキーがアダムに言った。「この時期は山道が凍結して危ないから」

「言っておきます」

そう答えてアダムはラッセルに折り返しの電話をかけに部屋を出て行った。きびきびとビジネスライクな会話の断片が聞こえてくる。ラッセルが監察医の予備所見を報告しているのだ。

フランキーのオフィスに戻ってきたアダムは、シンシア・ジョセフが木曜の深夜十二時を回る少し前に死んでいたと見られることを報告した。

「そんな早くに？」と、フランキーには衝撃だったようだ。

アダムはうなずいた。「頭部への一撃では即死しなかったが、それ以降に起きたことに対してはずっと意識不明だったかと」

わざわざ曖昧な言い回しを使って、アダムがいわゆる村社会の気持ちというやつを刺激しないようにしているのがロブにはわかった。ロブはたずねた。

「それ以降に起きたことって？」

アダムがちらっとロブを見て答えた。

「彼女は、刃があまり鋭くなく清潔でもないナイフで喉を切られた。何回かにかけて」

「ま、破傷風の心配はもういらねえな」とジークが呟いた。

全員がそれを無視した。アダムが報告する。

「性的暴行はなかった」

「せめてもの救いだ」と呟くフランキーのカップに、アギーがコーヒーを注ぎ足した。

ロブは口を開く。

「真夜中になる寸前。ってことは、ティファニーはまだ起きて家の中で動き回っていた可能性が高いな」

「具合が悪かったんなら寝てただろ」とジーク。

「州の鑑識班にまた来てもらってジョセフの住居を調べるべきだろう」アダムが手つかずのコーヒーカップを横へ置いた。「まずは、どこの携帯電話を契約していたか調べて、そこからティファニーの携帯電話を追跡しなくては」

フランキーがうなった。「一回まとめるか。イカれた殺人鬼が野放しで、若い娘が行方不明。本当にそれでいいんだな?」

「しかもその二つは同一人物かもな」

ジークがほがらかに言う。フランキーに睨まれた。

意に介さず、ジークはコーヒーを飲んだ。顔をしかめる。

「アギー！　俺のは砂糖入りだって！」

「自分で入れなさいよ！」と受付からアギーが怒鳴り返した。

　フランキーが言った。

「せめて、今は観光シーズンじゃない。小さな奇跡を神に感謝だ」そしてアダムへは「行方不明者としてマスコミで情報を募るにはこの件はあまりに疑問符が多すぎると、それが私の意見だ。間違っていたら責任は取る」

「誘拐ではないと思う」アダムが答えた。「たとえそうでも、彼女が遠くへつれて行かれたとは思えない。つまりどちらにせよ――」

「我々は日のあるうちにティファニー捜索部隊を組織するべきだな」とロブがその先を引き取った。

　すでに誰もが承知のことを、誰ひとり口にはしなかった。もしティファニーが誘拐されたなら、彼女が生きて戻る確率は刻々と減っている。ここが田舎で無人の地域が多いという事実も、被害者にとっていい材料にはならない。

　フランキーは窓を向いて、気が滅入るような灰色の景色を見やり、それから怒鳴った。

「アギー！　州警察につないでくれ。その後はクラマス・フォールズのクラーク保安官だ！」

「すぐに！」とアギーが大声で返した。

「今夜は雪だね、間違いねえ」とジーク。

ロブはアダムへ目をやった。あまりに絶望的な顔をしていたので驚く。だが話し出したアダムの声は無感情だった。

「もしこの娘が犯行に関与しているなら、共犯者がいる可能性がきわめて高い。その場合、今夜の食事と安全な居場所にはおそらく困るまい」

「そして彼女が無実なら、その場合、きっと今夜凍え死ぬ」とロブは言った。

フランキーがアダムに聞いた。

「あなたには子供がいる、ダーリング捜査官？」

「いいえ」

「だろうと思った。あの娘が母親の殺害に関与しているわけがないんだよ。私のバッジを賭けたっていい」

アダムは奇妙なほど答えに窮して見えた。ロブは口出しした自分に驚く。

「細かいことを言うなら、あなただって子供はいないでしょう、フランキー。だから誰もバッジも何も賭けなくていい、とにかくまず俺たちはティファニーを探して彼女の話を聞くだけだ」

アダムから奇妙な視線を向けられたロブは、その目の表情をもっとうまく読み取れたらと願う。暗く、ほとんどたよりないくらいのまなざしの意味がさっぱりわからないのだ。腹の底がおかしな具合にざわついた。

アダムはすでにフランキーのほうへ顔を戻していた。

「ジョセフの娘が無関係だと、どうしてそう言い切れるんです？」

「捜査官の勘さ。とにかくわかるんだよ」

「違う」アダムがゆっくりと言った。「それ以上の何かだ。どうしてあなたは、単純な殺人事件にＦＢＩの支援を要請しようと思ったんですか？」

「そもそも国有地の殺人だしね」

「だが、それが理由で呼んだのではない」とアダムは言った。根気良く、粘り強い。捜査官として有能に違いない。初めてそんな考えがロブをよぎった。多分、これまでは自分に関係のないことだったからだろう。

アダムの表情は読み解けないでいるロブだったが、つき合いの長いフランキーの嘘ならわかる。言葉を濁しているだけ、ときっと当人は言うだろうが。

「どうしてＦＢＩを？」とアダムが問いただした。

フランキーは葛藤してる様子だったが、結局はぶちまけた。

「それはな、彼女が一人目じゃないと思っているからだよ」

「またその話かよ」

ジークがそう呻いた。ロブは同じことを呟くのだけはどうにかこらえた。この件に関して、ジークと彼は完全に意見が一致している。

「何の一人目だ？」とアダムが聞いた。

ジークは首を振っている。フランキーはロブを見た。

アダムが言った。

「誰か、わかるように説明してくれないか」

ふたたび、フランキーがロブに向かってうなずく。今度はもっと高圧的に。

ロブは溜息をついた。

「この間の十二月の話さ。森のスキーロッジに友達同士で泊まってた大学生が、男に誘拐されそうになったと訴えた」

「暴行ではなく、誘拐？」

「誘拐だ」

「あまり信じていないようだな」とアダム。

「お泊りパーティーだったからな。冬休みの学生たちの。誰もが酔っ払ってた。相当ね。俺が思うに、中の一人の悪ふざけがすぎたのかもしれないさ」

「悪ふざけ？」またも非難するような目つき。

「もしかしたら本気で暴行するつもりだったか。もうはっきりとはわかりゃしない。被害者の娘は怯えてたが怪我はなかった。そしてまあ、かなり支離滅裂だった」

「その〝誘拐〟が行われた時間の周囲のアリバイは確かめたのか？」とアダム。

「おっと、そいつは思いつかなかったね」ロブは嫌味たらしく言い返した。「あの場にＦＢＩがいなかったのが残念だなあ」

アダムの表情がこわばる。

「ハスケル！」とフランキーが警告の言葉を発した。ラストネームで呼ばれたなら、本当に気を損ねているということだ。ロブもそうだが。たしかに彼らはＦＢＩとはいかないが、捜査の基本を心得ていないわけじゃないのだ。

「ああ」とロブは答えた。「泊まってた全員のアリバイは確認した。全員へべれけだったから、なんの当てにもならないけどな」

「それから新年に？」とフランキーがうながした。

ロブは溜息をついた。

「それと、年越しの夜、二人の娘が、湖畔のキャビンに歩いて戻る途中で木の間から男がとび出してきて二人とも、あるいは片方を引っつかもうとしてきたと申し出た。またしても、酒が入っての話だ」

「十万人の旅行者が観光シーズンに来るのなら、性的暴行はそう珍しいことではないだろう？」

「それが珍しいことなんだよ」フランキーが言った。「保安官事務所《う　ち》、パークレンジャー、それに州警察とで、ちゃんと仕事をしてこのエリアを安全安心な場所にしてるんでね」

それはそのとおりだ。とはいえ公平を期すために、ロブはつい付け加えていた。

「そうだな、時々暴行事件は扱う。性的なものやそうでないもの。殺人未遂まで扱ったこともある。ただささっきの二つの事件は、そういうのとは別かもしれない」

それを聞いたジークが呻いた。

「どうしてだ？」とアダムが聞く。

フランキーは、ほら話せ！という顔でロブに目を据えていた。ロブは気乗りしないまま続けた。

「両方の事件とも、娘たちは、加害者が戦化粧《いくさ》をしていたと証言している」

続いた沈黙の中、隣の部屋でファックスが紙を吐き出す音が聞こえた。まだ電話を続けているアギーの抑えた声も。

ついにアダムが言葉を発した。

「泥とか、加害者の変装の試みを、女性たちが見間違えたという可能性は？」

「迷彩のフェイスペイントな」ロブもうなずいた。「それもあり得ると、俺は思っている」

そして頭の中には有力な容疑者もいる。そのサンディ・ギブスに対してまだ何の証拠もつかめてはいないが。それにどうであれ、被害者の娘たちの証言はきわめて信頼性に乏しい。

「どちらの娘たちも〝インディアンの戦化粧《ウォー・ペイント》〟だと言っていた」フランキーが言った。「まさにそろって同じことを。〝インディアンの戦化粧《ウォー・ペイント》〟」

アダムの眉が上がった。インディアン、という政治的に正しくない単語に対してかもしれないが。

ジークが言った。

「へべれけに酔っ払った三人の女ども、そのうち二人はうちでも確かめたが、あの博物館に行ってたし――」

「この二ヵ月で、二回の誘拐未遂」アダムが考え込みながら言った。「そして今、ジョセフの娘が行方不明」

「ちょっと待ってくれ」ロブが抗議した。「ジョセフ家には争った形跡は何もなかったって、一緒に確かめたろ」そこで鍵が開いていた窓を思い出す。「たとえばティファニーは何か目撃したのかも。彼女がさらわれたって証拠は何もない。母親が襲われた時だってあの家にはいなかったのかもしれない。だってわからないだろ、友達を放っぽって別の友達とスキー遊びに行ってるかもしれないんだし。ガキってのはそういうことをするもんだし。でもそうじゃなくてティファニーの失踪が母親の死と関係あるとしたって、半端な誘拐事件と結びつけるのはちょっと飛躍しすぎじゃないのか」

「そのとおりだ」アダムが同意してロブを驚かせる。「あの家に鑑識を行かせなければ。ほかの可能性が――」

「クラーク保安官と電話、一番回線です！」とアギーが叫んだ。

フランキーは静かにするよう皆に合図すると、受話器を取り上げた。

「ジョン？　話は聞いてるか？　そう、手を借りたい」

ロブはアダムを見た。アダムは奇妙な、やや控えめな微笑を返した。

「ラッセル捜査官が言ってたのはそれだけか？」

ろくな話題もなかったので、ロブはそう聞いた。

「捜査に関してはそれだけしか言っていなかった」

その几帳面な切り口上の裏には言葉にならないものが詰まっていて、ロブは鼻で笑いそうになった。

その間もフランキーがてきぱきと要点を話している。九分後に電話を切ると、彼女が言った。

「さ、援軍が来るぞ。そしてマスコミよけもこれ以上は無理だ」

「どうせいつか嗅ぎつける」アダムが言った。「それに、マスコミは利用もできる」

「へえ？」ジークが言った。「ならあんたに広報やってもらおうかね」

「州警察と電話！」アギーが叫んだ。「一番に！」

フランキーは電話に手をのばし、途中で止まって言った。

「ロブ、あんたとジークは手の空いてる人たちを残らず集めて捜索に加わってもらえ。人員の到着を待つ暇はない。それにだ、頼りにできるのは地元の、この地域をよく知ってる人たちだ。日暮れまでもう何時間もないぞ」

「了解」とロブは言った。

「今日やれることをやって、ティファニーが見つからなければ、また明日の朝イチから始めるぞ。だが、あの子を見つけてくれ」

フランキーはふたたび電話に手をかけた。

ティファニー・ジョセフは見つからなかった。

ティファニーの痕跡すら見つからなかった。

人々の努力が足りなかったわけではない。歩ける者は残らず、州警察やクラマス・フォールズ保安官事務所からの増援が来るより早く少女の捜索を始めていた。

バート・バークルは自分の犬たちをつれてくると、博物館やジョセフの家を取り囲む森を見て回った。犬たちはクンクン嗅ぎ、吠え、くるくる回ったりはしていたが、有力な痕を嗅ぎあてられなかった。とにかく何の痕も嗅ぎ取れずにいた。

「雨が降りすぎた」バートがロブに告げた。「雨が降りすぎ、雪が多すぎ、時間も経ちすぎている」

「とにかく、するだけのことはしたさ」とロブは励ました。

バートはいつもにも増して深刻な顔をしていた。

こんな状況に何かいい点があるとすれば、小さなコミュニティが苦難に対して集まる、その団結力だ。

コンスタンティン家の親子がジークと話しているのに気付いたロブは、ビル・コンスタンティンとティファニーに何らかの関係があったとするアダムの疑いを思い出していた。

ビルを眺める。見目の悪い青年ではない。というかもう青年でもないか。二十五、六歳になっているはずだ。年よりも幼く見え、思春期の頃と変わらずひょろっと背が高くて不器用そうだった。兄のダンをおどおどさせたバージョンという感じだ。今やダンのほうは色男になって、ティファニーが鏡に貼っていたのがダンの写真だったなら何の疑問もなかっただろう。昔の父親に似て、ダンも遊び人だった——とはいえ近頃の遊び場はスプリングフィールドだが。しかし、ビルのほうは？

ティファニーをこのまま見つけられなければ、ビルを聴取しなければなるまい。気が進まない。ロブはまだ、ティファニー発見の希望を持っていた。こんな山の中で、この天候で、十代の女の子がどこまで行ける？　とはいってもティファニーは鍛えていたし、両親ともパークレンジャーだという優位はある。

ロブがちらっとアダムを見やると、アダムは神経を張り詰めるあまりほとんど体を震わせんばかりだった。その姿はロブに、バート・バークルが放つ寸前の猟犬たちの集中したしなやかな姿を連想させる。

ロブは顔をしかめた。アダムをやたら意識してしまうのが嫌だ。ほかの男だと一度も目につかなかったようなことが、アダムだと目に入ってくる。お洒落に整えられた髪の中にはねた、頑固な一筋の乱れ毛。手首に巻かれた地味な銀鎖。思い出の品か？　はじめは医療情報識別のブレスレットかと思ったのだ。だが違う、ベッドを共にした夜に確認済みだ。そしてアダムの頬骨——マジか？　いつから男の頬骨なんか見るようになった？

アダムのことを見てない時でさえ、ロブはアダムがどこにいるのか、誰と話をしているのか、何を見ているのか、意識している。

もっとも最後の一つは簡単だ。アダムは全員を、そしてすべてを見ている——疑惑のまなざしで。

そしてそれがどれだけ嫌でも、ロブ自身、友人や隣人たちをアダムの目を通して見ずにはいられない。捜査機関は人を皮肉屋にする。それはそういうものだ。善人が悪行を為し、悪人は罪を犯しておいて逃げおおせる。

ロブがこの保安官事務所に入ったのは、自分が健康で、活動的で、冒険を求めていたからだ。屋外ですごしたかったし、社会に貢献もしたかった。そして大体思いどおりになった。フランキー保安官はほとんどの場合は働きやすい上司だ。シーズンオフは静かな日々だ。単調ではない。そして忙しい時期には……まあ、それはそれで恩恵がある。一緒にすごす相手には事欠かない、そこは間違いない。

皆は夜九時まで捜索を続けたが、やむなく、ロブは中断を命じた。また雪が降りはじめていた。暗がりで幻の葉がちらつくように。気温も落ちてきている。ティファニーには良くない知らせだ——彼女が野外にいるなら、彼女がまだ生きているなら。怯えて凍えているところなど考えたくない。誰もここで諦めたくはなかったが、暗いし、もう危険だ。

「明日、夜明けにここに集まろう」

ロブはそう約束した。捜索隊の勢いを止めたくはないが、参加者の多くがアマチュアで、訓練もされていないし、ロブには彼らの安全を守る責任があった。

「湖畔のキャビンは？」町へ戻る車内でアダムが聞いた。「あそこは誰か探したのか？」

ロブは首を振った。

「ティファニーが町まで歩いて戻ったなら、どうしてキャビンなんかに隠れるんだ？　助けを求めて俺たちのところに来るだろ」

「我々でキャビンを確認するべきだと思う」

アダムの表情を読むには暗すぎた。冗談を言っているわけではなさそうだ。

「そんなことを始めるなら、このあたりの別荘にも押し入って調べたほうがいいぞ。はっ、いやニアバイのあらゆる住民の家を調べるか？」

「必要となれば」とアダムは答えた。「僕があのキャビンを見て回るのはかまわないか？　どうせキャンプ場に泊まっているわけだし」

ロブは凍えて、空腹で、疲れきっていた。それでもぐっと己を抑えた。

「いや、かまわないよ。一緒に確認しに行こう。時間の無駄だろうけどな」

そして時間を無駄にしに向かった。

まさに言葉どおりに、二人は三十四軒のキャビンのうち、クラマス・フォールズからの捜索隊の宿泊用に召し上げられていないキャビンをひとつ残らず確かめた。埃っぽいシャワーカーテンもめくった。防虫剤の匂いのするクローゼットものぞいた。ティファニーの痕跡はない。

だから言っただろ、と言いたくなるのをロブはこらえた。アダムは捜索に尽力してくれていた。保安官事務所に残り、ぬくぬくとすごしながら助言や指揮をしていてもよかったのだ。フランキーがアダムを呼んだのはそもそもそういうことのためだ。だがアダムは山の斜面を登り、茂みから茂みをのぞいて回った。ティファニーをじかに知り心配している人々と同様に濡れて冷え切り、疲れ果てるまで。

「何か食いに行くか？」

ついに最後の、無人のキャビンのドアを閉めると、ロブはそう誘った。

アダムが残念そうに答える。

「いくつか報告書を仕上げないと」

ロブの仕事もまだ終わってなかったし、明日も早いが、どのみち何か食べなければならないし眠らなければならない。少なくとも横にならないと。ロブは言った。

「俺は一回本部に戻るよ。後で寄ろうか」

何気ないふりで言いながら、期待と興奮で心臓が高鳴っている。どれほどアダムと夜をすごしたくてたまらないのかに、自分でも驚いていた。

アダムがゆっくりと言った。

「本当はそうしたいが、職務上の同僚とは関わらない主義なんだ」

ロブはあっけにとられた笑いをこぼした。

「え、いつからだよ？」

「同僚と持った関係が手ひどく終わってからだ」

アダムは苦い笑みを浮かべていた。礼儀正しく、惜しむような口調だ。

思いもしないほどの衝撃――そして理不尽さを感じる。

「じゃあこの間のことは？」とロブは問いただした。

アダムがたじろいだ。まだ静かで丁寧な口調だ。

「職務上の同僚ではなかったからだ。きみの身元不明死体《ジョン・ドウ》は僕の事件と無関係だった。今回は一緒の事件を扱っているし、私生活と仕事の混同はいいことではないと考えている」

「そこまで深く考えなくてもいいだろ」とロブは言った。しつこくしたいわけではないが、プライドを傷つけられているのは確かだ。アダムに気を使われているのがなお悪い。「ただのセックスでいいだろ。とてもいいセックス。この間みたいに」

「大変そそられるが」如才なさが薄れて、アダムの声は少し苛ついて聞こえた。「遠慮しておく」

「そうかよ」ひとつ前のセリフをロブはすでに後悔していた。ほがらかに言ってやる。「じゃあ機会があれば、また」

「ああ、あれば」

アダムが背を向けた。

損をしたな、とロブはアダムに向けて思う。ただし、自分だけが一方的に損をした気分だった。

6

悲鳴のエコーで目を覚ました。

目をはっと開き、アダムは一瞬、自分がどこにいるのかわからなかった。ブリジットの夢を見ていたのだ——おなじみの混乱と焦燥、間に合うように彼女のところに駆けつけようとする一瞬。どうしてか、結末を知っていても彼女にたどりつかねばという恐怖は変わらない。ただ今回はそこにロブ・ハスケルがいて、アダムはコンウェイの車に隠れていた自分の方針についてロブと言い争っていた。ロブが彼の悪夢の中で何をしているのかは謎で、そこを不思議に思いはじめた時、悲鳴で目覚めたのだった。

混乱の一瞬、ブリジットの悲鳴かと思った。完全無欠の暗闇。自分のベッドではないし、部屋は松と暖房用の燃料ペレットとカビ臭いシーツの匂いがした。オレゴンだ、と思い出す。ブリジットはもう一年近く前に死んでいる。

血も凍るような悲鳴は、夢だったのだろうか？

あまりに大きかった。かなり近くからだ。

アダムはブランケットを押しやると、ベッドスタンドの拳銃に手をのばした。だるまストーブの火格子の向こうで燃える赤い色にもかかわらずキャビンは寒く、足の裏に木の床が冷たかった。ドアまでなんとかたどり着くと、鍵を開け、ドアを開け、なだれこむ凍てついた夜気に息を呑んだ。氷のような空気に呼吸が止まり、完全に覚醒する。

どのキャビンのカーテンごしにも何の明かりも見えない。地面を覆った粉雪が、半端な光の下で奇妙な輝きを放っていた。

アダムはじっと耳をすませた。松葉の一つも落ちない。この静けさは不気味だった。

これは自然な静寂か？　不自然なものか？

正直、アダムにしてみれば不自然に静かすぎる。こんなにしんとした中で、人はどうやって眠るのだろう？　アダムは悪夢と罪悪感のせいで何か聞いた気になっているだけか？

腕と肩に鳥肌が立ち、ぶるっと震えた。この寒さが嫌だ。この静けさも嫌だ。

とりあえず、何か着たほうがいいのかもしれない。

闇に動くものはない。囁くような音すらしない。

アダムは口の中で悪態をつくと、ドアを閉め、手早く着替えた。数分後にそっとキャビンのドアを開けて外へ滑り出す。月はない。揺らめく雪のせいで驚くほど明るい――だが立ち並ぶ木々の影は濃く、方向感覚を乱される。

目的地や計画があるわけではない。疲れていたが、もう今夜は眠れないだろうし、どうせなら確かめておいたほうが気が安まる。

その後四十分間に見たものは、アダムの心をまるで安らがせてはくれなかったにしても。

周囲のキャビンに一向に明かりが灯らないあたり、やはりあの悲鳴はアダムの悪夢の産物だったのだろう。それでもアダムは湖畔のレイクハウス・レストランへ向かった。雪の薄い膜が靴の下で静かに砕けた。

悲鳴の発生源はわからなかったが、木々の間から出るとたちまち足跡を見つけた。大量の足跡だ。それも、あらゆる方向から行ったり来たりしている。

「これは何だ？」

その足跡がいつのものかもよくわからない。ロブやジークならなんとかなるのかもしれないが。円を描いてるようなその痕をアダムがたどってみる間にも、白い雪がそれを柔らかに埋めていった。

ボートハウスのレストランを通りすぎ、アダムはそれから自分のキャビンまで戻って、逆の方向へと向かった。そちらには何の痕跡もなかった。ついに、眠りにつく前より疲れ、凍えて、アダムはキャビンに戻った。

素朴な室内は、雪の夜に比べるとほっとするほど暖かかった。ストーブに燃料ペレットを足し、アダムはコーヒーを淹《い》れる。

あの足跡は、それだけでは何の意味もない。それにあの悲鳴が本物だったなら、どうしてほかの誰にも聞こえていない？

本音を言えば、この事件には嫌な記憶を呼び起こされる。それくらいよく似て……。

大きな差異もあるが。そしてアダムはそっちに集中するべきなのだ。

室内を眺めた。十月に滞在したのとは違うキャビンだ。折れたベッドの骨組みのことを思い出し、小さく微笑んだ。今夜ロブを泊めておけばよかったと、今は思う。

ロブの言ったとおりだ。ぬくもりとセックスを分かち合うだけで、それ以上の意味なんて持たせなくていいのだ。その両方ともに飢えているのだから。ロブに強い魅力を感じているのに、拒絶するなんてどうかしている。長いことこんなに誰かに惹かれたことはない。

それとも、それが問題なのか？

ベッドの上にかかった絵に目をやり、ジョニーが「本物の芸術作品」と言っていたことを思い出す。この絵は別の風景画で、山ではなく湖が中央に大きく描かれていた。アダムは立ち上がって筆使いを眺めた。

風景画の隅には斜めに黒い署名が入っていた。ＤＫ。ダヴ・コールターだろうか？　コールターはこのキャンプ場の昔の所有者の息子だったとロブが言っていたから、この絵はコールターのものかもしれない。その場合、二十歳そこそこのアマチュアが描いた絵として見ると、その腕前にアダムは感心した。

ストーブのそばの椅子に座ってコーヒーを手にする。

ダヴ・コールターが殺されたのは、運が悪かっただけかもしれない。そういうことだってある。誰だろうと被害者になりえる、それが無情な真実。時にはタイミング悪くそこに居合わせただけで。

コールターの場合は……。

アダムは、憎悪犯罪《ヘイトクライム》ではないかと見当をつけていた。ひとりのゲイとしての自分と捜査官としての自分がせめぎ合う。そう、もしヘイトクライムだったのなら、どうしてコールターが町を出るまで待った？

ある種の、獲物を弄ぶのが好きなタイプのサディストがいて、コールターがそういう人間と出くわしてしまったという可能性は、ギリギリ残る。ストーカーなりサイコパスなり、とにかくその犯人が自分の獲物が逃げようとしているのを見て行動に出たとか。映画や小説にいるタイプの異常者。グラスで赤ワインを揺らしてクラシック音楽を嗜む全能のシリアルキラーは、フィクションが生んだ幻影だ。この手の犯人が逮捕を逃れ得るのは、本能的に被害者をランダムに選んでいることや、運、さらに捜査側の人手と想像力の欠如などによるものだった。シリアルキラーなんて、モンティ・パイソンの有名な回で言うように〝まさかの〟存在なのだ。

それでもコールターが故郷を捨てる決心をした後で殺されたのは、まぎれもない事実。

何故だ？

誰かがコールターに行ってほしくなかったのか？

そう視点を変えてみると……たしかに、すべてが変わってくる。

新たに容疑者の対象も広がるし、これで両親から友人まですべてを考慮する必要が出てくる。アダムの推論が正しいなら、ロブはコールターの敵ではなく友をこそ探すべきなのだ。

じっと考えをめぐらせながら、アダムはまた苦いコーヒーを飲んだ。

「どのグリッドにも割り当てられてない人がいたら私のところに来てくれ！」保安官のフランキーが町の中心にある小さな公園の見晴台の上から拡声器で怒鳴った。「これは共同作業だということは忘れないように。一人でうろうろするのは禁止。そしてもし何か見つけたら、どんな些細なものでも、自分の班長にすぐ報告を。班長たちは、記録して連絡！」

「こりゃ面倒なことになるな」

J・J・ラッセルがせかせかとした手で青い上着のスナップを留めた。朝一番で、メドフォードとクラマス・フォールズの増援隊と一緒にニアバイへ戻ってきたのだ。

「広すぎる対象地域、多すぎる一般市民。娘が消えてから時間も経ちすぎだ」

その言葉に、アダムはうなずいた。ラッセルの言うとおりだろうが、やむを得ない状況でもある。山は山だし――とにかく広い。そして捜索地域が広いため、できる限りのボランティアの人手が必要になる。それぞれの班長はパークレンジャーや州警察官、近隣の町の捜査官たちだったが、すみずみまで目を配れるわけでもないし、どれだけ口酸っぱくして「何にもさわるな」と言おうとも誰かが必ずさわってしまうものだ。

「境界線が設定される前に、犯人はとうに外に逃げ出してるかもしれないのにさ」

「どこにも行っていないと思う」

ラッセルはアダムの答えを聞いてないか、興味がないようだ。

「誰かポートランド支局を呼びゃいいのにな」

「今のところ、殺人事件と行方不明の少女が一人だ」アダムは答えた。「ＦＢＩを呼ぶほどではない」

「それでも俺たちは呼ばれたぞ」ラッセルが言い返した。「それにあんたも言ってたように、国有地の殺しだろ」

その青い目は挑戦的だった。ラッセルの、アダムに対するいつもの態度。ラッセルの目には――多くの人の目には――アダムのキャリアはもう救いようがないと映っており、ラッセルはアダムとパートナーを組まされたことで自分にも累《るい》が及ぶと思っているようだ。そこで、事あるごとにアダムに反発したり距離を置こうとしたりする。

アダムはどうでもよかった。死体安置所《モルグ》回りの任務を離れて、事件の捜査をできるだけでありがたい。どんな事件であろうが。ニアバイの状況に興味を抱いてもいる。それにここには――いや事件のことだけ考えよう。

ラッセルが、緊急の用か何かでロサンゼルスに戻ってくれたらいいのだが。ないか。ラッセルが呼び戻される時はアダムも呼び戻される時だ。

ラッセルの批判的な表情に向かって言った。

「ここは保安官事務所の管轄だ。我々は支援のためにここにいる。我々の事件ではない」

ラッセルが口を開け、間違いなく反論する気だったのだろうが、そこに理不尽なくらい朝から元気にあふれたロブがやってきた。

「お二人は俺かジークと一緒に動いてもらえれば」とてきぱき言う。チラッとアダムを見たきり、残りの言葉はラッセルに向けた。「判断は任せます。俺なら地理に詳しい人間のそばにいるけどね。森の中じゃすぐ迷うし、捜索地域はだだっ広いし」

「僕はきみと行こう」

アダムが言うと、ロブの茶色い目がさっと彼へ戻った。短くうなずく。

ラッセルが言った。

「なら、俺はラング保安官補のほうを手伝ってくるよ」

「じゃ、それで」とロブが背を向けた。

どうも前夜のアダムからの拒絶を、ロブはまだ許していないらしい――だから仕事仲間と関係を持ちたくないのだ。うまくいかなくなるとその影響が大きい。

どうせ、ここには仕事をしに来たのだ。それ以外のことは、全部あるべきでないことなのだ。

ただ、ロブのことが気に入っている点を除けば。そしてきっと心の隅のどこかでは、この捜査が終わって帰りの飛行機チケットを買った後なら、もしかしたら……とアダムは願っていたのかもしれない。どうやらその望みも消えてしまったようだが。

どうせ、このほうがいいのだし。

ラッセルがジークの班に加わりに行くと、迎えたジークはアダムの予想どおりありがた迷惑顔だった。ロブの表情もそれといい勝負だ。後で二人で担当したＦＢＩ捜査官について仲良く愚痴るのかもしれない。

ボランティアたちと捜査官たちが捜索予定エリアの端まで動き、捜索ラインを形成した。最後の指示が下され、近隣郡からの人手で増強されたティファニーの捜索が再開された。愛らしい十代の少女の失踪事件とくれば皆の士気も高いし、今日は天候も味方だ。明るく晴れた二月の朝。前夜の積雪はわずかなもので、もう溶けて地面がのぞきはじめている。

厄介なのは、なんといっても、探しているのが被害者なのか加害者なのかわからないところだ。ティファニーは見つけられたがっているのか？　それが問題だ。

草の生えた低地を後にし、木々を抜けて山の斜面を登っていく。空気は薄く、鋭い。日向は暖かかったのだが、それもすぐ変わる。樹下や岩の裂け目には柔らかな新雪が積もっていた。一行がゆっくりと山腹を登るにつれ、気温がたちまち下がってきた。涼やかな空気は爽快で、体を動かして己を追い込むのは気分がいい。

一時間半ほど経った頃、ロブがアダムのところに来た。

「まだ大丈夫か？」

「ああ」

問題ない。よく鍛えているし――一月に半年ごとの体力測定をトップクラスでクリアした――体を酷使するのは嫌いじゃない。そうであっても、かなりの運動量だったが。もうしばらくで脱落者が出始めるだろう。

汗で湿った髪をかき上げる。ロブが言った。

「鼻が赤くなってる。日焼け止め塗ってるだろうな？」

アダムは鼻に皺を寄せた。

「赤いのは日焼けじゃない、寒いからだ」

「寒い?」

この程度で何を、とロブが小馬鹿にしたが、宙に白く残る息のせいで説得力がない。制服の分厚いジャケットと手袋という姿も。アダムは自分が手袋というものを所有していたかどうかも思い出せなかった。彼の冬用の服といえばウールのセーター二枚くらいのもので、その一枚を今もFBIのジャケットの下に着ている。ジーンズとブーツを荷物に詰めてきて幸いだった。この斜面をビジネスカジュアルの格好で歩き回りたくはない。

ロブがアダムの左側に顎をしゃくった。

「あれがビリー、ビル・コンスタンティンだ。その左、トウマツの木立のそばにいるのが父親のほう」ロブは何気なくつけ足した。「父親のバック・コンスタンティンはこの辺りじゃ大物だってことは頭に入れとくといい」

バック・コンスタンティンにはどことなく見覚えがあったが、どこで見たのかアダムが思い出すまで数秒かかった。湖畔のレストランだ。コンスタンティンはアダムがそこで夕食を食べた日もあの馬鹿げたフリンジのコートを着ていた。

「どのくらいの大物だ?」と聞き返す。

「この辺りで、国有林じゃない自然の土地はほとんどコンスタンティン家所有なくらい」

「よくわかった」

「だから、我々がティファニーのことをビルに聴取するには、慎重にやらないと」

「聴取するのか？」

我々、という言葉を聞き逃してはいない。

ロブがうなずいた。

「そういうことになりそうだな。どうせ、どこかから手をつけないとならないし。昨夜調べたんだ。ビルはティファニーの家庭教師をしていたよ」

「教科は？」

「理科。ティファニーは一年の時に生物で赤点を取って」

「気になるな」

「そう言うだろうと思ったよ」

「何らかの関係があるはずなんだ。意味もなく他人の写真を飾る人間はいない」アダムは横目でロブを見た。ロブは微笑んでいた。暗い笑みだった。「それに、考えていたんだ。あの写真は妙だ」

「どこが？」とロブが聞く。

「あの写真に写っているのはビル・コンスタンティンと、もう一人の少年だ。そっちの少年は溺死している。ウォーターソン。誰かにあげたくなるような写真ではないだろう」

「だから？」

「だから、おそらくあの写真をティファニーにやったのはビルではない。彼女はきっとどこかであの写真を入手し、自分の目的に転用したのだろう」

ロブは眉をしかめていた。

「転用？　それってつまり？」

「まだよくわからないんだ」

ガレ場に近づきながら、二人は沈黙した。

「あんたは、ティファニーはビルに恋をしてて、ビルはそれを知らなかったって思ってるのか？」

聞きながらロブはビルを見つめていた。その視線の重さを感じたように、ビルが二人へ目をやる。ロブが挨拶がわりにうなずいた。

おずおずと、ビルがうなずき返した。

「知っていたかもしれないし、知らなかったかもしれない」アダムは答えた。「とにかく、彼女にあの写真を与えたのはビルではないと思う。きみの仮定だとティファニーはビルの写真がほしくて——好きだったのがウォーターソンのほうではないとしてだが——しかし一般的な経路では入手不可能だったことになる」

「一般的な経路では入手不可能」ロブが感心したように言った。「それってＦＢＩ用語か？

普通の言い方じゃ駄目なのか？　あんたが言ってるのは、ビルに写真をくれと頼めなかったティファニーがどっかからくすねてきたってことだろ？」

「正しい」

「彼女の思慕対象が同等の感情を保持していなかったので必要な相互理解が得られなかったとか？」とロブが示唆する。

「ああ、うるさいぞ」とアダムは言った。

ロブが笑う。アダムの背を叩くと、足取りをゆるめて、遅れはじめた数人のボランティアに声をかけに行った。

ビルがまたこちらを見ていた。アダムは礼儀正しくうなずき返した。ビル・コンスタンティンが落ちつきを失うのはおかしなことではない。無実の人間であっても、捜査機関の注視を受けるとビクついた行動をとるものだ。

「彼女を見つけられると思いますか？」とビルが聞いてきた。

「できるだけのことをします」とアダムは返した。断定を避けるのがこの仕事では大事なことだ。守れない約束をしてはならない。ＦＢＩアカデミーでは教わらない教訓。救えなかった被害者の遺族と向き合って学ぶもの。

「見つかるさ」とバック・コンスタンティンがむっつり言った。

息子のビルはそれでは安心できなかったようだ。

「我々でこの捜索ラインを保っていこう」ロブが指示を飛ばした。「割り当てエリアの隅々《すみずみ》まで見落としがないようにしたい」

全員が同意の声をこぼした。八人組の班からボランティアが脱落しつつある。地面は隆起だらけで、人々はアダムが心にしまっておいたことを声に出しはじめていた――ティファニーがこんな遠くまで来ているわけがないと。夜の中で。闇の中で。

残念そうに、申し訳なさそうに、年嵩や体力に自信のない人々が引き返しはじめる。ロブの無線がザザッと音を立て、彼は足を止めて応答した。

ヒュッと口笛を鳴らす。振り向いたアダムを、ロブが手招きした。

アダムは向きを変え、斜面を下へ引き返しはじめた。松葉の上の雪はハイキングブーツのろくな足がかりになってはくれない。右足が滑り、左足の下の岩が砕けて、次の瞬間気がつくと、顔から小さな谷間に転げ落ちていくところだった。

どこか遠くからロブの叫び声がする。あまりに一瞬のことでハッと――ただ唖然として――息を呑むことしかできなかった。

「うわ！」

地面にぶつかって息が叩き出され、悪態も途切れる。茂みと雪が衝撃をやわらげてくれたが、目の前に火花が散った。耳と鼻に雪が詰まっているようだ。そして眩暈《めまい》の数秒、このまま窒息するんじゃないかとぞっとなった。

「アダム？　アダム！」

上からロブの声が降ってくる。今のアダムと同じくらい息切れして聞こえる。

ごろりと横になって、アダムはありがたい酸素を肺いっぱいに吸い込んだ。肋骨に痛みが走り、岩にぶつけた手袋の手がズキズキした。

顔から雪を払う。睫毛に少し雪片が残った。「大丈夫だ！」と声を絞り出す。

「大丈夫か？」とロブが怒鳴った。

「最高だよ！」とアダムはもっと力を込めて叫んだ。最高も最高。どうして聞く？

見上げてみた。転げ落ちながら感じたほどその斜面は高くはない。四メートル弱というところか。せいぜい。縁にロブが膝をつき、緊張した顔で目を大きくしてじっとこちらを見下ろしていた。

「動かないでくれ。俺が降りる」

そのウエスタンスタイル風の保安官助手の帽子がどれほど似合うか、誰かロブに言ってやるといい。いやどうせ、もう知っているか。

「いいいや、大丈夫だ。来なくていい」

アダムは声を返した。実際、かなり大丈夫そうで、状況への怒りを抱く余裕すらあった。どうして人々は素敵なアウトドア活動というものにそこまで憧れる？　命取りになるような事故と隣り合わせだというのに。

同じ班のメンバーが到着しはじめてロブのそばに顔をのぞかせる。ロブが斜面に近づくなと皆に言い渡す間にも、どうやってそこから登るかアダムに一方的なアドバイスが次々と飛んでくる。

アダムは体を起こしたが、てっきり斜面の底だと思っていた茂みと雪が、その時になって崩れた。さらに数十センチ下へ転がり落ちたアダムは、岩と瓦礫に尻を打っていた。

これは痛い。悪態がとび出す。

「アダム！」

「ここだよ！」とアダムは叫び返した。

そして、そこにいるのは彼ひとりではなかった。

はっと鋭い息を吸いこむ。岩でも瓦礫でもない——とにかく岩と瓦礫だけではない。アダムが落ちたのは、古いバックパックの朽ちた残骸の上だった。

「ハスケル、ちょっとここまで来てくれ」と呼ぶ。アダムは膝をついて前へ進んだ。

岩の出っ張りと、木の根と茂みに隠れてちょっとした窪みがあり、その乾いた地面にはまた別のぼろ布の塊があった。ぼろ布、それと散らばった骨。

人骨。

動悸が速まり、アダムは膝をついたまましゃがみこんだ。うつろな、空っぽの眼窩が彼を見返した。

FBI

パラパラと小石と雪が降ってきて、続いてロブが半ば飛び降りるように斜面を滑って着地した。

「一体どうした――」

「ここだ」とアダムは呼ぶ。

ロブがぐいと枝を押しやって、アダムの隣にしゃがみこんだ。アダムの肩に手を置く。

「動くなって言ったのに」

ロブはさわりたがりだ。とにかく手でさわってくるタイプ。だが特に、アダムもロブが相手だとそれが気にならないのだった。むしろぐっと肩をつかむ、短い、温かな接触に励まされている。

アダムはそっけなく言った。

「１９９８年に失踪したというハイカーの名前は？　腰の再建手術をしていた若者だ」

「ジョーダンなんとかだ。ええと、ジョーダン・ゴーラ？」

アダムは石や骨が散らばる中の曲がった金属片や、プラスチックのマッシュルームのようなものを示した。

「どうやら、彼が発見されたようだ」

ロブがアダムの視線を追って、張り出した岩の下にある遺骸を見た。

「畜生」と呟いた。驚いたというより疲れたように。だがハイカーがこんな山で長期間行方知れずとくれば、考えられる結末は数少ないのだ。少ししてつけ加えた。「ティファニーじゃないのだけは救いだな」

「ああ」アダムもうなずいた。「こっちは悪い話だが、鑑識をここまで呼ばないとならないぞ。法人類学者も一緒に」

ロブがアダムを凝視した。

アダムは続ける。

「そうだろう、ロブ？　死体が一体なら、まああありえる。だが二体？　この辺りの森には骨が生えるとでも言うのか」

ロブが眉をしかめて言い返した。

「これがダヴ・コールターの死体と関係してるとか言いたいわけじゃないよな」

「まさにそれが言いたいんだ」

「一体どうなってる？」銀の髪とフリンジのジャケット。ビルの父親のバック・コンスタンテインが彼らを見下ろし、眉間に皺を寄せた。「誰か負傷したのか？」

「少し待って下さい、バック。問題が起きた」ロブは声を返した。アダムに向かってつけ足す。

「とにかく結論を急ぐのはよそう。ただの事故かもしれないんだし」

「ロブ――」

「この若者の死因もわからないんだ。足を滑らせて頭を打ったのかもしれない。あの時期だとダメージをやわらげる雪のクッションもなかっただろうし」

「かもしれない。ここから見ると頭蓋骨に損傷はないようだが」アダムは言った。「僕は専門家ではない。きみもそうだ。だから専門家を呼ぶ必要がある。すみやかに」

ロブの不安げなまなざしを、アダムは受け止めた。

一拍置いて、ロブはうなずいた。「同意だ」と立ち上がる。

彼を気の毒に思う。本心から。態度こそ無頓着だが、ロブは奉仕し守るべき責任を負った住民たちをなにより大事にしているのだ。そしてこの殺人が――これが殺人であれば――自分の赴任する前の事件であっても、重く受け止めている。アダムは声をかけた。

「そしてきみはこの現場を保全しないと」

ロブがくたびれた様子でうなずいた。

立ち上がって顔をしかめたアダムへ、ロブが「本当に大丈夫か？」と聞く。

「ああ。ひびが入ったのはプライドだけだ」

ロブはうっすら微笑んだ。

「言っておくけど、あんなに堂々と落ちていく人は俺も初めて見たね」

アダムは鼻を鳴らしてから、慌てて鼻を拭った。ロブが笑った。

この状況下での、それだけが一瞬の笑いで、斜面からせっせと登って戻る二人の顔にはもう笑みなどなかった。そう厄介な登りではなかったが、アダムは段々と熱い湯船でののんびりした入浴と寝心地の良いベッドが恋しくなってくる——そのどちらも今泊まっているキャンプ用のキャビンには用意がない。

　ロブは無線で連絡を入れようと、丘陵を下へ歩いていった。

「運が良かったね」ビルが言った。「下で何を見つけたんです？」と斜面から身を乗り出したものだから、父親に上着をつかまれる。

「何バカをしてるんだ、今何があったのか見てなかったのか！」

　その手を振りほどき、ビルは父親に嫌悪の目を向けた。次にアダムに聞く。

「ティファニーだった？」

「いや」

　全員、本心から安堵したようには見えた。もちろん中には芝居の上手い人間もいるだろう。アダムも散々見てきた。

「ティファニーときみは仲が良かったのか？」

　ビルにたずねた。表情にも口調にも思いやりをにじませる。それでもビルはどこか身がまえたようだった。

「そりゃ、ほら、知ってるし」と答える。「あの子の家庭教師をしてたんだ」

「ティファニーが困った時に頼りそうな相手の心当たりはあるかい？」

「そこまではよく知らないよ」

ビルがそそくさとティファニーとの距離を強調しようとしたのは、この状況では理解できることだ。その後ろめたそうなそぶりやアダムの目を見られずにいる態度は、何か隠しているからかもしれないし、ＦＢＩに質問されてどうしようもなく緊張しているせいかもしれない。そしてどちらにせよ、今はビルを詰問する時でも場所でもなかった。

「やっぱりこのまま山頂まで行くんですか？」と捜索班の誰かがたずねた。

「わかりません」とアダムは答える。

「この先はもっと険しくなる。あの娘がこんなところまで来られたとは思えない」

「できたかもしれないわ」班で唯一の女性が口をはさんだ。「そうするしかなかったら」

「だがどうしてそんな必要が？」とバック・コンスタンティンが言った。

誰もそれには答えられない。というより誰もあまり口をきかなかった。主には皆、ロブを目で追っていた。ロブはこちらに背を向けていたから見るほどのものもないが。数人が倒木に腰を下ろして休んだ。水筒が手から手へ回される。

一、二分後、ロブが彼らのほうへ登ってきた。

「下山を始める」と皆に告げる。「ダーリング捜査官が独自の捜査に飛び込む前に、俺も言うとしてたんだが、南側の捜索チームがティファニーの携帯電話と思われるものを発見した」

その情報に、残った捜索隊の輪がざわついた。

「だからそんなことだろうと言ったんだ」コンスタンティン家の父親のほう、バックが言った。

「犯人はどうせハイウェイに向かってあの子をつれてっただろうに、我々は山の上なんかで何をしてるんだ？　つかまるだけなのにぐずぐず残る奴はいない」

「どこを探せばいいか予見できれば、こうして皆の手を借りたりはしてませんよ」とロブがきびきび言った。「さ、行こう。向こうのエリアに全員でかからないと」そこでアダムの問いかける視線をとらえ、大丈夫だとうなずいた。

ロブが残って目印を作り、位置座標を記録する間、アダムと捜索班の残りは下山にかかった。ティファニーがこっちには来ていなかったと確信した今――それが真実かどうかはともかく――前よりずっと速度が上がっている。この手の捜索で厄介なのは、相手が加害者でも被害者側でも、追っ手の裏をかこうとして思いもよらない手に打って出かねないことだ。愚かだったり、危険な手に。

ロブがアダムに追いついてくると、知らせた。

「二時間くらいで鑑識班が到着する」

「それはよかった」

「バックの言うとおりだ。ティファニーはハイウェイのほうへつれて行かれた可能性が一番高いよ」

「彼女はハイウェイにつれて行かれたわけじゃない。どこにもつれて行かれてはいない」アダムは答えた。「シンシア・ジョセフの喉を切り裂いた人物は返り血まみれだったはずだ。だがジョセフの家に血痕はなかった。ティファニーは誰かに追われていたわけではないと、結論を出しただろう。家を飛び出し、後からさらわれたことはあり得る。もしくは彼女が共犯者であるか」

ロブが暗い視線をとばした。

「あんた、本当にティファニーが一枚噛んでると思ってるんだな」

「判断しがたい。あの晩いきなり家に帰ろうとした点は、妙だと思うが」

「それはどこまでも状況証拠だろ」

「そうだ。だがきみも知るように、状況証拠というものは物的証拠ほどにものを言う」

ロブがうなった。

それきり沈黙が落ち、二人のブーツの重い足音と針葉樹を抜ける風だけが静寂を破った。見下ろす谷の景色は素晴らしく、さらにほとんどの家がどれほど互いと離れているのかアダムの目にも一目瞭然だった。この雪と森の世界では〝隣人〟なんてものはほとんどただの概念にすぎない。

ロブが渋々と認めた。

「あんた、都会っ子にしちゃ体力あるじゃないか」

「ありがとう」

アダムがニヤッとすると、一瞬置いてロブもニヤッと笑い返した。二人の笑みは、突然響き渡った銃声でかき消された。

7

数メートル先で残りの捜索隊メンバーも足を止め、きょろきょろと見回した。

「一、二キロもないぞ」とノリス・パターソンが声を上げた。

「セミオートマティックだ」とアダムが言う間にもロブは無線に呼びかけていた。

「発砲したのは誰だ？」

と問いただす。雷鳴のように轟く自分の心臓の音で、答えがかき消されそうだ。カラカラの口で言葉を剝がすように押し出した。

「こちら保安官助手のハスケル。今、銃声が――」

ジークの声が割りこんだ。『ロブ、俺たちは狙撃されてる』

なんだと？　少し前までニアバイは静かで平和で、働くにも住むにもいいところだった。それが今や戦場か？

「狙撃って……バカなハンターとかじゃないのはたしかか？」

『当たり前だろ、たしかだよ！』とジークが言い返す。

ロブは悪態をついた。

「どこからだ？　どっちの方角から撃たれてる？」手早く地図を広げた。「現在地は？」

『ウィドウズ・ピークだ。誰かがアサルトライフルを持ち出してこっちに乱射してやがる』

無線から聞こえる銃声は小さくて遠く、それに比べて現実の反響音は鋭くエコーがかかっていた。

「まず一般市民を山から下ろそう」とアダムが言った。

ロブは適当にうなずきながら、ほかの班長たちと連携を取ろうと試みる。全員が一度に通話ボタンを押していた。意識の端でアダムが斜面を駆け下り、木の影に身を隠せと皆に命じているのを聞いていた。すぐそばに頼れる理性的な存在がいるのはありがたい。今のロブにはあらゆる協力が必要だった。

「ジーク、誰か撃たれたか？　負傷者は？」と聞く。

ザザッと雑音が鳴りひびいた。『否《ネガティブ》』とジークが返した。

ほっとしたあまりロブの力が抜ける。

「全員すぐ下山するんだ。進め！」とアダムが命じた。どうしてそんな冷静な声が出せる——毎日のことのように？

権威の許可を待ちわびていたかのように、捜索班の残りは悪い足元で最大限急いで下山にかかった。ありがたい。神に感謝、アダムに感謝だ。

向こうの尾根まで行くのにどれくらい時間がかかるか計算しようとしていると、アダムがさっと戻ってきて、そばに一緒にしゃがみこんだ。

「向こうは足止めされてるのか？」アダムが聞く。「退却可能か？」

ロブは首を振った。わからない。「ジーク、皆をつれてそこを離れろ」と命じる。

無線から、いきなりクリアになって怒りがこもったジークの声が響いた。『俺だってそうしてえさ、ハスケル！　動けねえんだ、わかったか《コピー》？』

「参ったな」とアダムが呟く。

「了解《ラジャー》」とロブはアダムとジークの両方にそう答えた。

『ハスケル保安官補？　こちらはメドフォードの保安官補ラードー――』

同時に別の声が割りこんだ。『こちらクラマス・フォールズの保安官補オニール。今から迎撃に向かう』

ロブはぎょっとアダムを見た。迎撃？　このカウボーイどもはテレビゲームでもしている気なのか。ジークの班の民間人が管轄をまたいだ銃撃戦に巻きこまれるなんて何が何でも避けたい。

今のやりとりを聞いたアダムが眉を寄せていた。

「よくない流れだ」と言ってくる。

「そりゃ……そうだな。ま、そいつはライフルを持ったバカのほうに言ってやってくれ」

「きみはどうしたい？」とアダムが聞いた。

危うくヒステリックに笑いそうになるのを呑みこまねばならなかった。アダムが、ロブに、聞くのか？　こんな状況にどう対処すべきかロブにどうしてわかる？　こんなことは彼の世界では起きたことがない。

ロブは地図を示した。

「ここがウィドウズ・ピークだ。ジークの現在地。おおよそのな。それで、俺たちがいるのがこっち」

アダムがロブと目を合わせた。

「きみは、銃撃者のところまでぐるっと回りこみたいのか？　背後から制圧する？」

ロブは深い息を吸いこんだ。固い仕種でうなずく。

「そうだ。ああ」また地図をたたんだ。「大した計画じゃないが、これしか思いつかない。聞いた感じじゃメドフォードとクラマス・フォールズの動きがこっちの丁度いい煙幕になってくれそうだ。とにかく俺たちは――俺は、人死にが出る前にそこまで行かないと」

素早く考えをめぐらせる。ロブはこのあたりの地理には詳しい――何年もここに登ってたくさん写真を撮ってきた――が、雪で移動速度は落ちるだろう。十分？　十五分かかるか？　それでも、ジークたちにとって、アダムとロブが一番あてになる援軍だ。

「そうか」アダムがうなずいた。「よし、行こう」

理にかなった計画だと納得しているような口ぶりだった。「アサルトライフル対拳銃だぞ」とロブは思わず律儀に指摘する。

驚いたことに、アダムの口元が冷ややかな笑みに上がった。立ち上がりながら言う。

「問題なのは、その拳銃を持つのが誰なのか、だけだ」

歩みは順調で、二人は十二分ほどでウィドウズ・ピークの後ろの尾根まで登り、下りに入った。肉体の酷使――アドレナリンの最適な消費――と考える時間のおかげで、ロブも落ち着きを取り戻した。いい気分とは言えないが、怒りと決意が、こんな緊急事態が自分の手に負えるのかという迷いに勝っていた。誰かが対処するしかないのだ。そして、その誰かというのが、まさにロブになるらしい。

アダムの協力がありがたい。少なくともこれで一人だけは、自分たちが何をしているのか心得ているというわけだ。

足元は、松葉やぐらつく石や濡れた土で滑りやすい。木漏れ日が届くところの雪は溶けていた。こちら側の斜面のほとんどは深い日陰で、岩の細い裂け目はまだ凍りついている。

それでも二人は五メートルほどの距離を空けながら素早く進んだ。

頭上で、サトウマツやポンデローサマツの間を吹き抜ける風が海のような音を立てていた。銃声の間隔は随分と長くなっている。この膠着状態が終わったかとロブが願うたび、新たな銃声が風ばかりの虚無を裂くのだ。

さらに数百メートル進んで、二人は立ち止まって息を整えた。眼下にはまばらな高い松の木と緑の草が見える谷と、その中に建つ大きな丸太小屋があった。それを囲むいくつかの建物の金属製の屋根が、力ない陽光を跳ね返していた。

ロブはアダムを手招きした。そばに来たアダムに双眼鏡を渡す。アダムがそれを手にした。

ロブは低い声で説明した。

「あれはサンディ・ギブスの家だ。ギブスは、田舎住まいの生存主義信奉者《サバイバリスト》ってやつさ。〝銃を手放す時は俺が死んだ時だ〟ってタイプの」

アダムは眼下の景色をじっと見下ろした。

「きみは、銃撃者がそのギブスだと思うのか?」

「かなりアリだとは思ってる」

「武器をあそこに備蓄しているのか?」

「そりゃもちろんさ。ご立派な武器庫があると思うね。俺が心配してるのは、ティファニーもあそこにいるかもってことだ」

アダムの淡い眉がぐっと寄った。

「ティファニーが？」

「もしかしたら。もしかしたら、ギブスが昔ながらの求愛手段に出たのかもしれないってな。ほかにそんなことをする理由は考えつかないし」

「きみは、ギブスが未成年の少女を誘拐して、その母親を殺したと見ているのか？」

「あいつは差別主義者《レイシスト》だ。根っからの。それに自分のことを現代の山男だと思ってる。飛躍してるように聞こえるだろうが、ネイティブアメリカンの女性を殺してその子供をさらうってのは、あの男のおとぎ話のシナリオに合うと思うね」

アダムは黙ったまま、話を分析していた。

「かもしれないな」と言う。「ありえなくはない」納得したという言い方ではなかった。「シンシア・ジョセフの死体は演出されていた。博物館からは遺物が持ち出された。きみが今言ったような犯罪者なら、わざわざそのようなことはしないだろう」

「そういうことにはあんたのほうが詳しい。俺が言えるのは、ギブスには女性、とりわけ若い女性に対してのハラスメント行為の前歴があるってことだ。そう大したもんじゃない、ただ不愉快でしつこいだけで」

アダムが顔をしかめる。不愉快でしつこいハラスメントを「大したもんじゃない」と断じたことにだろう。

「かもしれない」アダムはまたそう言ったが、やはり半信半疑の声だった。「別の仮説もある。

ギブスは森の中を動き回っている捜査関係者に気付いて、自分を狙いに来たという結論に飛びついた」

ロブは目を細め、その説を考えこんだ。

「……かもな」

「妄想狂《パラノイア》、というプロファイルが成り立つ」

「そうかもしれない。でも結構な偶然の結果だろう」

「個人的にはこれは偶然とは呼ばない、因果関係というものだ」アダムが双眼鏡を返した。

「もしギブスが銃撃者であれば、その木立のどこかに狙撃用のタワーが設置されているはずだ」

ロブは双眼鏡をのぞいて、谷の台地から続く緩斜面帯にそそり立つ木々を順に見ていった。途中の高い木立の中に、ギラリと金属的な反射を見つける。陽光をはねる銃口。

「いい読みだ。十時方向の高所」

「射手は一人、複数?」

「一人だけに見える。言い切れない」

「銃声からも一人のようだしな。下のほうに人の動きは?」

「ない。だがこっちに向かってる途中かも」

「そうだな。では、どう対処する?」

ロブはゆっくりと言った。

「あいつはいずれ下りてこなきゃならない。武器の補充のためだけでもいつかは下りてくるし、多分きっと、立てこもって籠城《ろうじょう》の構えをとる。俺としては、あの家まで行ってそれを待ち伏せするのがいいと思う」

「ふむ」とアダムが眉を寄せた。

「誰にも怪我させずに手早く片付く。俺たちがいるなんて思ってもいないだろうし。ティファニーを探すチャンスも得られる」

アダムがはっとロブのほうを見た。

「我々にはあのキャビンの捜索令状はないぞ」

「正当な理由がある。あいつはあそこに上って捜査官に発砲してるんだ。これ以上の根拠が要るか？」

「我々に必要ないものの話をしようか。新たなルビー・リッジ事件だ」

ルビー・リッジで立てこもり事件があった時、ロブは十一歳だった。細かい成りゆきなどろくに覚えていない。覚えているのは連邦捜査官が有罪を立証しようとやりすぎて、死ななくてもいい人々が死んだことだけだ。アダムもロブと同年代のはずだが、どうやらルビー・リッジ事件はＦＢＩにとって痛い汚点のようだった。

「あれとは状況が違う。ていうか、似てないだろ」

それでもアダムは納得しなかった。

「我々がこの先ギブスをジョセフ殺害で起訴することがあるなら、令状なしで上がり込んでしまえば、何を発見しようと証拠として認められないのはわかっているだろう」

それは真実だ。アダムは大きな絵図を見ている。ＦＢＩのやり方なのだろうか。ロブは言い返した。

「いいか、もしあの子の命を救えたら、ほかのことは俺はどうだっていいんだ。何かありゃその時どうにかする」

「ロブ……」アダムが拳で額をさすった。

「聞いてくれ。礼状を待ってもいいが、その間にギブスがあの家に立てこもるだろう。ティファニーも一緒に中に閉じ込められることになるかもしれない。それか、あいつは狙撃用タワーに陣取って、その間俺たちは全員が位置につくのをただ待ち、それからクラマス警察が訓練された交渉人を送り込んできて何時間か奴とおしゃべりをする。何日かになるかもな」

アダムは首を振った。それでも手応えを感じて、ロブはしゃべり続けた。

「俺の知るギブスなら、長い膠着状態が続いた末に、最後には、どういう形であれ、あいつを撃ち落とすか家に催涙ガスを投げ込んで突入するかになる。それか奴が自殺するか——周りを道連れにな」

少し間を置いて、アダムが言った。

「きみは計画があるのか、それとも窓を割って入り、待つだけか？」

ロブはまた双眼鏡を持って家をじっと観察した。

「俺の計画は、急いであそこに向かって、家に戻ってくる奴を俺たちでとっ捕まえるってとこまでだ」

「家へ向かう途中で、それとも中で？」

ロブは双眼鏡を下ろす。アダムを見やった。

「臨機応変に行こうぜ」

アダムにはどれだけ無謀に聞こえたか知らないが、言うほど無茶なことではない。心得のある人間が一人か二人いれば、家に潜りこみ、ギブスが事態を悟る前に制圧できるだろう。ＦＢＩではそういうやり方はしないのかもしれないが。イレギュラーな手法だが、今仕切っているのはアダムではない。アダムがその口で言ったのだ、自分とラッセルは支援と協力のために来ていると。そしてロブが彼に求めるのは……。

アダムの強烈な、暗いまなざしと目を合わせる。それを求めるのはきっとフェアじゃない。

「ギブスは一人暮らしか？　家の中にほかの住人がいないのは間違いないか？」

「ギブスは一匹狼だ。もし中に誰かいるなら、ティファニーだよ」

それにアダムは首を振ったが、ティファニーが家の中にいる可能性を否定したのかロブの計画全体への反対かははっきりしない。

彼にとっては苦しい決断なのだと、ロブにもわかった。アダムが正式な手順を好むのはもう知っている。いいだろう、手順というのは理由があって存在するものだ。だが犯罪者はルールを守ってはくれないし、アダムが来ようが来まいがロブはあの丸太小屋に行ってギブスをとらえるつもりだった。

それは言わずにおいたが。アダムに無理強いはしたくない。いい結果を生まないと思っているから、というだけでなく。

アダムが仕方なさそうに言った。

「きみが考えているような速攻は、このような状況では最も有効かもしれない。ギブスは予期していないだろうし。ほかの誰も、だが。我々は孤立しているし、ひとつ間違えればきっと我々の片方か両方が死ぬことになる」

言い換えるなら、よく知らない男を信じるには危険すぎる賭けだ。ロブはアダムを見つめたまま、決断を待った。

アダムが溜息をついた。

「……わかった」

ロブは目を見開く。

「ホントに？」

「ホントに。了解した」とアダムがしかめ面をした。

ロブはニヤッとして心臓の上に手を当てた。

「ダーリング捜査官、あんたに惚れたぜ」

　アダムが小馬鹿にした音をこぼした。応じる。

「もしギブスがきみの思っている半分でも危ない生存主義信奉者《サバイバリスト》なら、自分の家に罠を張り巡らせているぞ。それはわかっているだろうな?」

「そりゃね」ロブは双眼鏡をバックパックへ突っ込んだ。「変なワイヤーに足引っかけるなよ」

「引っかけたらきみに最初に知らせよう」とアダムが物憂い口調で言ったので、ロブは笑った。


　最後の二十メートルは匍匐《ほふく》前進で通り抜けたが、その三分間はロブの人生でも最長の時間だった。キャビンを囲む防火帯替わりの空き地を半分すぎたところで、ギブスが振り向いて彼らを見つけたらどうなってしまうのかと考えはじめていた。のろのろとした匍匐前進が、二人をいい的にしている。背中と肩に汗が噴き出し、急な動きはギブスの注意を引くだけだとわかっていても、先を急がないのがやっとだった。しかし何より怖かったのは、アダムを死なせてしまうかもしれないという今さらの実感。

　FBIの上着の青とロゴの金色は、この辺りに生えている植物の色には見えないし、アダムが自らそのジャケットと命を危険にさらしてくれているということが、余計に重い。

　だがついに、二人は家の裏側に無事たどりつき、立ち上がった。建物の裏に広がる低いデッキにはひと抱えの薪が置かれていて、どうやらギブスは薪を運ぶ途中で山を登ってくる捜索隊に気付いたようだ。

「ギブスはどんな車を所有している?」とアダムが聞いた。両手を膝に置いて息を整えている。防火帯での匍匐前進はそう速くはなかった。息切れはストレスのせいだ。

「ピックアップトラックとスノーモービルだ」

「離れの建物のどれかをガレージにしているはずだ。乗り込まれないように手を打とう」

アダムはまっすぐに立ち上がり、デッキに上がろうと足を乗せかけた。ロブがその腕をつかむ。「見ろ」と、デッキの縁に回されてほぼ風景に溶けこんだワイヤーを指した。ワイヤーの片端は釘にくくられている。もう片端が、デッキの向こう側に何気なく積まれた錆びた缶の山の中に続いていた。

アダムが静かに悪態をつく。

「いい点としちゃ、いざとなりゃこれであいつの注意を引けるよ」

ロブはそう言って、ワイヤーをまたいだ。

それに続きながら、アダムはまだ悔しそうな顔をしていた。グロックを抜いてそっけなく言う。

「きみは左へ。僕は右をカバーする」

ロブは「では早速」と言うと、素早い、強い蹴りをドアに叩き込んだ。ドアは、鍵がかかっていなかったらしく一気に開き、フレームの破片が散って、蝶番でぐらりと傾いた。

アダムがさっと横からとびこみ、右へ向かおうと、お手本どおりの手際の良さで部屋を確かめた。ロブも左へ向かい、同様にする。この手のことをしたのはもう相当昔で——まあここまでのことはしたこともないが——心臓が高鳴り、脳がアドレナリンでざわついていた。

アダムはすでに次の部屋へ移っていた。「クリア」と告げる。

スナイパーの巣の上から、ギブスがまた発砲しはじめた。いいニュースとしては、彼はまだ山の中腹を撃っているから、二人が気付かれた様子はない。悪いニュースとしては、ギブスにはまだたっぷり弾丸がありそうだ。

「寝室に自家製のグレネードランチャーがあったぞ」とアダムがロブを呼んだ。

「銃だけデカくても男は駄目、って話は本当らしいな」とロブは声を返す。

「榴弾《グレネード》はない」

「ま、大体そういうもんだよな」

ロブのいるキッチンはあまりに平凡で、拍子抜けするくらいだった。コンロの上で豆入りの鍋が焦げ付いている。木のカウンターの上のラックでは洗った皿が乾いている。ただの貸別荘のようだが、冷蔵庫に貼られたオサマ・ビンラディンのターゲットシートだけは別だ。こんなもの、今じゃコレクターアイテムだろう。

ギブスの発砲がまた止まった。

「ハスケル、これを見てくれ」

ロブはキッチンを出るとアダムの声を追って、大きなパントリーか保管庫らしきところに入った。部屋の角に近い床に、開いたトラップドアがあった。

アダムがその下にある部屋をのぞきこんでいた。

「どうやら地下シェルターを作っているようだ」

ロブはそばに寄る。「それか地下牢を」

二人は顔を見合わせた。

ロブはしゃがみこんだ。「ティファニー？」と呼びかける。

反応はなかった。寒々しい、土臭い風が開口部から吹いてくる気がした。

「俺が下を見てくる」

半ば、アダムに反対されるのではと思っていた。アダムが固くうなずく。

「気をつけてくれ」

金属の梯子《はしご》を下りていったロブは、ひどく古い地下室らしきものに立っていた。フラッシュライトを点ける。眩いビームに壁に下がった灯油のランタンが照らされ、床から天井までの棚には追加の水の容器や色々な缶詰が詰まっていた。不穏なものはひとつもない――一生分はあるという缶入りパスタのストックに不吉な意味がない限り。

「ティファニーはいない」と声をかけた。

アダムが何か答えたが、聞き取りそびれた。何かが目を引く。棚の一つに立てかけられたスコップ。それをよく見ようと近づいたロブは、棚にはさまれた石の壁だと思っていたのが灰色のゴミ袋の光沢だったと気付いた。

「少し待ってくれ」とロブは言った。「もしかしたら、何かの入り口かも……」

ぐいとゴミ袋を横へのけると、果たしてそこには壁に空いた穴があった。入り口、というのは大げさにしても。

「こりゃ一体……」向こう側をのぞいた。「あいつ、トンネル掘ってやがったのか」

暗い穴を通して呼びかけた。

「ティファニー？」

かすかな、はっきりしない音が聞こえてくる。返事かもしれないし――家を支えるきしむ柱組みの間を入り込んできた冬の風の音かもしれない。

ロブはフラッシュライトを高く掲げた。でこぼこの岩と地面に自分の影が大きく映っている。

「このトンネルを確かめてみるよ」

アダムの返事はない。あるいは答えを聞き漏らしたか。ロブの意識は目の前の黒い穴に集中していた。慎重に進む。閉所恐怖症でなくてよかった……少なくとも閉所恐怖症を自覚したことはない。じめついた土壁と石の通路、ところどころ体を横にひねらないと通れないほど狭い
ここから這い出す頃には、閉所恐怖症になっているかもしれないが。

こんなことを言い出した奴は誰だ？

家のほうからの光が薄れる。今やちらつくフラッシュライトの光だけがたよりだ。ロブは進み続けた。低い天井からいくつか小石が落ちて前の地面を打った。

そう堅固な造りの通路ではない。ギブスがここで何をしているにせよ、建築基準法に違反していることはたしかだ。

ロブは足を止めた。何の前ぶれもなく、トンネルは行き止まりになっていた。呆然として、「ティファニー？」

石と根と土の分厚い壁を見つめる。

ティファニーはここにいなかったのだ。

この数分、てっきりティファニーを見つけられるものだと信じていた。だが間違っていた。彼女はここにいない――いたような形跡もない。そもそも、彼女が山を登ってきたと考える根拠もない。

ならどうして、サンディ・ギブスは狙撃タワーに座って捜索隊に発砲なんかしている？

ギブスが発砲しているのかどうかまるで聞こえない、とロブは気付いた。それどころか、アダムの声も聞こえない。

狭いトンネルで向きを変え、来たほうへ戻っていく。数百メートルを進んできていたが、トンネルの向こうで地下室に溜まった光が、チリ・コン・カーンやベイクドビーンズの缶を照らしているのが見えた。

「彼女はいなかった」と声を上げる。「トンネルは五百メートルくらいのもんだったよ。行き止まりだ」

またもアダムからの返事はなし。

どうした。何か理由があって黙っているのか？

地下の穴にティファニーが囚われているんじゃないかと、怪我をしたり弱ったり死にかかっているんじゃないかと思うあまり必死で……ロブは、ギブスという現実の脅威のことを忘れていたのだ。

携帯を取り出すと、黙って送った。〈異常なし《クリア》？〉

送信不能。青いバーがスクリーンの半ばで止まっている。〈メッセージは未送信〉

ただでさえ信号が不安定な山中の、それも地下の穴に立っている以上、これに深い意味はあるまい。

地下室まで戻ってきた。アダムの気配はなし。耳をすませた。

静寂。きっといい兆しだろう。これだけは確かだ、アダムの排除が静かに片付くわけがない。

ロブは梯子に足をかけた。

片手で縦の支柱を握り、片足を横桟にかけ、見上げた瞬間、M4カービンの銃口をのぞきこんで凍りついていた。

アサルトライフルの銃口の黒い穴は、照準器の向こうから見据える目と同じほど虚ろだった。

「てめえには行き止まり《デッド・エンド》だな、そりゃ」とサンディ・ギブスが言った。

ロブは無理に舌を動かして、言った。

「そんな真似をしても無駄だぞ」

「そいつはどうしてだ――」

ギブスの背後に無音で出現したアダムが、グロックをギブスのこめかみに押し当てた。「そいつは、僕がお前の頭を吹っ飛ばすからだ」

その声は抑揚がなく、本気なのは明らかだった。

ギブスの驚きぶりは、ロブの安堵といい勝負だった。ぞっとするような一瞬、どうにかしてギブスがアダムを片付けたのかと思ったのだ。一発の銃声も聞いてなくとも。

「銃を下ろせ」とアダムは命じた。ギブスが従う。「手を頭にやって、左右の指を組め」

ギブスは下品な悪態を吐き散らし、まあその要点としては、憲法によってあらゆる手段で自分の家と財産を守る権利が与えられているという主張のようだ。

「心配するな、そのうち法廷で好きなだけ言わせてもらえる」とアダムがギブスの襟首をつかんで、地下室の入口から引き剝がした。

ロブがせっせと梯子を上りきった頃には、ギブスは自分の保管庫で顔を床につけ、後頭部で両手を組んで、まだ武装する権利を主張していた。

「いつから国有林がお前の私有地になったんだ」ロブはギブスに乱暴に手錠をかけた。「負傷者がいないよう願えよ」

何回かギブスの頭を床に叩きつけてやりたかったが、こらえる。あの数秒、記憶にもかつてないくらい肝が冷えたし、いい気分のものじゃない。

サンディ・ギブスはフランキーから大統領まで全員を罵り倒し、その声は段々枯れていった。

「何かあったか？」とアダムが、足元の放言と怒声を無視してロブに聞いた。ロブは首を振る。

「何も。彼女があそこにいた気配はない」

「これで確認ができたな」とアダムが言う。やっぱりな、と言うよりずっと優しい言い方だ。

応援が到着し、少しの間ロブは報告したりされたりで忙殺された。なんとかフランキーに無線で連絡を入れられた頃には、滅茶苦茶な噂が飛び交っていた。ハスケル保安官助手がギブスの家の地下で武器庫を見つけたとか、いやＦＢＩ捜査官が国内テロリストを取り押さえたとか、ＦＢＩがニアバイに来てたのもそのためだとか。

『とにかくティファニーは無事だったたって言って』フランキーが要求した。『あの子を見つけたって』

「残念ながら。ここにはいませんでした。彼女の痕跡もない」

『ならあんたはそんなところまで行って何をしてんだ！』

フランキーが怒鳴る。ロブが知る中でも一番切羽詰まった声だった。

ロブはまたもう一度、自分たちの行動を説明しようとする。

『それでギブスはどうなった？　逃げた？』

「冗談じゃない、逃がしゃしない。確保したって言ったじゃないですか」

言葉がいくつか勢いよく飛んできた後、フランキーがはっきりと言った。

『本部に戻ってきなさい……もっと悪いことが起きた』

もっと悪い？

誰かの視線を感じた。ロブは顔を上げる。部屋の向こう側から、アダムが彼を見つめていた。

ロブは簡潔に無線に答えた。

「了解《コピー》。悪いこととは何です？」

フランキーの声は険しかった。

『また死人が出たよ』

8

必要な時には警官は見つからない、とはよく言うが。
ニアバイの通りは――ほぼ一本だけの――政府や役所の車でいっぱいだった。どこを見ても制服姿の男や女。住人を落ち着かせるどころか、警察官たちの存在は町の緊張感と不安を高めているように思えた。

もっともニアバイの住人が息づまるような気分になるのは、二人、もしかしたら三人の女性がこの数日で死んだせいもあるだろう。

「さっさとこの事件は上に任せちまうべきなんだよな」

J・J・ラッセルは、捜索隊本部で合流したアダムにそう言ったのだった。遠くに博物館と、ジョセフ親子の家と車を行き来する鑑識班の姿が見えた。家は隅々まで調べられ、毛髪や繊維など、ティファニーに何があったのか手がかりになりそうなものを探されている。

「我々の決めることではない」とアダムは答えた。正直言って、できればそんなことにはなってほしくなかった。ベンドのFBI地方支部が入ってくれれば、ポートランド支局が乗り出してくるのも時間の問題で、そうなればアダムとラッセルはロサンゼルスへの帰りの便に乗せられる。

「これで三人の女の死に関わったテロリスト容疑者を確保したんだ――」

それはラッセルにしても飛躍が過ぎる。「待て。まず第一に、ティファニーはまだ生存しているかもしれない。むしろあらゆる状況からして、生きていると考えるべきだろう」

「べき？　どんな状況からだよ」

「まずは死体が存在しないことだ。次に、テロリスト？　どこからそんな話になった？」

ラッセルの青い目がチラッと揺らいだ。

ラッセルのぞんざいな態度につき合ってきた数週間も、そろそろ限界だ。アダムは自分に対するラッセルの反抗的な言動の相手をしないように己を抑えてきた。常にプロフェッショナルの顔を保ち、感情を殺そうとしてきたし、それが得意でもあったが、今突然に、どれほどラッセルのことが嫌いなのか気付いていた。

そしてラッセルがどれほどアダムを嫌っているのかにも。

これは私情だ。そして私情だと、二人ともが悟った今、二人の対立をないことにするのはもう難しい。

ラッセルが言った。

「どこからって、そりゃサンディ・ギブスが俺たちを殺そうと何時間か頑張ったあげく、反政府的なスローガンをわめき散らしてるからだろ？　こんな話でどうだ？」

その時になってロブが車から叫んだ。

「アダム、一緒に来るか？」

「ア、アダム？」とラッセルがくり返す。

別にロブ――ハスケル保安官助手――がアダムをファーストネームで呼んでならない理由はない。それでもアダムの顔が熱くなった。

「今行く」とアダムは返した。ラッセルに対しては「ＦＢＩの権限を振りかざしたりする時ではない。我々に管轄権はないんだ。彼らの事件だ」

「うちが担当するべきだろ」とラッセルが言った。

ああ、そうか。これでやっとわかった。ラッセルは現状のニアバイに、自分の実績になりそうな匂いを嗅ぎつけたのだ。せいぜい頑張るがいい。サンディ・ギブスのような銃をかかえた反社会的隠者を政治活動家に仕立て上げるには、相当な口車が必要だ。

二つ目の殺人は、また事態が違う。アダムはこの殺しが心配だった。そしてＳＵＶにとび乗った彼にロブが言った言葉も、安心できるものではなかった。

「ジークはまだ知らないんだ、フランキーが直接話すって。死んだのは、アズール・カパーノだ」

「アズール？」

なんとなく聞き覚えがある。

「アズールは、レイクハウス・レストランの接客係だ――だった。ジークとはこの何年か、くっついたり離れたりの仲で」

「今はどっちの状態だった」

「離れてる」ロブは陰気な目でアダムを見た。「ジークは相当落ち込むだろうな」

かもしれない。それか、落ち込んだふりをするか。アダムはその考えを口には出さなかった。そんな疑いを聞けば、ロブは仰天し、きっと怒るだろうから。自分の物の見方が屈折していることはわかっている。この仕事をしていると逃れられない問題だ。誰のことも疑わずにはいられない。誰より身近な相手でさえ。アダムは引っ込み思案で口数の少ない子供だったが、するべき連絡を怠ると、父は必ず、こそこそ女の子に会いに行ったんだろうとか——笑える疑いだ——非行の道に染まりはじめてるんだろうとアダムを叱ったものだった。

アダムから見たジークは、嫌な奴という印象だ。それでも同僚へのロブの気遣いを、アダムは好ましく思う。

実際、アダムはロブのことを地に足のついた実直な男だと見ていた。山中でのロブの対処に感心もした。オフィスでのいつもの一日とは全然違う日なのに、ロブは銃弾が飛び交う中で驚くほど冷静だった。銃声がしたが最後、あんなには冷静でいられない大部分の警官を、アダムはいくらでも知っている。

たしかに、ギブスの家で地下トンネルを捜索しようとしたロブの決断は、彼の衝動的な一面をあらわにした。きっと、優しすぎるのだ。そう悪い欠点とは言えまい。

「メドフォード保安官事務所の人間が、湖のほとりで彼女を見つけたんだ」とロブが説明していた。

アダムの心が重くなる。

「湖のほとりってどこだ？」

「レストランの近く。彼女は桟橋の下に半分入って浮かんでた」

「死亡推定時刻はまだわからないんだろう?」

ＳＵＶが穴にガタンとはね、数々の傷を思い出させられてアダムは顔を引きつらせた。しかも今日はまだまだ下り坂のようだ。

ロブがうんざりした目をよこした。

「そのとおりだよ。夜のうちのどこか、それだけは言える。彼女は全裸で、そして」さらに顔が険しくなった。「喉を切られていた」

ロブの言ったとおりだ。アズールの死を、ジークは受け止めきれずにいた。

日曜の午後四時にもなると、サンディ・ギブスは留置場で頭を冷やし、ティファニーの捜索隊は南側へ集中し、法人類学者がアダムの発見した人骨を掘り起こしにかかり、そしてフランキー・マックレラン保安官は初の記者会見を開いた。

ニアバイは、アメリカ北西部における犯罪の首都のような様相を呈していた。

報道関係者一同——少なくともメドフォードのメール・トリビューン紙、クラマス・フォールズのヘラルド・アンド・ニュース紙、ニアバイのニッケル紙——が散るとすぐ、アダムはニアバイの保安官たちとの作戦会議に参加した。

科学捜査官がまだジョセフの住居を徹底的に調べている。現在に至るまで、ティファニーが襲われたような痕跡は見つかっていない。

「とにかく、彼女は週末のスキー旅行に行ったわけじゃないだろう」とフランキーが言った。「その線はもう捨てていいと思うね。今の頼みはバック・ベンド・エリアを捜索しているバート・バークルの猟犬と、捜索チームだ」咳払いをした。「アズールについてはまだ予備所見の段階だが、彼女の殺害とシンシア殺害の類似性は無視できない」

「アズールとシンシア・ジョセフには個人的関係があったんですか？」とアダムは聞いた。

「知る限りでは、ない」フランキーが答えた。「ここは小さな町だから、誰もが知り合いだ。そのくらいのつながりならあっただろうが」

「アズールとティファニーは気が合わなかった」ジークが言った。まだ目が赤い。それを除けば落ちつきを取り戻して見えた。「昔、二人ともチアリーダーのチームにいた頃にさ。アズールはティファニーのことを、偉そうな甘ったれたガキって言ってたよ」

「アズールは何歳だ？」とアダムが問いかける。

「十九歳」とジークが答えた。

ジークは二十代半ばから後半だろう。だから何だと言うわけではないが。ジークは年齢よりも少々幼く見えたし、対するアズールは、アダムが思い出せる限りでは、世慣れたふうだった。

「では」フランキーが目の前の書類をまとめた。「じゃあ」とジークへ視線をやる。「ジーク、午後は休んだらどうだ」

「冗談だろ！　俺はどこにも行かねえよ」とジークが熱っぽく返した。

「ならいい。好きにしろ」フランキーが咳払いをした。「アズールもシンシア・ジョセフも喉を切られていた。シンシアはそれに先立って頭を殴られている。アズールは殺される時に抵抗していた。シンシアに用いられた凶器は刃がなまって錆びていたが、アズールに用いられた凶器は鋭利だ。以上が、これまでわかっていることだ」

「シンシアの死は突発的な犯行。アズールは狙われたんだろう」とロブが推論を述べた。

フランキーがうなずく。「私もそう見る」とアダムへ目をやった。

アダムも同意だ。「それでも、同一犯だという可能性は残ります」

「確かに」

「もしくは」ロブが口をはさむ。「誰かが同一犯に見せかけようとしているか」

「そうだ」

とアダムは、フランキーのオフィスの壁に画鋲やテープで留められた犯罪現場の写真を観察した。芸術的にレイアウトされたこの現場写真の壁は、アギーの力作だ。マーメイドカラーの髪の少女が湖に浮いている不気味な写真が何枚かあった。その間にも、向こうのほうでアギーが鳴りまくる電話に応対しようと奮闘する声が聞こえてきていた。

「アズールは性的暴行を受けていたのか？」とアダムは聞いた。

「まだ明らかにされていない」

「彼女は全裸だった。そうなると……」

ジークが帰宅してくれていたらよかったのだが。そこに座って表情や呼吸を抑えようと必死のジークがいなくとも、十分厄介な仕事なのだ。配慮や遠慮というものが殺人捜査に入る余地はない。

ロブが言った。

「シンシアの死体は演出されてたんだと、あんたは言ってただろ。でもアズールの死体発見現場には演出の痕はなかった。湖に浮かべられただけだ」

「もし演出しようとしていたなら、その邪魔をしたのは僕かもしれない」とアダムは答えた。

「え？　どうやって」

「今日の午前三時半くらいに悲鳴のような音を聞いた。それで湖まで行って、周囲を見て回った。何も見つからなかった。暗くて」

言い訳はしたくない。考えるだけで怒りがこみ上げ、胸が悪くなる。

沈黙が落ちた後、ロブが言った。

「それだけじゃフクロウの鳴き声でもおかしくない」

アダムはロブに雄弁なまなざしをくれた。ロブは優しい男だ。あれがフクロウの声でなかったことくらいアダムが一番よくわかっている。悲鳴を聞いたのだ。夢だったと自分に言い聞かせていただけだ。

「夜中の三時半に何だって起きてたんだ？」とジークが問いただした。

「起きてはいない。聞こえた音で目が覚めた」

「なのに誰にも連絡しようとは思わなかったのかよ？　ちゃんと捜査すべきだとは？」

「何を聞いたのか自信がなかった。四十分ほど辺りを見て回った。何の音も、動きもなかった。それで夢を見たのだろうと考えた」

　ジークがせせら笑う。

「そんなにしょっちゅう悪夢を見るってのか？」

「ああ。見る」

　その答えに、ジークですら返す言葉を失ったようだった。

「湖畔に泊まっていたのはダーリング捜査官だけじゃない」ロブが言った。「我々の誰だろうと同じ対応を取ったはずだ、ジーク。それに、アズールに起きたことは変えられなかった。彼女がまだ抵抗を続けていたなら、アダムが何か聞くか見るかしただろ」

「あの傷を受けた後では、抵抗は無理だっただろう」とアダムは言った。

　ジークの目をまた涙が満たす――その大部分は怒りからだと、アダムは見た。だからといってそこにある感情は弱まりも薄まりもしない。

　フランキーが言った。

「被害者同士の接点を調べなくてはな。きっと何かあるはずだ」

「接点ならもうわかってる」ジークが言い返した。「みんな連続殺人犯《シリアルキラー》の被害者だ」

黙れと、フランキーが彼を睨みつけた。「今必要なのはとにかくティファニーを見つけることだ」

ジークがフランキーをまじまじと見た。

「ティファニーが自分の母親を殺して次にアズールを殺《や》ったってことですか?」

「そんなことは言ってない！」

「もっともな方針だ」アダムが割って入った。「ティファニーの発見がやはり優先事項だ。二件目の殺人で事態は大きく変わった。シンシア・ジョセフとアズール・カパーノの殺人をつなぐのが何かも解明しなければ。この二人の女性は年代も、出自も、仕事も、容姿も異なっている」

「被害者分析」とジークが知ったかぶって言う。

「まあ、そうだな。そういうことだ」

アダムがそう認めたことで、さらにまたジークの怒りを買ったようだった。

「てめえはプロファイラーでもなんでもねえだろ」

「ああ、違う。とにかく、そういうものはテレビドラマの話だ。プロファイラーという役職はＦＢＩにはない。だが僕が知っているのは——」

ジークがまた遮る。

「どうしてこいつがここにいるんだ？　どうして俺たちはこいつの話を聞かなきゃならないんだ？　俺はこの野郎の名前をネットで検索したんだ。こいつの最後のでかい事件《ヤマ》がなんだか知ってるか？　誘拐事件だ。その被害者は死んだんだ、こいつがヘマしたせいで。やらかした」

まったくの不意打ちだった——覚悟しておくべきだったのだ。好奇心と根気と初歩的なネットスキルさえあれば誰だって誰かのことを何でも調べられる時代だ。

アダムをさらに驚かせたことに、ロブがぱっと立ち上がると、テーブルに両手をついてジークの顔に迫った。

「俺たちがアダムの話を聞くのは、この状況でどうすればいいかわかってるのが彼だけだからだ。その話を聞くのがなんでそんなに怖い？」

「ロブ……」

アダムの声が届いたのかどうか、ロブはまるで反応を見せない。ただ、椅子を倒しながらと び上がったジークだけを見据えている。

ジークが怒鳴り返した。

「一体何が言いたい、てめえ！」

「今聞こえたとおりのことだ。耐えられないならお前はもう帰れ」

「俺は平気だ、耐えられないのはお前ら全員のその、哀れむような態度だよ！」

「座れ、二人とも！」フランキーが叱咤した。テーブルを叩く。「捜査の指揮権はまだ私にある。そして私はダーリング捜査官に助言を求めている。ここにいてもらってるのはそのためだ！」

まだ怒りをたぎらせたロブがアダムにさっと目を向け、応じてアダムはつい短い、曖昧な笑みを返していた。誰かにこんな勢いでかばわれるなんて、生まれて初めてのことだ。

誰かに守ってもらう必要なんて、コンウェイの事件までなかったが。

不意にロブは自分を取り戻したようだった。ややバツが悪そうな顔になってから、ジークに最後のひと睨みを投げる。

ジークも睨み返した。

「お二人さん、この間抜けども、お座りになったらどうだ？」

フランキーがそう要請する。実質、命令だ。

ジークが椅子を起こした。ロブも椅子に座った。

「いいかな」アダムはジークへ顔を向ける。中立的な口調を保とうとした。「僕は行動分析課《BAU》の人間ではないが、ＦＢＩの特別捜査官なら誰でも様々な状況に対処できるよう、凶悪犯罪に対しても、総合訓練を受けている。捜査への助言や支援は我々の通常業務だ」フランキーを見た。「あなたがこの捜査をポートランド支局に引き継ぎたければ、それでもいい。ただそれまでの間にも捜査は進めておく必要がある。初動四十八時間の重要性はご存知でしょう」

「じゃあ続けようぜ」ジークが言った。「被害者について解説してくれよ」

アダムは首を振った。

「そういうものではないんだ。被害者を知っていたのはきみたちのほうだ。きみたち三人こそ、被害者の女性たちをよく知っていた。それらの情報を集積し整理することで現状の分析にもつながる。いかなる殺人事件捜査でもそうであるように」

「うちの管轄では殺人事件はこれが初めてなんだ」とロブが言った。

「わかってる分はな」とフランキーが暗鬱に言う。

ロブとジークが向き直って、まじまじと彼女を見つめた。

アダムは口を開く。

「その話になったからには聞きましょう、あなたは、シンシア・ジョセフ殺しがこの保安官事務所の手に余るから僕を呼んだのではないはずだ。必要な支援はクラマス・フォールズからでもメドフォードからでも得られたのだから。あなたが僕を呼んだのは、僕がロードサイド切裂き魔《リッパー》の捜査に関わっているのを知っていたからだ。意識的にか無意識的にかはともかく、あなたはニアバイに連続殺人犯《シリアルキラー》がいると疑っていた」

啞然としたロブを見やって、フランキーが苛々と言った。

「ちゃんと注意を払ってたのは私だけってわけか？」

「何にですか」とロブが問いただす。

「放火、動物の死骸」フランキーが睨んだ。「教会の壁に殴り書きされた異教のシンボル。ほらジーク、あんたはプロファイルやらなんやらの犯罪ドラマ好きだろうが。ロブに説明してやれ」

そんな言葉に仰天した顔でロブが唾をとばして反論した。

「待ってください、あれはちょっとしたいたずらでしょう。ろくになっちゃいないのに銃を持つようなガキどももいるけど、この辺りじゃ誰もが銃を持ってるんだし」

「お前は見たくないから目をつぶってるだけなんだよ」とフランキー。

「ジークにだって見えてないですよ！」

そうかもしれないが、フランキーの言葉はアダムには納得のいくものだった。最初から、フランキーが自分の小さな町に深刻な異常を嗅ぎ取っているという、そういう気配は感じていたからだ。縄張りに対する捜査官の勘は信じるべきだと、この年月で学んでもいる。

ジークは無言だった。唇でも読もうとするかのようにフランキーを凝視している。

「もう随分前から、いつか何か起きるんじゃないかと恐れていた」とフランキーが言った。「ダヴの死体が出てきた時、ついに来たかと思ったよ。でも違った。ダヴじゃなかった。それ以外は、考えていたとおりになった」

フランキーは確信している。すべての言葉を。どれだけロブが反論や否定をしたくとも、フランキーへの敬意が勝っているのが、アダムにもわかる。フランキーはこの仕事のことも、町のことも熟知しているのだ。ロブがアダムを見た。

「勘違いかもしれない」とロブ。

アダムはうなずいた。保安官の勘違いという可能性はある。

三日間で二つの死体という事実は、その逆の可能性も示しているが。

「とにかく」とロブが言った。「じゃあ、殺された女性たちについて俺たちの知ってる情報をまとめよう」

「ギブスのクソったれはどうすんだ？　いつ尋問すんだよ？」とジークが聞く。

アダムはロブを見た。

ロブは苦々しく答える。

「あいつの家からは何も出てこなかった」

「アラスカ警察がロバート・ハンセンの家を最初に探した時だって空振りだったんだぜ」とジークが言い返した。

「ロバート・ハンセンってのは誰だ」とフランキーが問いただす。

「解体パン屋《ブッチャー・ベイカー》」とジーク。

フランキーはあきれて首を振った。ロブが聞いた。

「いつそんなにシリアルキラーに詳しくなったんだ？」

「この辺でお仕事ができるのは自分だけだって思ってんだろ？」

「まさか」ロブは見るからに怒りをこらえていた。「俺が言いたいのは、ギブスに対して結論に飛びつくべきじゃないってことだ」

「ないわけあるか！　この辺りでプロファイルにぴったりなイカレ野郎はあいつだけなんだぞ！」

「プロファイルはまだ存在しない」とアダムは言った。

今にもまた立ち上がって胸板を叩き出しそうなジークだったが、フランキーが割りこんだ。

「少し冷却期間を置くのがいいだろうと思う。ミスター・ギブスには、留置場の中で頭を冷やしてもらう。その時となれば起訴に十分足りる材料はある」

これもよくある流れだ。現実主義対、理想主義。アダムは言った。

「ギブスが事件に関与しているかどうか、判断するにはまだ早い。避けるべきは、彼が有罪だという先入観を持って聴取を行うことだ」

「へえ？　そうかい。事情聴取の基本テクどうも」とジークが言った。

内心でアダムは溜息をついた。

「博物館での盗難に関して情報があるぞ」フランキーが言った。「アギーと私とでシンシアの記録簿を調べてきたが、二つの物品がなくなっているようだ。鴉の頭の形をした木の仮面と、ナイフだ。仮面はきわめて高い価値がある。何千ドルものな」

「盗品のアンティークを扱うマーケットは数々あるが」アダムは言った。「しかしあの仮面が金銭目的で奪われたとは思えない」

「ならすべての仮面が奪られてたはずだしな」ロブがうなずいた。「犯人にはシンシアの死体を展示ジオラマに配置する時間はあった。博物館から全部の仮面をかっぱらうだけの時間だってあったはずだ」

「じゃあ何だってんだ？」とジーク。

フランキーが気が進まなさそうに言った。

「ナイフのほうは大した価値はない。ただし、シンシアの記録によると、盗まれたナイフの柄は、やはり鴉の形に彫られていたそうだ」

ジークは悩んでいるような顔だった。

「こいつは何なんだ？　頭がイッちまったどっかの鳥人間か？」

「俺は、鴉についての伝説を色々読んでいたんだが」とロブが言った。

「鴉についての伝説を？」とジークがおうむ返しにする。フランキーすらあっけにとられたようだった。

ロブはきまり悪そうな表情になる。

「ゆうべ移動図書館から二、三冊借りただけですよ。ダーリング捜査官が、なくなってるのは鴉の仮面じゃないかってアタリをつけてたんで」とアダムを見ずに肩をすくめた。

「で、何がわかった」とフランキーがうながした。

「何も。仮面は、神聖だとか強大だとみなされた獣に似せて作られる。仮面が神秘の力を持つと考えられていた頃もあった」

「神秘の力！」とフランキーが声を立てる。

「読んだことを話してるだけですって。鴉についての伝説や言い伝えは山ほどありますが、今回のことに合いそうなものはなかった。ある文化では鴉は強運だとか死の前触れとされてる。死肉をあさるので、死者とこの世界との橋渡し役と考えられることもある。クラマス部族の言い伝えとは違いますがね、あそこのは大体が世界創世の話で。モドック族の伝説では鴉はトリックスターで、いたずらものです。話の英雄役をやらないこともないが」

「調べ方が甘いんだよ」とジークが言う。

「恐ろしげな鳥だ」とアダムが言った。ジークが刺々《とげとげ》しく笑う。アダムはそれを無視した。

「禍々しい見た目の鳥だ。そういう、単純な話なのかもしれない」

「続けて」とフランキー。

アダムはまだ考えを練っている途中だった。

「あなたの見立てどおりに、ジョセフ殺しの犯人が十二月と一月に女性たちを襲った、あるいは誘拐しようとしたのと同じ犯人だとしよう。目撃証言によればその犯人は戦化粧をしていた。そこからは、ネイティブアメリカンの文化に深いつながりを感じ、己の人格《ペルソナ》を作り上げようとしている人間像が感じられる」

「ペルソナだって？」ジークが問い返した。「どんなだよ？　漫画の悪役にでもなりきってんのか?」

「なんとなくわかる。犯人は、進化してるんだな」とロブが言った。

「そう。そうだ。犯人は……自分という存在を、構築しようとしている」

「でっちあげてんだろ」とジークが口をはさむ。

「基本的には。それに近い」

「俺は、あんたのことを言ってんだよ」

「うるさい、ジーク」フランキーは考え込んでいた。首を振る。「他所者に違いない。そんな住人がいればわかる。頭のイカれた鴉フェチとか」

「他所者は博物館のことは知らない」とロブ。

「観光シーズンには大勢がここを訪れる」アダムは言った。「そうではあるが、僕は地元の人間だと考える。この前聞いたような小さな出来事——破壊行為、動物虐待、放火……それらはきわめて典型的だ。シリアルキラーの萌芽期間。境界線を越えようとしている何者かの」

「男」ロブが言った。「白人」

「可能性は高い。今回は、ほぼ確定的に」

「若い」とフランキーが言った。

「それは相対的価値です」

「二十代後半から三十代前半」とフランキーはきっぱり言い直した。

「〝カラス様ＬＯＶＥ〟っていうＴシャツでうろつき回っているわけじゃねえ」とジークがアダムに目で挑みかかる。「ＦＢＩでなくたってそんくらい知ってるさ」

そう、『クリミナル・マインド』を数話見ればそれくらいわかる。テレビドラマだったならジークこそ犯人役だろう。アダムはただ「この手の仮説の多くが近年では見直されつつある」とだけ言った。

「ちょっとはいいニュースもあってね」とフランキーが言った。「いいって言うのとは違うかもしれないが。エコー・フォールズ近くで発見された携帯電話は間違いなくティファニーのものだった。かなり壊れててね、ティファニーあるいは誰かが、滝の近くの岩に落としたように見える。州警察ができるだけのデータを復元しようと試みてるところだ。ジーク、お前はティファニーが週末泊まるはずだった友達にもう一度話を聞いてこい。どうも話のどこかがおかしい気がする」

「喜んで」

ジークが椅子を乱暴に押しやって立ち上がった。

「冷静にやれよ、ジーク。被害者はアズールだけじゃない。ティファニーだって被害者だ。そうでないとはっきりするまではな」

フランキーのオフィスからジークが出て行ってから、ロブが言った。

「あいつは少し休ませたほうがいい、フランキー。あれじゃ何しでかすかわからない」

フランキーは感情のこもらない目でロブを見た。

「今は人手が惜しい、ロビー。ジークはいい捜査官だ。若さが出てるだけで。すぐ落ちつくさ」

ロブは納得しきれていない様子だった。フランキーがファイルの山を前へ押しやる。

「博物館で働いたことのある全員の個人ファイルだ。何か目につくものがないか、確認するぞ」そして顔を上げて怒鳴る。「アギー、コーヒーたっぷり追加！」


そのファイルを全員で読み終わったのは七時すぎだった。アダムの印象では、ニアバイに住むほとんどの若者が一度や二度は博物館で働いていたようだ。アズールは二年前に働いていたし、ティファニーは、正式にではないが、ずっとあそこで働いていた。テリー・ウォーターソンもブルーロック入江で溺死したあの夏、博物館で働いていた。

「ビル・コンスタンティンはどうなんだ？」とアダムはたずねた。

ティファニーの鏡台にあったあの写真が頭から離れない。ティファニーは可愛くて人気のある娘だったが、心に決めた特別な相手がいた様子はなかった。せいぜいが自室のピンクの壁に貼られたジャスティン・ビーバーのポスターどまりだ。唯一、あの二人の少年の古い写真だけが、ティファニーの……恋心、とまでは言えないが、何かのヒントだった。二人のうち片方の少年は死に、そしてもう一人は誰もが口を揃えてティファニーとつき合ってるはずがないと言う。

　アダムは何よりも知っている。誰もが間違う時があることを。

「ビリーか？　ないよ」とフランキーがきっぱり言った。

「どうしてです？　彼はゲイですか？」

「ビリーが？　私は聞いたことないね」

「違う」とロブが言った。

　フランキーがあくびをして体をのばした。

「さて、今日はもう上がりといこう。二人とも飯を食って少し寝てきたらどうだ。明日の朝一番でまたここに集まろう」

「あなたこそ少し休んだらどうです、フランキー？」ロブが言い返した。「昨夜は寝てないでしょう。アギーが言ってましたよ、朝来たらあなたがまだここにいたって」

「ティファニーの友人からジークがどんな話を聞き出せるか、聞きたいんでな。大体、ドク・クーパーからの報告も待たないと。今夜アズールの検死について連絡をくれるはずだから。あんたたち二人はもうおさらばしなさい」

　おさらばしなさい、なんて言われたのはいつ以来だか、アダムは頭を悩ませる。じつのところ、山から投げ落とされたような気分になりつつあった。実際の出来事とも大差はない。肋骨にひびが入っていないかどうかも自信が持てない。骨が無事でも、空腹で疲れ切り、ひどいコーヒーの飲みすぎで神経が嫌な感じにざわついていた。落ちつくまでしばらくかかりそうで、まずは何杯か酒がほしい。なにしろほかの望みは――ロブと熱い風呂に浸かって一緒に出るとか――予定に入れられないものばかりだ。

「ありがとう、では今日は上がらせてもらいます」とアダムは言った。

「今日は本当にご苦労様、ダーリング捜査官」

片手間にねぎらいながらフランキーは二人が広げたまま残したファイルに手をのばした。

保安官事務所の一階は暗く、騒がしい一日の後では奇妙に静かだった。まだアギーが受付にいる。「おやすみ」という挨拶にも答えず宙を陰気に見つめる彼女の横を通り抜け、アダムは外に出た。

かすんだライトが暗闇を照らしている。残った雪は灰色のぬかるみになっていた。

「なあ！」と後ろからロブに呼ばれる。

アダムは木の歩道で立ち止まった。夜は澄んで冷たく、目の前で上っていく息がロブの息と混じった。

「パートナーはどこに行った？」とロブに聞かれた。

アダムは落胆に襲われていた。何を期待していた？　答える。

「おそらくだが、上に苦情を申し立てているところだろう」

くたびれすぎていて、どう聞こえてもうよかった。

ロブがニヤッと、斜めの笑みを浮かべた。

「苦情を溜めてそうな男だったしな、しばらくかかるんじゃないか。ならうちに来て夕飯を食わないか？」

疲れ果てているというのに、ロブとの夕食という言葉に心臓が浮かれてはねる。アダムはためらい、そのためらいを見てロブが続けた。

「なあ、おかしな意味に取らないでくれ。仕事仲間と関係を持ちたくないってあんたの主義は尊重する。でも一緒に飯を食うくらいいいだろ？　仕事仲間だって夕飯くらい食うだろ」

「たしかに」

それはまったくそのとおりで、ジョニー——やラッセル——と二人で食べた数々の食事を思うと、アダムの当初の警戒心が蹴散らされていく。ジョニーとの夕食は実際に楽しんでもいたが。

決意の揺らぎを見抜いて、ロブがなだめすかしにかかった。

「熱い風呂。ほかほかの食事。くつろげるベッド——ゲストルームでな。それに文句はないだろ、な？」

アダムはストイックな顔を保とうとしたが、こんな一日の後では……こんな親切な申し出、感涙にむせんだっていいくらいだ。認めていた。

「もちろん。文句などない」

「それに、事件についての議論もできるよ。そうすれば気がすむならさ」

ロブにからかわれている。口説かれている？　アダムは曖昧に微笑した。

「そうだな」

「しかも明日の朝、早くから仕事に取りかかれる」

「ああ。それはじつに……」

天国みたい？　かもしれない。

「ほら、簡単な話だろ？」ロブが言った。「今日一番楽な決断だよ」

ぼんやりした明かりでわかりづらかったが、アダムはロブにウインクされた気がした。

9

二人とも丸一日カフェインとアドレナリンで走り続けてきたので、ニアバイからの車内でアダムが言葉少ななのも無理はない。できればそれだけであってほしい。泊まるという決断への後悔でなければ。

ロブの言葉は、おおよそ誠実だった。アダムを誘惑しようという魂胆はない——ただし自分の作るチキンパルメザンには自信があったし、もしそういう雰囲気になったなら遠慮するつもりはさらさらない。

初めから、アダムは気になる男だった。体の相性もいい。今ではアダムのことが少し好きになっていて、彼のことをもっと――全部――知りたくなっている。

これは、どこか違う。どこか危険。

ロブは引き下がるつもりはなかった。

カーブを曲がってロブの家が見えてくると、アダムが長い息をついた。

「賄賂を貰ってるんだろう」と彼に言われて、ロブは笑った。

素晴らしい家だった。まあそこまでではないかもしれないが、保安官助手の給料でとなると、いやいや、とてつもない素晴らしさ。そびえる山々と森に囲まれた二七〇平方メートルの、山岳リゾート地の家。巨大な見晴らし窓と長い素朴なデッキからパノラマの景色が見渡せる。その上、一通りの家具付きだった。前の所有者たちのほとんどが休暇中の別荘としてここを使っていたのだ。

「不動産市場が暴落した時、大勢が別宅や休暇中の別荘を、どんな値でもいいから売ろうとしたんだ」とロブは言った。「俺はツイてたよ」

「本当だな」

ガレージは、家の下部分の斜面を掘り込んで建てられていた。ロブがリモコンを押すと、中の光が点き、ドアがゆっくり開く。車はさっとだだっ広い空間へ滑りこんだ。

SUVから降りた二人は階段を上り、ロブが裏玄関のドアの鍵を開けた。二人はブーツとコートを取る。FBIの青いジャケットを脱ぎながらアダムが顔をしかめた。

「どうかしたか？」とロブが聞く。

「キャビンに寄って着替えを取ってくるべきだった」アダムは白状した。「なんだか、熊の糞の上に落ちたような気がする」

ロブは微笑んだ。

「その熊は随分上等なコロンをつけてたみたいだな。とにかく、俺のジーンズを貸すから、その間に服は洗濯機に放りこみゃいいよ」

「そうか。ありがとう」

「キッチンはこの向こうだよ」とロブは案内した。

「大したものだ」

アダムが呟く。実際、間違いない。キッチンには白い御影石のカウンター、ダウンライト、焦茶のフローリングがあり、さらに周囲の部屋まで広々と見渡せた。

「これは……僕の部屋が、全部このキッチンに収まりそうだ」とアダムは言った。「ここで一人暮らしなのか？」

「七人のこびとと一緒にね」

アダムが笑った。

「そうは言うけど、いい給料もらってるんだろ?」とロブは矛先《ほこさき》を向けた。

「もらっている」アダムが認めた。「ただ、家にほとんどいない。そこが問題なんだ。いや問題というわけではないが」

長く広々としたキッチンからダイニングへ、そして梁がむき出しの高天井と艶光るフローリングのリビングへと歩いていった。

「ここには暖炉か」

「石英と自然石のな」

空の銃ラックへとアダムはうなずいた。「ハンターではないようだな?」

「カメラで狙うだけでね」とロブは、羽目板張りの壁にずらりと並ぶ額装された写真へ顎をしゃくった。

アダムがその写真たちをじっくり眺めに動き、ふとロブは、自分らしくもない緊張を感じる。靴も脱いで裂けたジーンズ姿であっても、アダムはある種の空気をまとっていた。厳粛さ? 権威?

アダムが考え込むように呟いた。

「ここは家というより贅沢な別荘みたいだと、思っていたんだ。人恋しくはならないのか?」

「ポートランドが恋しいとは思わないね。そういう気が起きりゃ何時間かで行けるし。クラマス・フォールズに友達がいるから、たまに週末は遊びに行く。メドフォードには空港まであるし」ロブは肩をすくめた。「俺は、こののどかさと静けさが好きなんだ。自分だけってのは苦にならないよ」

アダムはブルーロック入江の写真をさらにじっと眺めた。

「この写真は、全部きみが？」

「ん」

さっと、驚きの目をロブへ投げた。

「見事なものだ。いや、僕は専門家などではないが、誰でもプロの写真だと思うだろう」

「どうも。でも写真で食ってくのは大変だからなあ。毎週末に結婚式のカメラマンをやってすごしたいならともかく」

「きみは週末は山歩きをしてすごしたいんだろうし」

「ん？　ほかにもしたいことはあるよ」

意味ありげに、ロブはそうニヤリとする。

アダムも微笑んだ。少しためらいがちに見えた。緊張している？　銀色のフレームに入った写真へアダムが顔を戻した。

「白黒なんだな」

「俺のアンセル・アダムス期さ」

　ふうん、とアダムが相槌を打つ。

　気まずくなりそうな空気を察して、ロブは話を変えた。

「風呂はこっちだよ」

　二階へ上がり、寝室を抜ける。主寝室はまただだっ広く、落ちつくアースカラーで統一されていた。大きな見晴らし窓をぐるりと廻り縁が囲み、ロブが自分では選ばないがわざわざ金をかけて取り替えるほどでもない赤いカーテンが下がっていた。よかった、今朝ちゃんとベッドを整えていたしパンツも床にほったらかしになってない。

　アダムは無言で、きっと何か思案中なのだろう。

「ゲスト用のバスルームにもシャワーはあるけど、バスタブがあるのはここだけだし、あれだけ転げたらじっくり湯に浸かりたいかなと思ってさ」

　ドアを開け、アダムの表情に、してやったりとうれしくなる。このバスルームはどうかしてるほどまさにスパのような作りで、床暖房付きのでかいタイル床、ところどころの木材使い、ニアバイの保安官事務所がそっくり入りそうなだだっ広いガラス壁のシャワーブース、巨大な見晴らし窓のそばにある掘り込み式の浴槽、二つ並んだシンクとくる。勢ぞろいだ。

「これはじつに……」とアダムが首を振った。

「だろ。どうかしてるよな。好きに使ってくれ。服はドアのところに置いといてくれればいいから。何か飲み物を持ってくるよ。ジン・トニックでいいか？」

言葉がアダムの耳に届いている様子はなかった。ロブは下がり、ドアを閉めると、階下に行ってかなり濃いジン・トニックを作った。

バスルームへ戻ると、行儀よくドアをノックしてから開ける。

「連れがほしいかな？」

アダムはちょうどバスタブに足を踏み入れたところだった。肩ごしに「ええと……」と顔を赤らめる。

股間のそれは立派な眺めだった。間違いない。やわらかな金の茂みからすらりと矢のようにまっすぐのびたペニス。その下のちょうどいいプラムの大きさの睾丸。素晴らしい。

そこでロブは微笑を消し、鑑賞もやめ、アダムの胴と尻に浮かんだ醜く青黒い痣に目を吸い寄せられていた。

「それなんで——どうして何も言わなかったんだ！」

「何を……？」アダムは自分の体を見下ろした。「これか」と顔をしかめる。「ただの痣だ。命に関わりはしない」

「痣？　立派な挫傷だろ」

「まあな。今までほとんど感じなかったくらいのものだよ。でも酒はほしい」慎重に湯の中に体を沈め、身をこわばらせながら背もたれによりかかった。「うわ。これはじつに……」とロブを笑顔で見上げる。

ロブの心臓が思わぬ一回転をした。きっととんぼ返りくらいの勢いで。気負いのない、犬歯がちらりとのぞくアダムの微笑と、緑の目の目尻に笑い皺が寄る感じが、どうしてか。それともその肩幅やすらりとした首筋のせいか。それとも、あんなふうに山を転がり落ちた後でもアダムが何時間もの会議や議論の間、弱音ひとつこぼさず座っていた事実のせいか。

なんだろうと、ロブの心は鷲摑みにされていた。

「ほら」

アダムにグラスをつきつける。受け取ったアダムはそれを一気に半分ほど空けていた。

「あ、それ……」

アダムがまばたきする。「かなり強いな」

「言おうとしたんだ。でもどうせ飲むならちゃんとしたものを飲むだろと思って」

口から言葉があふれていく。自分が何を言っているのかよくわからない。ロブはまだ、ダーリング特別捜査官相手に芽生えつつある予想外の想いを扱いかねていた。アダム相手に。

駄目だ。ありがたい展開じゃない。

「文句は言わないよ」とアダムがロブのほうへグラスを傾けて乾杯の仕種をし、また長々とあおった。目をとじ、斜め上を仰ぐ。いい顔をしている。いわゆる男らしい顔と言うには少し鋭く、彫りが深すぎるのかもしれないが、ロブは彼を、そう、美しいと思う。

アダムが目を開けた。口元が上がる。

「心配はいらないよ。うっかり沈んで溺れたりはしない」

軽く言及された光景に胸を突かれた気分だったが、ロブはクスッと笑ってみせた。

「溺れたらうまい飯を食い逃すよ。風呂に入っててくれ、夕飯の支度をしてくる」

「きみに面倒をかけるつもりはないんだ」

アダムがまた目をとじた。

「面倒なんかじゃないさ」

アダムの服を拾い上げ、ロブは湯気の立ちこめるバスルームを出た。

あれだけずっと適当に遊び歩いてきたというのに、ちょっと町に立ち寄っているだけの男に惚れるなんて、なんて馬鹿なんだ。手に入らない男、それこそがほしい男だなんて。

馬鹿どころじゃない。どうかしてる。

アダムの服を洗濯機に投げこんだ。鶏の胸肉を取り出してレンジで解凍する。野菜の皮をむき、オリーブオイルと海塩と一緒に鍋に入れた。

自分に酒のおかわりを注ぐ。

完全な、気持ちの袋小路。それが行き先だ。いや、アダムとまたベッドに入ることはできるだろう。とにかく誘う気は満々だ。アダムがまだ興味を、好意を抱いてくれているのはわかっている。当人の意志に反して。それでもわかるのだ。

今や、セックスだけでは足りない。ロブにとっては。

アダムを抱くことを考えると口が乾いた。アダムの引き締まった尻に己を挿入し、快感の声を聞く。呻き、喘ぎ、懇願する声を。

もしかしたら今夜。

それともまたアダムを自分の中に受け入れるか。その記憶に、足から力が抜けるような気がする。

そう。どっちでも。両方でもいい。セックスは……最高だろう。回数もいけるし。

だがそれは第一歩なのだ。今、およそ人生で初めて、ロブはその後にあってもいい——あってほしい続きのことを考えて、焦がれる。二人の時間。心のつながり。

自分のグラスを置くと、玄関口のシンク下から救急箱を探し出した。あの打撲と擦過傷。傷を見たのは一瞬だったが、伝わってきた感覚は生々しく、まるでアダムの傷を自分のもののように感じていた。

どうしてこんなことに？　ほとんどアダムを知らないのに。どういうわけか昔からずっと知っていた相手のような気がする。

そして、アダムはといえば、そろそろ二十分ほども風呂に入りっぱなしだ。ロブは小走りに二階へ上がると、バスルームのドアの前で少し耳をすませた。水音がするから、アダムは起きて動いているようだ。

ロブは自分の洋服ダンスの前に戻ると、清潔なパンツ、ジーンズ、Tシャツとフランネルのシャツを引っ張り出した。アダムによく似合うだろうと、緑の格子縞のシャツにする。自分の服をアダムが着るのがなんだかうれしい。

待て。しっかりしろ。落ち着け、そういうのはやめておけ。

ドレッサーの前を通りながら鏡で見た自分の姿は、目が大きくて身構えていた。こっちもシャワーが必要か……。

バスルームのドアを叩くと、アダムからすぐ「はい？」と返ってきた。こらえきれなかった。ドアを開け、服の山を長い石のカウンターに乗せる。

「酒のおかわりはどうだ？」

湯気でアダムの顔は血色がよく、髪は濡れて巻き毛がはねていた。

「ええと……じゃあ」と言って、すぐに続ける。「もらおう。この際だ」

ロブのほうにグラスをさし出したが、ロブはそこまで歩いていったら膝をついてアダムにキスしてしまうだろうとわかっていた。それをアダムは許すかもしれないが、後でゲストルームに引き上げる言い分になってしまうだろうと。だから言った。

「置いといてくれ。新しいグラスを持ってくるから。あんた相手には何も惜しみやしないし」

冗談めかした口調で言ったのでアダムが笑った。じつのところ本音だったが。

ロブは一階へ下り、アダムの酒を作り、アダムの観賞は最小限にこらえてその酒を運んだ。

アダムの乳首は桃褐色で、産毛は淡い金、少し伸びてきたひげが意外に濃い。夕方五時のひげ《ファイブ・オクロック・シャドウ》

——いや夜八時半のひげか。

ドアをきっぱりと閉め、ロブは汚れた服を脱いでクローゼットのかごに入れ、自分を引き立ててくれると知っているきれいなジーンズとシャツを取り出した。

少なくとも、クラマス・フォールズの友人はそうほめていた。シェイン。いい奴だしセックスもいいが、アダムに感じるようなもののかけらも彼に対して感じたことはなかった。はじめから、シェインとはそういう仲にならないとわかっていたし、それこそが魅力の一部だったのかもしれなかった。

それがどうしてと、アダムに惹かれる気持ちがますます悩ましいものに思われてくる。

一階でゲストルーム用のシャワーを使い、ロブは夕食の支度に戻った。

鶏肉をオーブンに入れたところで、アダムが階段を下りてくる音が聞こえ、ロブの鼓動が速まった。

「とてもよかった」とアダムが言った。「ありがとう。百パーセント気分がよくなったよ」

ロブはさっと視線を流し、自分の緑の格子縞のシャツを着たアダムの姿に息を呑みこみ——アダムの瞳が美しい——答えた。

「座ってくれ。四十五分で夕食が完成するから」

「何か手伝えることが？」

「大丈夫、手は足りてる」

アダムはカウンターまで歩み寄ると、ボウルや皿の列を眺めた。

「本当に面倒をかけていないか？」

「いいや。どうせ何か食わなきゃならないんだ、だろ？　もう一杯どうだ？」

少しはにかむように、アダムが笑った。

「やめておくよ。本当にかなり強く作ったね、酒が回ってきたようだ」

「丸一日食ってないせいだろ」

「かもしれない」

まったく、こんなお行儀のいい会話をふたりで一晩中だって続けられそうだ。

塩を渡してもらえますか。

喜んで。

ありがとう。

どういたしまして……。

二人には——ロブには——限られた時間しかないのだからと、彼は思いきって歓迎されざる領域に踏み込んだ。

「さっきジークが言ってたのは何のことだ？　誘拐事件で被害者が死んだ、とか」

まだ微笑みは——苦そうな——あったが、くつろいだやわらかさはアダムの顔から消えていた。

「僕が〝やらかした〟やつか？」

「ジークの言葉はまともに受けとるなよ。誰も信じちゃいない」

「あのような評価を下しているのはジークのみではない」

アダムが警戒心か不安を抱いているのが、〝ＦＢＩ語〟を使い出したところからロブにはわかる。ドキュメンタリーのナレーションのような話し方。

「何があったんだ？」

アダムは御影石のカウンターを見下ろしてから、ちらりとロブに奇妙な、ほとんど迷うような視線をとばした。

「ブリジット・コンウェイは、ベーカーズフィールドの富裕な牧場主の娘で、十七歳だった。ある朝、彼女が登校途中で誘拐され、ＦＢＩが呼ばれた。僕が捜査主任だった。誘拐犯は彼女の身柄と引き換えに百万ドルを要求した。父のトム・コンウェイには簡単に作れる額で、彼はあっという間に身代金を用意した」

「でも誘拐犯はブリジットを解放しなかった？」

アダムが溜息をついた。

「もう少し複雑な話なんだ。我々があの時把握していなかったことは、ブリジット本人が自分の誘拐に加担していたということだ。むしろ、そもそもの発案者は彼女であった可能性がきわめて高い。彼女は若い男とつき合っていたが、家族はそれに反対していた――ひとつには彼女との年の差、さらにはそのポール・ダグラスに少年犯罪の前歴があったせいもある」

「女の子はワルに弱いから」とロブは言った。

「そうなのか？　まあ、そういう子もいるんだろうな。ブリジットもそうだったのだろう。とにかく、ブリジットとダグラスはブリジットの父親から金を巻き上げて一緒に逃げる計画を練った。ただ、自分たちだけでは実行できないので、ダグラスは友人のゲイリー・ブラックを引き入れた。ブラックは低脳のチンピラだった。それはどうでもいいことだが。どれもどうでもいいことばかりなんだ。ただ、きみに事件の背景を説明しておきたくて」

「ああ。続けてくれ」とロブはうながした。

「誘拐犯たちは、警察に知らせるなと要求していた」

「だろうね」

「だが父親はすぐさまＦＢＩに通報して、我々は、僕は……」アダムが言葉を切った。「かいつまんで説明すると。身代金引渡しに際して、僕はトム・コンウェイの車に追跡装置を仕掛けるよう主張した」

「利口なやり方だ」

アダムの微笑みは上辺だけのものだった。

「ありがとう、ロブ。不運なことに、その追跡装置はコンウェイの車の電気回路をショートさせた。交流発電機《オルタネーター》が故障し、車は停止して、コンウェイは真夜中のハイウェイで立ち往生し、誘拐犯に連絡を取る手段もなかった。身代金の引き渡し時間を完全にすっぽかしてしまった」

「ヤバいな」

「そのうち、誘拐犯がコンウェイの携帯電話にかけてきた。コンウェイは事情を説明した。金はあるし渡したい気持ちに変わりはないから、身代金を取りに来てくれと。犯人たちはそうした」

ロブはアダムの顔を見つめていた。

「コンウェイは一人だったのか？」

「いや。一人で来いと要求されていたが、違う。僕が、強引に主張して、後部座席に隠れていた」

「今のところ、あんたは誰でもそうするだろうことをしてただけにしか聞こえないな」

「誘拐犯はバイクに乗って身代金を受け取りに来た。事態が計画どおりに運んでいなかったので、すでに向こうは焦っていた。そこでコンウェイが、相手がポール・ダグラスだと見抜いて――」

この先どうなるか、ロブにはわかった。もしかしたらその孤独なハイウェイで、最後の数秒の光景がくり広げられた時、アダムもそんなふうに感じたのだろうか。

「ダグラスはパニックになってコンウェイを撃とうとした。僕がダグラスを撃った。そしてダグラスが金を持って帰らなかった時、共犯者のブラックもパニックになり、ブリジットを処刑して、州外へ逃げようとした」

「ひでえな」

「あの夜ハイウェイにいなかったのは、彼《ジーザス》くらいのものだよ」アダムが溜息をついた。「やはり、もう一杯いただこうか」

「やりきれない話だ」ロブは言った。「でも今のでどうしてあんたが責められなきゃならないのかわかんないな」

「それは、そうだな。要するにコンウェイは、多くの親と同じく、娘を失うくらいなら自分が死んだほうがよかったという親で。追跡装置の設置にも反対していたし、僕が後部座席に隠れることにも反対した。我々が――僕が彼を押し切った。そしてその判断は間違っていた」

「大体の人間の目には間違いとは映らないだろ」

「コンウェイ一家の目にはそう映った。それを言うならブリジットの目にも、きっと。僕は、ブリジットを無事に取り戻すと約束した。こちらの指示に従いさえすれば、娘は無事に返ってくると約束したんだ」

「そんなことになったのはブリジットとその恋人にもちょっと責任があるとは思わないか?」

「ブリジットはまだ子供だった。狂言誘拐かどうかにかかわらず、彼女を無事つれ戻すのが僕の責任だった。それに失敗したんだ。失敗の理由の一つは、ブリジットを取り戻すことだけでは僕が満足できなかったからだ。誘拐犯を捕まえたかった。その手柄がほしかった。新しいゴールドスターがほしかったんだ。真実はそういうことだよ」

「ゴールドスター?」

「新しい表彰状だ」とアダムが顔をしかめた。

タイマーが鳴り出した。アダムの顔に浮かぶ痛みから離れられて、ほっと息がつける。ロブはコンロに向き直り、マリナーラソースを鶏肉にかけ、チーズを散らすとまたオーブンに押し込んだ。

話しかける。

「なんだか、あんたがどうしてティファニーが母親の殺人に関わってるかもしれないと思ったのか、わかった気がするよ」

「はじめは可能性はかなり高いと考えていた。ジョセフは服を脱がされていたにも関わらず、その殺人には性的要素が見受けられなかった。だがアズールの殺人は辻褄《つじつま》が合わない」

「ティファニーが連続殺人犯《シリアルキラー》でない限り」

「それこそいささか信じがたい」アダムが答えた。「未成年のシリアルキラーは存在するが、多くはないし、ほとんどが男だ」

「でもあんたはフランキーの話を信じてるんだろ? この辺りにはシリアルキラーがいるって? ティファニーは違うってだけで」

「判断するには早計だ。アズールを殺したのがシンシア・ジョセフ殺害と同じ犯人なのかもわからない。同じ凶器が使われたようでもなかったし」

「そいつが都会っ子の考え方なのさ。俺としちゃ、シンシアを殺した犯人がナイフを持ち帰って、洗い、磨いて、研ぎ上げたんだろって思うね。単なる記念品として持ち帰ったわけじゃない、そこははっきり言える」

　アダムは驚いたようだった。

「それはいい指摘だ。これまで犯人は遺物として、聖なる品としてあのナイフを見ていると考えていたが、武器であり同時に聖なる品であってもいいわけだ」

「この辺の連中なら誰も、ちゃんとしたいいナイフを錆びついたままにはしとかないさ」

「ああ、きっときみの言うとおりだ」

「でもやっぱりこのニアバイをシリアルキラーがうろついてるなんてのはどうにも信じられないんだよな」

　あるいは信じたくないだけなのか。ロブにはよくわからない。

「シリアルキラーは大都市の専売特許ではない」とアダムが言った。

「ティファニーが犯行に関わってないなら、一体どこに行ったんだ？　あの子、死んでると思うか？」

　そう考えたくはない。ティファニーは善良な住民だった。口は達者な面もあったが、優しくて親切だった。もし殺されているなら、一瞬のことで、母親と同じように何が起きたかわからないうちであったようにとロブは願う。

　アダムが物憂げに言った。

「彼女が死んでいるなら、死体が出てこない理由がわからない。ジョセフの時もアズールの時も、死体を隠そうとした形跡はなかった。どうしてティファニーだけ？」

「俺にもわからないな。とりあえず今だけこのことは忘れないか。平和な夜をすごそう。うまい飯、酒、いい眠りで」

「それはじつにいい提案だ」

　心からほっとしたように、アダムが微笑んだ。

　それから半時間、二人は何でもないようなことばかり話した。ロブは、スキーは好きかとアダムに聞いた。好きではない。アダムは、セーリングは好きかとロブに聞いた。好きではない。

「でも夏の間にはクルーザーに乗った連中がたくさん来るよ」とロブはつけ足した。

「僕もクルーザーを持っていた。どうせこの頃はセーリングするような時間もないが」

「誰にだって息抜きは必要だろ」

　それが得体の知れない概念であるかのように、アダムは眉をしかめていた。

　映画や本の話に移る。結局のところ、二人ともろくにテレビを見ないしフィクションを読むような時間はあまりないとわかっただけだった。

「最後に見た映画は多分ジェームズ・ボンドだな」とアダムが告白した。

「俺はディズニーのミュージカルが好きなんだ。特にお姫様が出るやつな。リトル・マーメイド？　ポカホンタス？　ありゃ最高さ」

アダムからおかしな目つきを向けられて、ロブは「冗談だよ」とおどける。

「冗談が好きだな、きみは」

「真面目になってもいいぞ」とロブは言った。

アダムが視線を合わせて、それから目をそらす。

つまり、そういう会話。初めてのデートでするような。ただしこれはデートではない。

ロブはパスタの上にチキンを盛って出した。暖炉の前で、長い革のソファの両端に座って二人で食べる。ロブはアダムをそそのかしてもう一杯飲ませた。説得が簡単だったのはきっといいサインだ。アダムはややリラックスしてきていた。ややとは言っても、それが彼の限界値かもしれない。

「とても美味しかった」アダムは皿を横に置くと、深々と感嘆の息をついた。「本当にありがとう」

ロブは首を振った。

「俺は大したコックじゃない。あんたが手料理に飢えてただけさ」

「それはある」アダムが推し量るような目になった。「小さな町でゲイだというのは、難しいことか？」

「そういう面は、たしかにあるけどね。俺はそうしょっちゅう男を家のディナーに連れ込んだりはしてない、そう言っとこうか」

「年間に十万人もの観光客が来るのであれば、相手に不自由することはないのだろうな」

「だからって一緒にすごす相手が誰だっていいってわけじゃないぞ」とロブは答えた。

「ああ。含みを持たせたつもりはない」

「含んでくれていいよ」ロブは固い、明るい笑みを向けた。「俺は身を落ち着ける必要もなかったし、そうしたいと思ったこともなかっただけさ」

「そうだな。身を固めるのが万人向けというわけではない」

「主義に反するとかってんじゃない。ただ、いい相手にめぐり会えてなかったから」

「そういうこともあるだろうな」

「あんたはどうなんだ？　同僚との関係が手ひどく終わったとか言ってたよな？」

「今夜はもうしゃべり尽くした気がするよ」アダムが微笑んだ。そこは個人的な領域だ、という表情だ。「きみに興味がある。どうしてここの保安官事務所に入ったんだ？」

ロブは自分の皿を押しやってアダムへにじりより、クッション入りの革のソファの上で距離を詰めた。ロブの接近に気付いて、アダムは小首を傾げる。口元が少し上がった。

ロブは言った。

「さてなあ。働かないわけにもいかないし。会計士やパイロットとかも、どうしてその職に就

いたのかって聞かれるのかな?」

「会計士なら誰にも殺されかかったりはしないだろう。納税時期はさておき。だが捜査機関に入れば、そこにはバッジをつけているというだけで殺しにかかってくるような相手がいる。だから、どうしてその道を選んだのか他人が聞くのは自然なことだ」

「あんたはどうしてFBIに?」

「父がFBIに勤めていた」アダムはためらった。「小さな頃、父をとても尊敬して育ったので。おそらく父のようになりたいと思っていたのだろう」

ロブはそっと「まだお父さんはお元気なのか?」と聞いた。暖炉の炎に照らされるアダムの顔が好きだ。髪が金にきらめき、目が輝き、銀のブレスレットが光っている。その銀のブレスレットが、ロブの心を奮い立たせてくれた。飾り気がなく地味なブレスレットは、だがアダムのまるで違う一面を暗示しているように思える。たとえロブが身をのり出してキスをしても、拒否しないアダム。

「元気だ。FBIにいた頃ほどあまり顔を見なくなっているが」自嘲の笑みがアダムの口元に浮いた。「僕は自分の仕事が好きだし、向いている。後悔はしていない。ほかの仕事に就くことは考えたこともない」

ロブはレザーソファの背もたれに沿って腕をのばす。アダムが彼に微笑みかけた。

「もう一杯飲むか?」とロブは聞く。

アダムは首を横に動かした。

「もう一杯飲んだら、ベッドまできみに運んでもらうことになるよ」

「いいよ、運ぶよ」

アダムが笑った。

ロブの手がアダムの肩をつかむ。そしてアダムを引いた。「来いよ」とロブは囁いた。

アダムの目の中に何かが閃く。疑い？　ためらい。アダムが顔を傾け、互いの唇がかすめた。

おずおずと、甘く。ロブがなじんでいるより慎重なキス。シャイなのか？

ロブの心の中で何かが弾けた。またアダムにキスをする。とても優しく、まるでアダムが求愛して口説き落とさねばならない若い娘であるかのように。

アダムは酒の味がした。ロブのシャンプーと石鹸の匂いもして、そこに色気を感じるなどおかしな話だが、どうしてかそそられる。アダムの唇がロブの唇の下で微笑む。意外なほど柔らかな唇。こうやって迫られるのが、こうしてキスされるのが、気に入っているようだ。ロブはもう一度キスをした。まだ優しく、口説き落とすように。呼吸がたやすくひとつに調和する。自分の心臓の上でアダムの心臓が激しく鳴っているのを、自分の目のそばでアダムの睫毛が揺れているのを感じた。

ロブはキスが好きだ――初めての夜もアダムにキスしたかったたが、アダムがそれを避けたのもわかっている。このキスは想像をはるかに超えていた。持てるすべての手管と心遣いを注ぎ込んで、ついに、アダムが思考を止めてただ身をゆだねた瞬間を感じ取った。

アダムの手がロブのうなじにそっと置かれ、少しだけ力をこめる。もっと――。

ロブはもっとキスを重ねた。もっと熱く、強く、濡れたキス。アダムは飢えと情熱を隠さずにキスを返してきた。背中をソファに預け、ロブを一緒に引き倒す。そしてついに二人は、ロブの家具が少ないリビングの大きすぎるカウチで、昔ながらのラブシーンに突入していた。

ロブの気遣いも遠慮もすべて塵となって蒸発する。

「くそ、ずっとこうしたかった」

アダムが唇を引き剝がして「ゲストルームの約束は？」と喘いだ。

「こだわるならゲストルームで続きをやろうぜ」

アダムの笑いは切れ切れで、空いた片手がロブのファスナーをまさぐった。

「いや、やるならやってしまおう」

その返事は、まるでふと気を変えかねないように響き、ロブは一瞬も待たずに服を引きちぎって――引きちぎるように脱がせて――そこでコンドームのことを思い出した。ほとんど忘れていた自分に驚く。こんなこと前にあったか？

「ちょっとタイム」

アダムが頭をあげた。「何を――」

部屋から飛び出すとロブは階段を駆け上がり、廊下を走り抜けて自分の寝室につっこんだ。

引き出しをひっかき回し、階下へまた駆け戻る。続き部屋を駆け抜けていくとソファに起き上がったアダムの見事な裸身が見えた。その顔には、バスに乗り遅れたような表情。

ロブは胸をドンドンと叩き、ターザンの雄叫びとともにソファにとびこんでいった。

アダムの口がぽかんと開く。とっさの防御反射で片足が上がって、あやうく今夜の流れを無に帰するところだった。

「アーアアー、アーーー、ウッ」

とびつく彼を啞然と見つめているアダムの上へ、半分折り重なるように、ロブは着地した。

アダムが絞め殺されそうに「んん……」と呻く。

「うぐ」とロブはくり返した。体を起こし、胸につけられた足跡を見下ろす。「痛いな」

「どうかしてるよ！」まだ仰天してるような顔だったが、アダムは笑い出していた。「こんなどうかしてる男には会ったことがないよ。逮捕しなくていい相手ではね」

「その足は危険な凶器だ」

「あの蹴りがうっかりずれたところに入らなくて運がよかったよ」アダムはまだ笑っていた。

体を起こし、足をソファから下ろす。

ロブはあわてて彼を見た。

「どこに行くんだ？」

アダムの笑みはこわばっていた。申し訳なさそうに言う。

「やはりゲストルームがいいかもしれない、と思ってね」

その手をつかんでロブはキスをした。

「なあ。やめろよ」アダムの手の甲にもう一度キスをして、指に走るほんのわずかな震えを感じとる。「そんなことしたいわけじゃないんだろ」

手首に頬ずりし、トクトクと早く鳴る脈を感じた。

アダムがごくりと唾を呑んだ。睫毛が揺れる。はためく？　とにかく気持ちがほだされそうになる眺めだ。

「これは、僕が何をしたいかどうかという話ではなく、ただ考えるに——」

「もう考えるな」

ロブはそう言い放った。アダムの肘の内の敏感な肌にキスをして、引くと、アダムは足の力が抜けたかのようにロブのそばにまた座りこんだ。

「明日は、お互い朝早いし……」とアダムが呟く。

ロブはその肩にキスをした。アダムがおかしな息の音を立てる。ロブは首筋のカーブにキスをして、耳の下に頬ずりした。アダムが小さな息をこぼす。ロブの想像していた呻きにかなり近い音。

ロブは囁いた。

「アダム、聞いてくれ。やっぱりゲストルームで一晩すごすならそれでいい。でも俺はそうしてほしくないし、あんただってそうしたくはない。ならどうして俺たちがしたいようにしちゃいけないんだ？」

アダムは横目で彼を見つめながら、まだ浅い、軽い息をくり返していた。

その顎の下にロブはねっとりと唇を這わせ、固くとじた唇の端にキスをする。その唇が震えた。

「あんた次第だ」とロブは言った。「決めてくれ」

アダムが頭を動かして、その唇がロブの口に重なった。

10

数時間後、アダムは明るい月光と頭痛で目を覚ました。

ロブはまだぐっすりと、キングサイズのベッドの片端で低いいびきを平和にかいていた。

マットレスを揺らさないよう起き上がると、アダムはスパ風のバスルームまでアスピリンを探しに向かった。壁のスイッチをつけ、明るい光の洪水にひるみながら、カップボードに瓶を見つけて三錠——アスピリンであるよう願う——飲みこむと、手にすくったシンクの水で流しこんだ。水を顔にかけ、自分の充血した目の鏡像をぼうっと眺めた。ひどい。ズキズキするしヒリつく。痛みのいくつかはほかより心地いいものだったが、総じて今夜はもうろくに眠らせてもらえなさそうだ。

どのみち最近はあまり眠れないが。実際いつも、脳をスイッチオフするのに苦労している。酒はあまり助けにならないのだ、どうせ夜中にぱっちりと目を覚まして頭がざわつくだけだ。今のように。

ライトを消すと、ロブがすっかり眠りこんでいる寝室へと戻った。

健やかな姿に、アダムの心がなごんだ。ぐっすり眠るといいのだ。それだけのことはしたのだから。昨夜のアダムの記憶は朦朧としている。だがロブがどれほどきめこまやかに気を配り、手を尽くしてくれたか、その驚きと心地よさは覚えていた。実際、あんなにまでアダムの欲求を大事にしてくれる相手なんていつ以来か——とにかく相当に久しぶりのことだ。

いや実際、もしロブが地の果ての辺境に住んでいなければ、アダムも考えてみたくなったかもしれない。何かこの先の……何だかを。何をだ？

自分で言っていたことだが、ロブは「健やかな時も病める時も……」というタイプではない。

一方のアダムは、ＦＢＩ捜査官だ。ＦＢＩの標語の最初の言葉は〝忠誠〟。忠誠・勇気・誠実。ここに未来などない。だがベッドにもぐりこんでロブのぬくもりで癒されたいという誘惑に屈さずにいるのはひと苦労だった。自分がいた空のシーツの横に盛り上がっている眠りの塊をじっと眺める。

そう、ロブに心を寄せるのは、とても簡単。

アダムは見晴し窓へと歩み寄って、外を見つめた。

ここから見下ろすニアバイは、ロブお気に入りのディズニー映画のどれかに出てくるアルプスの村のようだった。アルプスが舞台のディズニー映画などあっただろうか。

フランキーもついに帰ったのだろう、町のどこにも明かりは見えなかった。それどころか世界のどこにも明かりは見えない。暗くはない。月や星の光が雪明かりとなって山々や森を幻想的な銀の光で包んでいた。

アダムは身震いした。むき出しの、ほとんど身を締め付けてくるような美しさがそこにあった。

自然のままの丘陵に点々と別荘が立っている。それぞれ十分な距離が空き、互いにわずらわされることはない。

立ったまま眺めていると、向かいの尾根にある家の中で動く、青白くぼんやりしたものに気付いた。

次の瞬間、消える。何かの反射か？

アダムは凝視して、待った。

飽きて寒くなってきた頃、同じ明るい点が上の階を動くのが見えた。

非常灯？　アダムはひっそりと微笑した。あれは懐中電灯の光だ。

自宅の中を懐中電灯片手に忍び歩くような、まともで合法的な理由とは……。

停電とか？

ベッドの横の時計へ目をやる。光る数字は四時半。

この谷全域では停電は起きていない。だからといって、あの別荘が停電していないとは限らない。とは言え、早朝四時半に起きてうろつくのは何のためだ？

もっともアダムこそ、こうしてうろついているわけだが。

光がまた消えるのをじっと見つめた。

そこでこそこそ何をしている？

別に何でもないことかもしれない。ただ、このニアバイでの殺人の急激な増加率から言っても、たしかめておいて損はなさそうだ。

アダムはベッドに戻るとマットレスに腰を下ろした。

「ロブ？」とそっと呼びかける。

いびきが半ばで止まり、ロブははっと目を覚ました。

「何だ？　ちゃんと聞いてる！」

「この向かいにある家だ。あそこには誰か住んでいるのか？」

数秒、ロブは黙って、頭を整理していた。

「住んでるかって?」と聞き返す。「あそこは貸別荘だよ」

「あの家の中で誰かが懐中電灯を持って動き回っている」

ひと呼吸後にロブが上掛けをはねのけ、ベッドから転がり出して窓へ向かった。しばらくして言う。

「ヘッドライトの反射が見えてたってことは」

「車など一台も走ってはいない」

ロブは黙って、窓の向こうを見つめた。

「……何も見えないな」

「きみを起こす前に消えた。一階の部屋から部屋へと動くのが見えた。その後は二階で、もう一度」

ロブはまた窓へ向き直った。アダムもそばへ行く。休暇用の貸別荘の窓はどれも暗いままだった。

ロブに聞かれた。

「たしかめに行きたいか?」

大きな安堵感がこみ上げた。笑われるか、うんざりされるかと身構えていたのだ。

「行きたいと思う。ああ」

「わかった。どういうことなのか見に行くか」ロブが窓に背を向けた。「歩いていったほうがいいな。時間は少しかかるけど、家の中にいる奴に見られたりエンジン音を聞かれずにすむ」

二人は手早く服を着て、アダムはロブから黒いセーターに茶色のパーカー、毛糸の手袋を借りた。それから二人とも拳銃を身に着け、冷えた夜の中へ向かった。

道を小走りに進む二人の靴裏で固い雪が静かに砕けた。行く手では、雲の群れの下で例の貸し別荘がひっそりと沈黙している。

あの光は自分の勘違いではないと、アダムはわかっていた。ただこの長く滑る道を通ってたどり着いた時、その正体がどこかへ去ってしまってないかが心配だ。

五分走ったところで、少し先行していたロブがいきなり止まったものだから、アダムはその背にぶつかっていた。ロブがつかんでアダムを支える。

「あれは……一体……何だ……?」

ロブがひそひそ囁いた。山の峰をじっと仰ぐ。

アダムも視線を上げ、その数瞬、まさに心臓が止まったように感じられた。

二人を見下ろし、真夜中の闇に刻まれたかのごとく微動だにしないそれは、高く、黒く、そして翼を持っていた。

翼を。

つまりは……羽だ。

アダムはどうにか状況を分析しようと、あれが本物の翼なわけはないと己に言い聞かせながらも、愕然とした目で艶のある黒い羽の細部を観察する。目にはまさしく本物の翼に見えた。

ロブは最初のショックから立ち直ったようだ。はっきりと声を張る。

「お前は一体何だ？」

そして銃を抜いた。

翼の影は後ずさりし、視界から消えた。

アダムはそのすべてを見ていた。あの無人のベーカーズフィールドのハイウェイで、トム・コンウェイのポルシェの後部座席から事態の急展開を見ていた時のように。直感？　虫の知らせ？　どうやってわかるのかはわからない、ただわかっていた。

彼は切迫した声で言った。

「ロブ、あの家にすぐ行かないと。奴はあそこから来たんじゃない、あそこにいる何かを追ってきたんだ！」

ロブはすでに峰への斜面を半分登りかけで、拳銃を片手に忙しく足場を探していた。肩ごしに言い放つ。

「なら彼女を見つけに行け、とにかくあの家にいた何かを。こいつは俺が追う」

別行動をするべきではない。だが議論している暇はないし、もし万が一あの貸し別荘にティファニーが隠れているなら、アダムが先に彼女のところへ行かねば。どうして無線を持ってこなかった？　そんな考えが頭に渦巻く中、アダムは道を駆け抜け、張った氷に二回足元を失いそうになりながら、暗く静まり返ったコテージを目指した。

（いいか、気をつけろ）

光はある——凍てついた銀の光。たよりになるというより雰囲気どまりだ。ここで何かするわけにはいかない、足を挫《くじ》くとかひねるとか。だが注意の言葉はロブに向いていた。何を相手にしているかロブはわかっているのか？　その危険性を？

またも凍ったぬかるみを踏み、足が滑ったが、それに身をまかせて十数センチ滑走してからまた地面に戻った。走りつづける。ついにその家にたどりつくと、雪の積もった正面のステップを静かに上った。デッキを横切り、正面ドアを開けようとする。

鍵がかかっていた。何の驚きでもないが。少し横のスライド窓も試してみたが、やはり施錠されていたし、おまけにほうきの柄で中からつっ張られている。ガラスを透かしてみようとした。カーテンが引かれている。

彼女を怯えさせたくはない——もし中にいるのがティファニーならば。それに、逆上した家主に撃たれるのも避けたい。ステップを下りると家の横へ回りこみ、あやうく雪に隠れた金属のバーベキュー炉に蹴つまずきかかった。アダムの脛と金属の蓋との衝突と続いての騒音が、にぎやかに響き渡る。照明が点くことも、カーテンが動くこともなかった。家は頑として静まり返ったままだ。

彼女は、もう逃げた後かもしれない。

そう思うと気が沈む。

一階にある二つの大窓を試してみた。両方鍵がかかっている。裏口へ回り、作り付けの花のプランターに配置されている古びて色が剝がれかけた動物オーナメントの周囲を探していった。数度の空振りの末、色付きの石に目が留まる。

当たりだ。

どうしてこの手の愛らしい合鍵保管庫が強盗の呼び水でしかないことに住人たちが思い至らないのかは、理解しがたい。今夜のアダムは、樹脂と金属がチャリンとぶつかる音がただありがたかった。キーボックスを開けると、立ち上がり、裏口の鍵を解錠しに向かった。

ドアが静かに開くと、無人の長いサンルームが広がっていた。

中に入ってそっとドアを閉め、鍵をかけ、アダムは銃を抜いた。かまえた銃を低く保ちながら、屋外用カーペットの上を素早く横切って狭い木の階段を上っていった。

家の中は冷え切っていて、ペンキと新しいカーペットの匂いがした。無人のような匂いで、自分の考え違いかという不安が忍び寄ってくる。

上の階へ着くと、そこはキッチンだった。下半分に面格子入りの窓が並んでいる。上側からあふれる月光が、キッチン中央のアイランド型カウンターに置かれたキャンベルスープの空き缶と缶切りを照らしていた。

「ティファニー?」アダムは呼びかける。「特別捜査官のダーリングだ。ＦＢＩから来た。銃を持っている。出てきてくれ」

　反応なし。

　声をおだやかに保ち、安心させようとした。

「誰も怪我させずに終わらせたいんだ」

　床板がきしむ音。アダムは拳銃をかまえた。ドア口は無人だ。そうであっても、彼女の存在を感じた。闇の奥で脈動する、生々しい気配を。すぐそこに。

「怖がらなくていい」と声をかけた。「誰もきみを傷つけたりしないから」

　彼女のいそうな方向へグロックを向けながら言っても、説得力には欠けるか。だが彼女が武器を所持しているかどうか見当もつかないし、無実の被害者なのか共犯者なのかもわかっていないし、そもそも話しかけている相手がティファニーなのかすら不明だ。

「もう終わりにしないか」とアダムは言った。「両手を上げて、ゆっくり出てきてくれ。今から三つ数えるから。一つ、二つ――」

　金切り声とともに、ホラー映画のように女が闇からとび出してきた。ナイフを振り上げており、真っ白な顔に狂乱の瞳、もつれて絡まった髪。

「！」

　あまりに一瞬で、しかも血も凍るような叫び声で、どうして撃たずにすんだのかアダム自身にもわからない。どうやってか彼女の顔に刻まれた恐怖を見抜き、アダムはぎりぎりで銃を上げると、切りつけられるより早く相手の手首をつかんでいた。

彼女は荒々しく、力が強かった。だがアダムにはかなわず、肉切り包丁はタイルの床に音を立てて落ちた。恐ろしげな叫びは続いていた。幾度も、くり返し。何かの言葉になっているのかどうかは聞き取れない。

「きみを傷つけるつもりはない」アダムはそう言いつづけた。金切り声でアダムの声など届いていないようだったが。「もうきみは大丈夫だ」

大丈夫とはほど遠い。どんな体験をしたにせよ、それが彼女を半狂乱にしていた。抑えられてもがき、絶叫し、アダムに目を据えてはいたが明らかにほかの何かを見ている。

しまいには、憐れみと破れかぶれの両方から、アダムは両腕で彼女をかかえこんできつく抱きしめた。叫び声が詰まるように消えて、彼女の体はぐったりと脱力した。

数秒、恐怖のあまり死んだんじゃないかと慌てたが、違った。床に下ろした彼女は完全に失神していた。裂けて泥まみれのフランネルの寝巻きの下ではその心臓がまだ激しく鳴っていた。

「アダム！」と階下からロブが怒鳴った。

「上だ！」

安堵でほっとアダムの気が抜けた。この瞬間まで自分がどれほどロブを案じていたか、ロブに何が起きているかに気を取られていたか、自覚もしていなかった。

ロブのブーツがドタドタと階段を鳴らす。

「一体何があったんだ？　あの叫び声、山じゅうに響いてたぞ」

「ティファニーだよ」アダムは答えた。「ショック状態だ」

　ロブが現れた。

「ティファニーだ……」唖然とした声だ。少し前から見当はついていたのだろうが。「救急車を呼ぶよ」とロブは携帯電話に手をのばす。

「どうやってここまで来られたのかわからないが、この家に隠れていたんだ」

「森じゃなくて家や人のほうに逃げてきてたのは理にかなってるな」

　アダムは上の空でうなずいた。機会があったのなら、どうしてティファニーは町へ向かわなかった？　ニアバイの町にある何を恐れて？

「あのトリ野郎は森の中で見失ったよ。最初の距離がありすぎたな。ティファニーは、シンシア殺しの犯人を見たと思うか？」

「何かを見たのは間違いない」とアダムは答えた。

　ロブがむっつりと言った。

「これだけは確かだな、サンディ・ギブスは犯人じゃない」

　背を向けると、携帯電話に話しはじめた。

「忙しい夜だったようじゃないか」

フランキーはそう言って、数時間後、月曜の朝の保安官事務所に到着したアダムを迎えた。アダムは、ティファニーが病院へ搬送されるまでロブと一緒に付き添い、それからロブにキャンプ場のキャビンへ送ってもらって、そこでシャワーを浴びてひげを剃り、メールをチェックし、電話の折り返しをいくつかかけてから保安官事務所へ向かったのだった。

数時間前に別れたばかりだというのに、コーヒーメーカーのそばにいるロブを見つけてはねた鼓動に、アダムはぎょっとした。ロブが問いかけるようにポットを掲げる。アダムはうなずいた。

じっとアダムを見ながら、フランキーが言った。

「明け方の五時にどうして二人で一緒に仕事ができたのかは、聞かないほうがよさそうだな」

「早寝早起き」とロブが応じた。「それと、そう。聞かないほうがいい」

フランキーは両手を上げてみせた。

「どうせ知りたいわけじゃないしね」

「ティファニーはどうしてます？」とアダムは聞いた。「何か進展が？」

「医者によれば、精神的に激しいショックを受けた状態だそうだ。強い鎮静剤を投与されてるよ」フランキーが答えた。「それに、いつ我々の事情聴取が許されるか、皆が言葉を濁す」

あまり有望な響きではなかった。

「ほかのニュースとしては」フランキーは続けた。「サンディ・ギブスが、きみを訴えると私に伝えてきたよ」

「僕を？」

「基本的には国を。そして特に、きみとそこの私の部下を」

「勝手に訴えりゃいい」ロブの表情は素っ気ない。マグを二つ持ってくると片方をアダムに手渡し、フランキーのオフィスのドア枠によりかかった。

「それには正直同意だ」アダムも言った。「捜索隊に向けてアサルトライフルを発射した瞬間に、彼は持ち得るあらゆる法的根拠の基盤を失っている」

それでも、いいニュースとは言えない。アダムの上司にも歓迎はされまい。アダムを訴えると迫った市民は、この一年足らずで二人目になる。

「交渉の余地はありそうだよ」とフランキーが言った。

コーヒーを飲みかけのロブが止まる。

「つまり、それはどういう意味です？」

「つまり、交渉の余地はありそうだという意味さ」

口を開こうとしたロブへ、フランキーが続けた。

「ギブスは、殺人犯についての情報があると言ってる」

鋭い沈黙が短く落ちた。

「はっきりさせましょう」ロブが言った。「奴と取引しようと言ってるんですか？」

フランキーがうんざり顔になる。

「カッカする前に私の話を最後まで聞くんだな」

「聞いてますよ」

「きみにも関係する話だぞ」とフランキーはアダムを見た。

別にどこかに行くつもりもない。アダムはおだやかに「いいでしょう。聞かせてください」と答えた。

「ギブスが言うにはね、最初に発砲したのは自分じゃないと」

「でたらめだ」とロブ。

フランキーがアダムを見た。

「僕もでたらめだと思うが。しかし……我々はその場にいたわけではない」とアダムは認める。

ロブは憤慨の形相だった。だがそれが事実なのだ。アダムとロブはジークの捜索班に加わってはいなかった。最初に発砲したのが誰なのか断言することはできない。

「ギブスは、何者かが自分を殺そうとしたと言っている。そして、あれが初めてではないと」

「真っ赤な大ボラだ」ロブが言った。嘘、と言うだけでは足りなかったらしい。「ジークはなんつってます？」

「ジークは今、何が起きたかアズールの家族に知らせにポートランドに行ってる。戻ったら話を聞くよ。ここが肝心なところなんだが。私にはね、ギブスが嘘をついてるとは思えないんだ」

「は？」

ロブがドア枠に寄りかかるのをやめて背すじをのばした。

「昨日起きたことについてじゃないよ。昨日のことはよくわからない」フランキーが言った。「わかるのは、あいつの目に浮かんだ恐怖が本物だってことさ。だから、これまで誰かがギブスを殺そうとしてきたという話を信じる。昨日は違うかもしれないが、ギブスがあんな行動に出たのは前に狙われたせいもあったんだろうね」

アダムは口をはさんだ。

「保安官、ギブスは自分の家の中に違法な銃器を集めた武器庫を所有していました。捜査官へ向けて発砲した。連邦捜査官や無関係の一般市民にも。ギブスはロブを撃つと脅しましたし、僕やほかの人間が邪魔をしたなら間違いなく撃とうとしたと考えられます」

「だが、彼は誰のことも撃たなかったろ。あれだけの発砲がありながら、撃たれた者はいなかったんだ。負傷者は足首をくじいたものが一名、それとボビー・ケインが木の幹に自分でぶつかって気絶しただけだ」

「射撃の腕が悪いんだ」とロブは抗弁した。「そんなの法廷じゃ通用しない」

「ハスケル、とにかく座ってちゃんと話を聞かないか？　今回の事実関係はただ、ジークの捜索隊は実際に、ギブスの私有地内に侵入していたということだ。誰もギブスに事情を話しておらず、どういうことか事前説明も行っていなかった。ギブスは世事に通じているタイプではないし」フランキーはそこで、ロブが声にする前に反論を制した。「わかってるって。ギブスのところには電話がないからね。だからって私有地の権利がなくなるわけじゃないのさ。ギブスの主張だと、銃を持った男が山を登ってくるのが見えて、その男が彼めがけて撃ってきたということだ。その発砲が本当の話かどうか私は知らん。ギブスは自分を襲ってきた相手を追い払おうとしてただけだと言ってるね」

「そんなヨタ話は聞いたことがない！」

フランキーは、同情の目で重々しくロブを見つめた。

「私だってギブスが御しがたい厄介者だって点は否定しないさ。だがギブスは自分にとっての真実を語っているとも思うね。あいつは誰かに命を狙われてると信じてる。もう何年も狙われてるってな。そして昨日の捜索行動を、ついに来た全面戦争だと勘違いした」

「何年も――！」

「何故ギブスの命を狙う？」とアダムはたずねた。

おかしな光がフランキーの目にともっていた。

「ギブスが言うには、例の殺人犯を目撃したんだと。そして犯人も、ギブスに見られたことに気付いた」

「いささか混乱するのだが」とアダムは言った。混乱どころではない。「シンシア・ジョセフは四日前に殺されたばかりなのに、殺人犯がどうして何年も前からギブスを狙えるんです?」

「そこだよ」フランキーが言った。「ギブスが言ってるのは、シンシアを殺した犯人のことじゃない。もう一つの殺人のほうさ」

ロブが顔を上げた。

「もう一つの殺人? 山で見つかったあのハイカーのことですか? それか、ひょっとして、ダヴ・コールター?」

「ダヴじゃない。いや、どうだろうな。そっちも最初から気になってた。でもそうじゃない、ギブスが言ってるのは最初のほうだ。ハイカーの、ジョーダン・ゴーラ殺しさ」

11

「ほう」

アダムが言ったのはそれだけだった。それが少し腹立たしい——思案含みのその口調もだ。どの話にも大して驚かされていない、というような。

ロブは言った。

「うちの地元に一体何人の殺人犯がいるって言う気だ」

アダムが応じる。

「太平洋側の北西部には、連続殺人犯《シリアルキラー》が比較的多い。ゴーラの検死報告はまだ届いていませんよね？」

「そうなんだよ。掘り出しと回収すらすんでない」フランキーが答えた。「でも話を聞いてみたって損はないだろう。違うか？　ギブスから」

「条件は？」とロブが聞いた。

フランキーがぽかんとした。

「あなたがギブスと交わした取引の条件ですよ。ゴーラを殺した犯人の名前と引き換えにギブスへの告訴はすべてチャラ？」

「何の約束もまだしてないよ。でもこういう考え方もできるだろう、これでお前は——ダーリング捜査官とお前は、訴えられずにすむ。その上、うまくいけば必要な情報が得られるかもしれない」

アダムがロブの視線をとらえた。「彼の言い分を聞くことに異論はない」

「俺も話を聞くのに異論はないさ」とロブは返した。「でも取引とやらをしたいとは思わない。俺としちゃ、ギブスはイカれてるしとっつかまえとくべきだ。あいつは社会に対して、そして自分自身に対して、危険な存在だ」

「腕のいい弁護士の前じゃ心もとない主張に聞こえるが」フランキーが言った。「まあ台にのっかるのはお前の首だしな。とりあえず、ギブスと話してから決めたらどうだ?」

わびしい朝食と独房のザラつくマットレスですごした一晩が、ギブスの舌をなめらかにしていた。たとえ協力的であろうとも好意の持てる相手ではなかったが、ロブにはそもそも自分の顔にライフルをつきつけてきた相手を好む性癖もない。

ギブスは一八〇センチの背丈で頑健、はげかけた薄茶の髪と、ロブにハツカネズミを連想させる赤褐色の目をしていた。ネズミを想起するのは、ギブスがやたら神経質に鼻をピクつかせるからだ。

「顔を見たわけじゃねえが」ギブスはそう言葉を濁した。「だけどありゃバート・バークルだったよ。間違いないね」

「バート・バークルだって?」

ロブはあっけにとられて聞き返した。

つんと、ギブスが顎を上げる。

「そうだよ。奴の土地の南西部分がうちの土地とぶつかってんだ。あいつはあの辺でよく狩りをしてた」

「ああ、知ってる」ロブは答えた。「あんたたちがこの二十年、あの境界線をめぐって揉めてるのも知ってるしな」

「バークルの顔を見ていないのならどうして彼だとわかった？」とアダムが聞いた。

「でけえ奴だった。バークルくらいにな。ハンターだった。それに、俺に気がつくとバークルの敷地を横切って逃げてったんだ」

「それが何の根拠になるって言うんだ？」ロブは問いただした。「この郡ででっかい男はバークルだけじゃないし、ハンターはほかにもいる。あの森をうろついてるハンターもな」

「ジョーダン・ゴーラが殺されたことについて記憶していることを話してほしい、ミスター・ギブス」とアダムが言った。

「ほお、俺はミスターになったかよ」ギブスは毒々しく言い返した。「てめえの顔は二度と忘れねえからな、ミスター・ＦＢＩ」

「時間の無駄だ」ロブはアダムに言った。「こいつは嘘の塊だ」

「違うぞ！」ギブスが怒鳴った。「見たまんま話してるだろうが。てめえが俺を信じたくないだけだろ」

　根気よく、粘り強く、アダムがたずねた。

「正確にはどんなものを見た？」

「まあ、全部見たわけじゃねえが」とギブスが白状する。

「まさかまさかだ」とロブは皮肉っぽく返した。アダムに苛立ちの目で制される。

「続けて」アダムがうながした。「事の始めから。日付は覚えているか？　何時頃のことだった？」

「夜だったよ。そいつは覚えてる。何日だったかは覚えてねえな。あのガキがいなくなるよりは前のことさ、そりゃゃな」

ロブは溜息をついた。

ギブスが言った。

「日付なんか覚えてられると思ってんのか？　二十年前のことだぞ」

「二十年前じゃない、十七年前だ」ロブは応じた。「お前がさっさともっとちゃんとした情報を絞り出さなきゃ、俺はもう行くぞ」

アダムからじろりと、冷ややかな目で睨まれる。

そしてロブもじろりと、冷ややややかな目つきを返してやった。なにしろこんなのは完全に時間の無駄だ、アダムはわかっていないかもしれないが。

「見るより先に声が聞こえた」ギブスが話し出した。「その音からして、ホモがやることやってんじゃねえかと思ったから、見たくもなかったがよ。だが、そのでかい男が立ち上がった。あっちを向いてたし森ん中で暗かったが、月の光が差し込んでたから、奴がでっけえナイフを持ってんのは見えた」

　そう、両手を離してみせた。

「どんなナイフだったかわかるか？」とアダムがたずねた。

「血まみれだった。刃が、血で黒く見えてたよ。血が滴《したた》ってた。あれは忘れられねえな」

「どんな種類のナイフだ？」とロブは、自分としては最大限の自制心を発揮してたずねた。

「いわゆるコンバットナイフってやつだったと思うね。奴はハアハア息をしてた。俺はとても動けなかった。心臓が破裂しそうだったさ。奴はしゃがんでナイフを草で拭いてから、ベルトに差し込んだ」

「ベルトをしているのは見えたが、顔は一度も見えなかったのかよ」

「ベルトも見えたわけじゃない。動きからわかっただけさ。ほかにねえだろ？　しばらく奴はそこに膝をついて、相変わらずハアハア息をついてたが、立ち上がると、死体を押したり引いたりして谷に投げ込みに行った。それからバックパックも投げ落とした。寝袋かなんかだったかもしれねえな。もう覚えちゃいない」

「それで？」とアダムがうながす。

「奴はまだそこに立って谷をのぞきこんでたんで、もう逃げ時だろうと思ったんだ。それで俺は、そろそろと静かに下がってった。でも何か聞こえたんだろうな、奴がさっと振り向いて、まっすぐ俺を見た。俺もまっすぐ奴を見たんだよ」

「だが彼の顔は見えなかった？」

「あいつは影ん中に立ってたんだ。でも俺のことはよく見えたはずだ。そしてあいつは俺に見られたとわかった——だからさっさと向こうに逃げてったのさ」

「だがお前は見てない。本当には」とロブは言った。

「十分なだけ見たさ」

「何故届け出なかった？」アダムが聞いた。「どうして目撃したものを通報しなかった？」

嫌な響きで、ギブスが笑った。

「誰が俺を信じるってんだ？　ごめんだね。俺が殺してそれをごまかそうとしてるって言われるのがオチさ」

「実際やりそうなことだしな」とロブ。

「ほらな！」ギブスがロブに指をつきつけた。「だから言っただろ」

「しかしその男に顔を見られたと思ったのなら、きみは自分の身が危険だとは考えなかったのか？」

「ろくな危険じゃないだろ」ロブが言った。「十七年経ってもこいつはピンピンしてるんだ」

「奴は俺を殺そうとしてきた」ギブスが言った。「でも事故に見せかけなきゃならなかったからな。それに俺は賢い。俺は用心深い」

「はいはい、お前は天才だよ」とロブは言った。

「ハスケル保安官補」とアダムがたしなめる。

「ダーリング捜査官」ロブも言い返した。「どうしてでかいナイフ持参の殺人犯がその場でミスター・ギブスを殺しちまわなかったのか、ご教示願えますか？　犯人は武器を持ってたし、動機は十分。でも背を向けて逃げてった。どうしてです？」

「奴には俺が銃を持ってるかどうかわからなかったのさ。俺は銃を持ってたし、あの時もライフルをつかもうとしてた」

ロブはアダムに向き直る。アダムが聞いた。

「ほかに何か言いたいことはあるか、ミスター・ギブス？」

「取引したい。俺の告訴を取り下げてくれりゃ、あんたとそこのハスケル保安官助手を訴えるのはやめる」

「夢でも見てろ」とロブがせせら笑う。

「残念ながら話はそう単純なものではない」アダムが言った。「何をおいても、昨日の銃撃戦には複数の捜査機関が関わっており、きみが要求しているような取引を行うにはその全員の同意が必須となる。実現の見込みは薄い。むしろ、ここではっきり言っておくと、まずありえない。第二に、きみの根拠がいかなるものであれ、きみは一般市民や捜査官に発砲を行い、それによってハスケル保安官助手と私にきみの私有地を捜索する合理的理由を与え——それにより我々は数々の違法な武器を発見するに至った。グレネードランチャーをも含め」

「あれは自分で作ったもんだ！」

「そして第三に」とロブが割り込んだ。「てめえの話はでたらめだ」

「そんなわけあるか！　あったことをそのまま話してやってるだけだ。バート・バークルがあのハイカーを殺したんだ、あのインディアン女もあの緑の髪の女《アマ》も殺して、俺のことも殺そうとしてきた。もうひとつ聞かせてやろう。人には自分の財産を守る権利があるんだよ。この辺りの人間なら誰だってわかってるさ。どいつも、政府がノコノコといらんところに首突っ込んでくるのは嫌いなんだよ。俺を告訴する前にその辺のことをよーく考えてみるんだな、ハスケル」


「時間の無駄だった」

ロブはそう言った。ギブスを——人権侵害だとわめき散らす相手を——留置場に戻し、フランキーに報告しに戻っていた。報告はまだだが。フランキーはドク・クーパーと電話中だった。

「無駄とは言い切れない」アダムが答えた。「ギブスの話は本当だと思う。すべて、とは言えないが。隣人がゴーラの死体を谷に投げ落とすの目撃した部分——あそこは信憑性があった」

「そりゃあんたは、バート・バークルを知らないから。二人の間の確執も」

「敷地の境界線をめぐる不和があった点は理解している」

「不和なんて可愛げのあるもんじゃない。激突さ。闘争って言ってもいい」

「それによって事実が変わりはしない――」

「ああ、事実は変わりゃしないさ、そんな事実はそもそもないからな。これは告訴されかかってる誰かさんが恨みのある相手に言いがかりをつけようとしてるだけだ。もう一つ教えとくよ。ホモがやることやってる、っていう話のところな、奴は俺に当てつけてそう言ったんだ。あんたに向けても言ってたかもしれないな。バークルの話じゃない」

　アダムは眉をひそめた。「ギブスの厭悪感は、この件とは無関係だ」

「無関係だとかよく言えるな？　それがあいつの人生の原動力なんだぞ。ま、いい。バークルに話は聞かなきゃな。あっちの言い分を聞きに行こう」

「まだどこにも行くんじゃない」とフランキーが呼んだ。

　ロブは彼女のオフィスに入る。「新しい情報が？」

「アズールの検死報告が届いた」

　不在のジークがこれを聞かずにすんでよかった、とロブはほっとする。

「それが？」

「アズールは性的暴行は受けていなかった。ドクはシンシア殺しと同一犯だと見ている。左利き、凶器は――」

「左利き？」ロブがさえぎった。「シンシアを殺したのは左利きの犯人だったんですか？　そんな話、聞いてない」

「言ってなかったか？」フランキーがしれっと言った。「そうか、まあいくつか事実を伏せておいたほうがいいと思ったのかもなあ」

「自分の部下からもですか？」

たしかにフランキーは我流を通すたちだが、これはいささかやりすぎだろう。

「私の部下の一人は左利きだ」とフランキーが述べた。

唖然としたあまり、ロブはすぐには言葉が見つからなかった。

「ジ、ジークのことですか？　まさかジークを疑って――」とアダムを見やったが、感心したようなアダムの表情にまたショックを受ける。

「しっ！」フランキーがぴしゃりと制した。「四方八方にふれ回る必要はないだろう。とにかくだ、ドクの報告によればアズールはかなり抵抗していた。ドクいわく〝相当量の〟ＤＮＡサンプルを彼女の爪から採取したと」

「分析結果を得るまでには時間がかかるでしょう」とアダムが言った。

「鑑定などいらないかもな」フランキーが応じた。「ドクは、アズールを殺した犯人にはかなりひどい引っ掻き傷が数日残ると断言した。この際、町の紳士諸君をお招きして、美肌自慢コンテストを開くのもいいかもな」

「そんでコンテストに参加したがらない紳士は？」とロブは聞く。

フランキーの笑みは冷ややかだった。

「そうなれば大変疑わしいというものだ。そうだろう？」

「僕のパートナーがどこにいるか見たか？」

バート・バークルの家に向かおうと保安官事務所を出ながら、アダムがたずねた。

「また今回のもなくしたとか言わないでくれよ」とロブは返す。

「ラッセル捜査官ならメドフォードに車で向かったわ」とアギーが教えてくれた。

アダムは携帯を確認する。

「何の伝言も残っていないな。理由は言ってましたか？」

「全然」

電話が鳴り出し、アギーは苦々しげにマスコミの人間を罵りながら受話器に手をのばした。

「ロスに帰る飛行機に乗ったとか」と、明るい陽光の下に出ていきながらロブは言った。残っていた雪もほとんど溶けている。そこかしこに深いぬかるみができて、底抜けに青い空と軽やかな雲を映していた。午前中の空気は、洗われたように爽やかに澄んでいた。今朝の陰鬱な始まりを考えると、少し驚くくらいに。

いい夜はすごせたが。ロブはついアダムをちらりと見て、微笑んでいた。

アダムが口を開いた。

「ラッセルがどれほどこの任務を嫌っていようとも、何も言わずに帰るようなことはしない。それにもし呼び戻されたのであれば、僕にも召集がかかったはずだ」

「携帯の留守電はたしかめたのか？」

アダムが呼び戻されるかもしれないと考えるのは嫌な気分だった。だがどうせどうなろうと、いずれアダムはこのニアバイを去るのだ。

突然に、陽光が数秒前の半分にまで陰った気がした。

「ああ。留守電もたしかめたし、今朝メールもチェックしている。何の連絡も来ていない。ラッセルも含めて」

「なら心配ないさ。そのうち戻ってくる」

うなずきはしたが、アダムは納得いかない様子だった。

二人はロブのＳＵＶに乗りこんで、ロブがエンジンをかけた。

「バークルの家に行く途中にコンスタンティン家がある。帰りに寄ってもいいよ、ビルに話を聞きたければ」

「ビルは仕事をしていないのか？」

「パートタイムで働いてる。趣味みたいなもん、と言っていいだろうな。父親のバックの不動産業は儲かってるし、そもそもバックはえらい財産持ちと結婚したし」

「大抵そういうものらしいな。僕はあの青年、テリー・ウォーターソンについて考えていたんだ。彼の死が事故でなかった可能性はまったくないのか？」

ぞっとするような爆弾発言が本当に得意な男だ。アダムは暗い想像力が豊かだ、それは間違いない。

ロブは答えた。

「ないと思うね。事故じゃなかったかもしれないなんて、誰も考えなかったよ」

「状況は？」

「ブルーロック入江にはでかい岩があって。子供たちがそこから湖に飛びこむんだ。いくら禁止の立て札を出しても、ガキっていうのは自分だけは大丈夫だと思ってる。とにかく、テリーはその岩から飛んで、頭を打ち、溺死した」

「その事故の時、彼は一人でいたのか？」

「いいや。目撃者がいた。ガキどもが何人もそれを見てたよ。ま、ガキとは言えないか、あのバカどもはみんな大学生で、全員酔っ払ってた。聞かれる前に言っとくと、その面子の中にはビル・コンスタンティンとジークもいた。ジークはニアバイ育ちだ。テリーとは仲が良かった」

アダムから次の質問がとんでくるだろうと身がまえる——アダムには常に次の質問の用意がある。そのアダムはただ「ティファニーが発見されて捜索隊が引き上げた以上、この辺りはずっと静かになることだろう」とだけ言った。

「だな」ロブはうなずく。「あとはウザい連続殺人犯《シリアルキラー》たちを片付けさえすりゃいつもの暮らしに戻れるな」

意外にもアダムは貴重な、犬歯をのぞかせる笑みを投げて、返した。

「ニアバイでは連続殺人犯《シリアルキラー》がいるのが平常運転に見えるがね」

「言ってろよ」

ロブが返すと、アダムがクスッと笑った。


バート・バークルが繁殖および訓練している猟犬は、この地域でも最高クラスだ。州随一の犬だという評価まである。

ロブは犬好きだ。子供の頃、実家にはいつもビーグル犬がいた。だがどんな犬だろうと、二万四千ドル払う気はしない。それでもバークルはしっかり生計を立てている様子だから、ワンコに大枚を払ってくれる人間というのはそこそこいるらしい。

「あんた、まさか犬が怖いとかないよな?」

杉材の大きな平屋のキャビンの前に車を停めながら、ロブはたしかめた。なかなかの家だ。この土地の本当の価値は、息を呑むような湖の景色と専用桟橋にあるが。

「犬アレルギーとか?」

アダムが眉を上げた。「僕が？　いや、犬は好きだ」

「ならいい」

二人が車を降りると、湖を渡る爽やかな風が青い水面を白く波立てていた。木の遊歩道を歩き出すと、家の裏にある犬舎の犬たちが騒ぎ出した。狩猟中の本気の咆哮のようだ。

「夜にこれを聞きたくはないものだな」とアダムが感想を述べた。

「だよな。幸い、一番近いお隣さんはあそこだ」

ロブは前日に皆で捜索した山のほうを指した。ヘリコプターがゆっくりと、ギブスの〝居住施設〟（とマスコミが呼ぶのだ）があるあたりの上空を回っている。

「これでは、いがみ合うほど近くはないだろう」

「ああ、でも昔から言う〝一つの町じゃ俺たち二人には狭すぎる〟ってやつさ。この二人には一つの郡だって狭すぎるね」

二人はポーチに上り、ロブが荒いカットの杉材のドアを叩いた。

返事はない。

「車はカーポートにあったから、裏にいるのかもな」とロブは言った。「それか湖か」

先に立ってステップを下りると、家をぐるりと回りこんで裏の犬舎へ向かう。

ここには何度か来たことがある。大抵は、キャンパーやハイカーが迷って帰って来られない時に犬での捜索をバークルにたのみに。いつもどおりの景色に見えた。清潔そのものの背の高い犬用の檻、囲いのある長いドッグランがいくつか、鉄骨の大きな納屋、犬用のトレーラー、ドアに女の裸身が描かれた黒いトラクター。

「ジャーマン・シェパードではないな」

アダムは短毛の薄褐色の犬がいる檻に近づきながらそう言った。

「ベルジアン・マリノアだ」ロブは答えた。「シェパードによく似てるんだ」

「注意力も知能もジャーマン・シェパード《GSD》より高い」バート・バークルがそう言いながら、檻の一つから出てきた。ゲートを閉めてロックする。「見た目も勝る」

バークルは山のような大男だった。広い肩、太い腕、膨らんだ黒い顎ひげ、大きな青い目。いかにも恐ろしげだったが、彼がその力を見せつけたり誰かを威圧しようとしたところを、ロブはかつて見た記憶がない。閉じこもりがちな男で、ただ夏の間はレイクハウス・レストランのバーの常連だ。もっともこの六十キロ四方にある唯一のまともなレストランだから、誰もが常連なのだが。

「バート、こちらはＦＢＩのダーリング捜査官だ。シンシア・ジョセフが殺された事件の捜査を手伝ってもらっている」

バートはアダムに向けて雑にうなずいた。ロブに言う。

「ジョセフの娘は見つかったそうだな。大丈夫なのか?」

「きっと大丈夫だ」とロブが答えると、バークルの険しい表情がやわらいだようだった。

「それでやっとサンディ・ギブスを逮捕したのか？」

「ああ、その話をしに来たんだ」ロブは答えた。「聴取中、ギブスが言い出した話を調べてみないとってことになって」

「そうか」

バークルは警戒気味にそう言った。ロブとアダムを見比べている。

アダムが口を開いた。

「ご自分とミスター・ギブスとの間柄がどのような状況なのか、説明していただけますか？」

バークルの黒い眉がぐっと寄る。「状況？」とロブへ向けてくり返した。

「ギブスから重大な告発があったので」とロブは言った。

「何についてだ」

「数年前に起きた事件についてです」とアダム。

バークルはアダムを無視して、ロブからの答えを待っていた。ロブは説明した。

「ギブスは、１９９８年に失踪したハイカーを殺したのがあんただと主張してるんだ」

バークルが啞然と口を開けた。

「何だと？　あいつが？　俺がそんなことを、何のために？」

「彼がそのような主張を申し立てるに至ったのは何故だと思いますか？」とアダムが問いかけた。

そつのない会話とかは苦手そうだ、アダムは。しかし「何をおいても」という言い回しを真顔で使える男だし、ロブとしてはそこはいくらでも甘く見てやりたい。バークルの返答を待つアダムの顔は厳しく引き締まっていた。

「奴がどうしてそのような主張を申し立てるに至ったか、言ってやろう」バークルはロブに向かって言った。「俺の土地を狙ってるんだ。もう二十年前からな。それでそんな大ボラをふかしたんだろう。本当のところ、奴がやったんじゃないのか」

「ギブスは、昨日あなたから殺されかかった、と言っていますが」とアダムが言った。

バークルはロブを見て、アダムのほうへ「こいつマジなのか」と言いたげな仕種をした。

「今の質問に答えてくれないか、ミスター・バークル」とロブは言う。

「何の質問だ？　この男は何の質問もしていない。この男は俺が殺人犯だと言いがかりをつけている！」

「何の言いがかりもつけてはいません」アダムが言った。「このような告発の捜査を行うのも我々の仕事の一環です」

今日家にアダムをつれて帰ったらバッテリーの存在をチェックしてみよう、とロブは脳裏にメモした。なにしろ、こんなロボットみたいな話し方をする男がいるなんて……。

「俺はそのハイカーを殺してない」バークが言い返した。「誰も殺してやいない」

アダムに感銘を受けた様子はなかった。

「お仕事は何をされていますか？」

「見てのとおりだ、犬を育てている」

納屋のそばに停められた黒いトラクターを、アダムは手で示した。

「そして大型トラックの運転もされている？」

「いいや」バークルは渋々と言い直した。「昔はな」

「どのようなルートを走っていましたか？」

「国じゅうあちこちだ」

アダムは無感情にうなずいた。

「そしてあなたはこの土地に……どれくらい長くお住まいですか？」

「人生ずっとだ。サンディ・ギブスよりはるかに長くな。この土地は95年に買った」バークルはロブへと言った。「俺が昨日どこにいたかは知っているだろう。南エリアの捜索チームと一緒に、ジョセフの娘を探してた。俺の犬があの娘の携帯電話を見つけたんだぞ。俺の犬がだ」

「ああ、知ってる」とロブは答え、努力したにも関わらず弁解がましい口調になってしまったのがわかった。

わかったのは、アダムが口を開く前に感心しないとばかりに冷ややかな目つきをくれたからだ。

「敷地内をひととおり見て回ってもかまいませんか？」

「かまうね！　いったい何が見つかると思ってるんだ？」

たしかに。ティファニーはもう発見された。アダムは犬の寝床の下から血染めのナイフが出てくるとでも思っているのだろうか？

大体、昨日見たあの人影はバークルではなかったと、ロブは断言できる。相手は翼をつけて尾根からこちらを見下ろしていたが、それでもここにいるバークルほどでかくもごつくも見えなかった。

アダムが見当違いのことをしているとは思っていたが――それにアダムが大都会に帰った後もロブは地元の人々と暮らしていくのだが――義務感に背を押されてロブはバークルにたずねた。

「土曜の深夜三時頃、どこにいたか教えてもらえませんか？」

「ここだ、ベッドにいたよ！」

「木曜の夜は？」

「ベッドだ。家にいた」

「誰かそれを証明できますか？」

バークルが睨むのをやめた。いきなり笑い出す。

「ああ、いるよ。犬たちに聞いてみろ、俺のために証言してくれるだろうよ。いやそれよりうちの弁護士に聞きやがれクソ野郎！」

二人の間をぐいと押しのけ、バークルはずかずかと家へ戻っていった。

ロブが見やると、アダムは肩を無意識にさすりながらバークルの背中を見つめていた。

「もっとやり方があったんじゃないか」とロブは言わずにはいられなかった。

「十分うまくいった」

「うまくいっ、いっ、いっただと？」

アダムがさっと、驚いた目をロブに向けた。「ああ」

「勘弁しろよ、アダム。あんただってゆうべ山で見たのがバークルじゃなかったのはわかってんだろ。あいつがデカい鳥の仮装をしてるところが想像できるかよ？」

「いいや」

「だろ。郡内随一の猟犬使いを怒らせただけだよ。何の益もない。完全に時間の無駄だった」

「いいや、無駄ではない」

ロブはアダムを凝視した。

「どういうことだ？」

視線を受けて、アダムの緑色の目は、確信の輝きに満ちていた。

「あいつが犯人だ、ロブ」

12

ロブは車に戻るまで揺るぎない沈黙を保ちつづけていた。

だが二人が車内に入って話を聞かれる心配がなくなると、すぐアダムを問いつめた――それも見るからに苦労して自制しながら。

「説明してもらえるか、どうして一体あの、我々の捜査や捜索に協力的そのものでしかなかったバークルが犯人で、昨日俺たちや山にいる全員を殺しにかかってきたギブスの証言のほうが信用できると思うんだ？」

「バークルは嘘をついている。口から出た言葉はすべて嘘だ」

「そうだったとしても、五分間の会話でどうやって見抜けたと思ってるんだかわからないが、でも昨夜のアレはバークルじゃなかったってあんたも自分で言ったよな。殺人事件と無関係なのに鴉の格好でうろつくイカレ野郎がほかにもいるとか――」

「シンシア・ジョセフやアズール殺しの話ではない。ジョーダン・ゴーラ殺しのことだよ」

「ゴーラの殺人は昔の未解決事件《コールドケース》だろ」

「ああ。二つの——三つの異なる殺人。二人の犯人」アダムは言った。「じつのところ、ダヴ・コールター殺しもゴーラ殺害犯によるものかもしれないと考えている」

　ロブがまじまじとアダムを見た。

「二、人、の連続殺人犯《シリアルキラー》がいるって言ってんのか」

「ああ」

「アダム、あんたは俺の世界一のお気に入りだから気を悪くしないで聞いてほしいんだが、頭でもおかしくなったのか？」

　おかしくなっているとすれば〝世界一のお気に入り〟なんてフレーズまでアダムがしっかり聞き取ってしまったことだろう。アダムは辛抱強く答えた。

「きみだって、同じようなことをさっき言っていただろう」

「ただの冗談だ！」

「いや、冗談なんかじゃなかった」

　ロブに睨まれた。

「そうかよ、ギブスの話じゃ——あんたにとって信頼できる証人なんだろうが——バークルは全部の事件の犯人らしいけどな」

「ギブスは愚か者だ」アダムはそう切り捨てた。「あの男が信頼できる証人だとは考えていない。ただ彼の証言は、あの夜に森の中で実体験した事象をかなり正確に反映していると考えるだけだ」

「十七年も前だぞ！」

「あのような経験は忘れがたいものだ」

「シリアルキラーが、二人？」とロブが首を振った。

「厳密に言えば、二件の殺人では連続殺人の定義は満たさない」アダムは答えた。「だがおそらく鴉男《レイブン》は殺しを始めたばかりだろうと思う。バークルは……あいつはかなり昔からこの土地にいるし、この辺りの森には、あるいは湖にも、思った以上の死体が隠されているのかもしれない」

ロブは渋い顔をした。

「鴉男《レイブン》とか、やめろよ」と言う。「名前をつけるな。どっかの記者に嗅ぎつけられたらどうなると思ってんだ！」

「すまない」

二人は沈黙し、家の裏の犬舎でまだ吠え立てる犬の声を聞いていた。

「ただの勘ではないんだ」アダムは言った。「論理的にも合致する。この家を見てくれ。周囲何マイル四方にもわたって人は住んでいない。誰に何をしようとも、誰にも見られないし聞かれることもない。その上バークルの仕事では、人のいない場所をうろついていても怪しまれることもない。もし怪しまれた時は……彼が訓練しているのは追跡犬だ」続いて浮かんだ考えに、アダムは身震いを押し殺した。「狩猟犬」

「まさか、何考えて――」

「わからないよ、ロブ。わかっているのは、あの男が犬をあちこちにつれて行くための鍵付きの大きなトレーラーを持っているということだ。あれを引きながら地方の道を車で走っていても、やはり、誰も疑問を抱きはしないだろう。そして前職はトラック運転手だった。国全体が狩場になる。どうして彼は運転ルートを言おうとしなかった？」

「言ってたろ！」

「〝国じゅうあちこち〟は答えとは言えない。バークルは答えたくなかったんだ。何故だ？」

ロブは眉を寄せ、窓の外を見つめながらハンドルをせわしなく指先ではじいていた。

「あんたはバークルに嫌われてんだ。今の話の大体はそれでカタがつく」

「彼に嫌われているのはわかっている」十月、初めてニアバイに来た夜にバークルを見たのを、アダムは覚えている。レイクハウス・レストランに入っていって、まともにバークルと目が合い、バークルはまっすぐ見返して、それから背を向けたのだった。アダムが何者なのか先刻承知のように。「FBIは誰からも好かれない。これは、そんな話ではないんだ」

「そりゃ、あいつはコールター殺しの犯人の年代には当てはまるけどさ。でもニアバイの住人の半分は当てはまるぞ。大体、動機は何だ？」

「ある種の心理的充足感。その正体が何であれ、我々に理解できる類のものではない。被害者の物品を奪っていたのかもしれないし、快楽殺人者かもしれない――」

「ゴーラもコールターも男だぞ」

「男が男を快楽の対象にすることはないと？」

ロブの憤慨の表情は、こんな時でなければ愉快だったかもしれない。

「バート・バークルはゲイじゃないぞ！」

「彼に妻はいるのか？」

「いない。誰もいないよ、男の恋人も女の恋人も、バークルの生活にはいない。言っただろ、一匹狼なんだって」

「愛情関係を構築できないというのは典型的な指標なんだ、ロブ。バークルのような人間がどうして殺人を犯すのか、僕には説明できない。幼児期の虐待？　余分な染色体？　頭のタガが緩んでいるか。誰にわかる？　おそらく、彼を凶行に走らせるきっかけについても我々にはきっとつき止められないだろう。何らかのきっかけはあったはずだが」

ロブはまた、腹立たしそうな息をついた。

「今日、彼は不意を突かれたんだ」アダムは続けた。「自分が疑われるとは思いもしていなかった。聴取されるとも。次はもう隙は見せてくれないだろう。そして、つけ足しておくと、これもまた指標のひとつだ――弁護士を素早く盾にした」

「こっちを恐れてのことじゃない。彼は怒ってた」

「気持ちを害していたんだ」アダムの微笑は鋭かった。「我々にプライドを傷つけられた。ずっと自分は賢いと、うまく立ち回って誰をも騙しおおせていると思っていた。そこに我々がやってきて、思っていたほど自分が利口ではなかったと思い知らされた」

ロブがぼそっと「ところでな。さっきからその相手の家の前で長々としゃべりすぎてると思うぞ」と呟く。エンジンをかけると、車は向きを変えてゆっくりと道のほうへ戻っていった。

「バークルについてあらゆることを洗い出さないとな」アダムが言った。「昔のトラック運転ルートも含めて」

ロブは首を振ったが、反論しようとはしなかった。


コンスタンティン家の邸宅は、まるで誰かが南北戦争以前のお屋敷をつまみ上げて森の中にポンと置いたように見えた。荘厳な白い建物には高い円柱、広々としたベランダ、巨大な窓が揃い、しかしその家はどこか奇妙で、針葉樹の森と雪冠の山々の中で異様にすら見えた。

だが鹿革のフリンジの服を着て人前に出るような男の家なのだから、仕方ないだろう？

「大した豪邸だ」

アダムはそう感想を述べながら、山から吹き下ろす冷たい風に上着のファスナーを閉めた。

「ああ、まったく」ロブが答えた。「バックがメアリーのために建てたのさ。彼女がこの家に住んだのは二、三年だけだったけど」と顔をしかめる。「癌でね。息子たちにはショックなことだったよ」

「夫のバックにとっても、だったんだろう？」

「そうさ。当然」ロブがじろじろとアダムを眺めた。「たのむから、コンスタンティン家ではバークル相手より少し気を使ってくれないか？　俺は今の仕事が気に入ってるんだ。できれば失職は避けたいね」

「これは殺人捜査だ、ロブ。真実を見つけるためには人当たり良くしてはいられないこともある」

アダムは淡々と返した。

ロブの顔が赤らんだのは冷たい風のせいか、それとも別の何かのせいか。ロブが言い返した。

「そうだよな。でもな、これはまだ俺の、うちの捜査なんだよ。あんたはサポート役として来てるんだ、そうだったろ？　だからいつどこで気を使うのをやめるのかは俺が判断する」

きわめて端的。アダムはうなずいた。ロブもうなずき返した。

二人は白い幅広のステップを無言で上っていった。ロブが呼び鈴を鳴らす。

数秒おいて、両開きの扉が静かに開いた。てっきり制服姿の執事か、少なくとも使用人が出てくるだろうというアダムの予想を裏切って、二人の前には青いスモーキングジャケットと革のスリッパ姿のバック・コンスタンティンが立っていた。煙草は吸っていなかったが。マティーニグラスらしきものを手に持っている。それが山々の風景とも前時代的な家の背景ともなじんでいなかった。

「ロブ」バックははっきりと驚いた顔をしていた。アダムへ視線を飛ばす。「それと……失礼、そちらの名前を失念してしまって」

「こちらはダーリング捜査官」ロブが紹介した。「入ってもいいですか、バック？」

「もちろんだ」一歩引いて、バックは入るよう二人を手招いた。「ジョセフの娘が見つかったと聞いたよ。今どうしている？　事情は聞けたのか？」

「現在病院で治療中だ」ロブが答えた。「じき話も聞けるでしょう」

「かわいそうに、あの子がどんな目にあったのか想像することしかできないが。書斎で話そうか」

バックは二人を案内してやたらに広々とした大広間――大理石の床に飾りパネルとモールディングの高い天井と等身大の家族の肖像画三枚――を通り抜け、立派な書斎へ入っていた。もっともバックは書斎と呼んだが、見る限り一冊の本もない。

書斎は暗色の木材と緑のベルベットで統一されていた。ネイティブアメリカンの物憂い雰囲気の絵が壁に並べられていた。ただしその絵のほとんどが、このオレゴン州南部の部族ではなく大草原地帯やその東方にいた平原住まいの部族のものだとアダムは見る。

「何か飲み物は？　コーヒー、紅茶、もっと強いもの？」バックがマティーニグラスを掲げた。

「いつもこんな時間から飲むことはないが、今週は神経を使うことが多かったからね」

「いや、結構です」ロブが断った。「ビルは家にいますか?」

バックが銀の眉を上げた。

「ビリー?　いいや。どうしてだ?」

「いくつかちょっと確認したいことがあるだけですよ」

アダムはたずねる。「ミスター・コンスタンティン、息子さんとティファニーとの恋愛関係にあなたはお気付きでしたか?」

ロブのムッとした視線は感じていたが、アダムはただバックに集中し、一瞬だけのいくつもの微細な表情の変化を読み取ろうとしていた。驚きではない、恐怖でもない、怒りでもない……何か。嫌悪感?　侮蔑?　強く明確な感情。一瞬で押し殺された。

「いや、知らないね。そんな関係は存在しないからな」

アダムの横顔を睨んでいたロブがバックへと向き直った。

「それは確かですか?　我々にもそれなりの根拠が——」

「ありえないね」バックが答えた。「恋愛関係などあるわけがない。あの娘は子供だぞ。ビリーは……大人だ」

「若い男性だ。そしてティファニーは可愛い女の子。ビリーは彼女の生物の家庭教師だった」とロブは指摘した。

「息子はニアバイの生徒の半分を教えてきたよ。だからって不適切な出来事があるとは言えまいさ」

バックの口調は軽いもので、冗談めかしてすらいた。この話題そのものが下らないというように。たしかに、シンシア・ジョセフが娘とビルの恋を知っていたらきっとまず歳が離れすぎていると反対しただろう。

十七歳の娘は納得しただろうか？　アダムはブリジットのことを考える。被害者が、常に無理強いされているとは限らない。

「ええ、そんなことはないですが」とロブが言っていた。

「ビリーは科学に関することとなると天才的なんだ。どこから受け継いだのやら。私からでもないし、母親からでもない。兄のほうは理系に何の興味も示したことがなかったしね」

「そうですね」ロブが答えた。「ビルがオレゴンの健康科学大学の奨学生に受かったのを覚えてますよ」

「だろう。あの子はそういうことが好きなんだ。教えるのが。いい教師になれただろうに」

「ビルにはつき合っている彼女はいますか？」とアダムは聞く。

同時にロブが「でもティファニーのほうではビルに恋をしてたかも？」と問いかけていた。

「いや」とバックが答えたものだから、アダムとしてはどちらの問いへの答えなのか判断がつかなかった。

口を出すな、というメッセージがロブの茶色くきつい目から放たれている。アダムは干渉しすぎだろうか。たしかに、多分。

私情と仕事の厄介な交錯。時間外のロブがどれだけのどかで気のいい男でも、やはり捜査官であるのだし、しかも有能だ。アダムの口出しなど必要ない、望まれてもいない。

謝罪の微笑で、アダムは次の質問を呑みこんだ。

ロブが聞く。

「ビルはいつ頃帰りますか？」

「決まった時間で働いてるわけじゃないんだ、あの子は必要とされたところへ行く」

「そうでした。時間のある時に少し話が聞きたいと、伝えておいてもらえますか？」

バックがうなずく。不服そうだし、不安げだった。

「ではこれで失礼します」とロブが述べた。

ＳＵＶのドアをバンと叩きつけて、ロブはアダムに言い放った。

「これは俺の捜査だ、という言葉のどの辺が伝わっていなかったんだ、ダーリング捜査官？」

「そのとおりだ。つい気がはやった」とアダムは認めた。

「そいつはできたお言葉で」

ロブはイグニッションスイッチにキーをつっこんだ。エンジンが機嫌の悪い唸りを上げる。

ロブらしくもないほど頭に来ているようだった。それでもアダムは聞かずにはいられない。

「ビル・コンスタンティンを包む大きな秘密の正体は？」

ロブの眉間の皺がさらに深くなった。

「一体何の話だ」

「どう見ても何かがあるだろう。きみたちの誰もがわかっていながら誰ひとり口に出したがらない何かの事情が。ビルが使うことがなかった奨学金、期待されながら進まなかった進路、誰も説明しない片手間の仕事」

ロブからまじまじと凝視された。

「最低か。あんたは本当に血の通わないロボットかもって気がしてきたよ」

その怒りの激しさにアダムは困惑し、何ともやりきれない気持ちもこみ上げる。どうしてかはわからない。

ロブが続けた。

「国の治安の維持と、現実の人間がやる地元の防犯とは違うんだ。俺はここに住んでる。ここの人たちを大事に思ってる。皆は俺にとって隣人だし、友達なんだ。あんたと違って、事が済んだら荷造りをしてはいさよならってわけにはいかないんだよ。この先もここに住み続けるんだ。皆の心痛や喪失感、悲しみとずっと向き合って。だからしないですむなら、そういうつらさを増やしたくはない。わかってんのか？」

「もちろん理解している」

「何も、誰も彼もの心をスパイクシューズで踏みにじってくことはないだろう」

「スパイクシューズ……」

「戒厳令下みたいにのし歩いて全員を容疑者扱いする必要もない」

アダムは口を開けたが、ロブがたたみかけた。

「たとえ全員が容疑者なんだとしたって、ハエは酢より蜂蜜のほうが捕まえやすいんだ。FBIじゃないけど俺でも知ってることだぞ」

カチンときて、アダムは言い返した。

「ハエを捕まえようとしているならそれもいいだろうが、我々が捕まえようとしているのは殺人犯だ」

「おもしろいね」ロブの目は冷たかった。「ビル・コンスタンティンの秘密を教えてやるよ。母親が死んだ後、ビルは人生の軌道を見失った。医学的になんて言うのか知らないが。大学を中退し、奨学金資格を失い、少しの間入院もしてた。今はあれこれとちょっとした雑用仕事をしてる。そうでもしなきゃ、一日家に閉じこもって父親が酒をかっくらうところを眺めるしかないからさ。わかったか？　もっと悲惨で根深いもんを期待してたんだろ？　ビルは問題を抱えてるし、大体の人はあいつに同情してるよ。大体の人は、人間は弱いもので、脆いものだとわかってる」アダムを睨みつけてロブは言い放った。「誰もが政府機関のやり手で有能な捜査官になれるわけじゃないんだよ！」

アダムには返す言葉がなかった。

いやそうではない。言葉ならあった。ビルのような人間を、アダムに見下したり糾弾したりできるわけがない。コンウェイの誘拐事件の後、アダムは心が折れこそしなかったが、それもギリギリのことだったし、しばらくの間は精神安定剤をブレスミントのように口に放りこみ、FBIのカウンセラーにも定期的に通っていた。だから、弱さや脆さというものはなにより理解している。

だがロブにそれを語ることはできない。こんなふうに嫌悪感と軽蔑の目で見られていては。それに今のは明らかにビル・コンスタンティンについてだけの話ではなかったし、ロブが聞きたいようなことを言えないのであれば……血の通わないロボットだと思われていたほうがいいのかもしれない。失敗が怖くて踏みこむ度胸のない男だと思われるよりは。傷つくのが怖くてたまらない男だと。

アダムは顔をしかめた。

「申し訳なかった。出すぎた真似をしたのはわかっている」

「そうだな。ああ。次の聴取は俺一人でやるよ」

それは何よりこたえた。アダムには返す言葉もなかった。

この場は自分の勝ちだと見たか、ロブはそれ以上何も言わずにSUVのギアを入れ、車は町へ向かって走り出した。

アダムはロブのいつもの親しげなおしゃべりにすっかり慣れていたので、沈黙が車内の時間を倍ほどに感じさせた。もう一度謝りそうになったほどだ。だがロブが本当に求めているのは謝罪などではない。

それとも違うのか。ロブは前、相手探しに困ったことはないと、気ままに遊ぶのが好きだと自分の立場を明確にしていた。アダムが下手《したて》に出るところを見たいだけかもしれない。だとしたら期待するだけ無駄なことだ。言い分は了解した、以上。終了。

保安官事務所へ到着した時も二人の間に会話はなかった。アダムは正面に停まっている自分たちのレンタカーに気付く。どうやらラッセルがメドフォードへの謎めいた旅から戻ってきたようだ。素晴らしい。

二人が正面から入っていくと、アギーが顔をあげて低い声で「トラブルよ」と教えた。アダムに向けられた言葉のようだった。

「そろそろお帰りの頃だと思ってたよ」フランキー保安官が叫んだ。「ちょっと顔を出しなさい。お客さんだよ」

保安官のオフィスのドア口からラッセルの顔が見えた。部屋の逆側にいる誰かに笑いかけている。アダムの神経がヒリヒリとさらに張りつめた。

一体何が起きている？

心を引き締め、オフィスの中へゆったりと入っていくと、小さな部屋には紺地に金ロゴのFBIジャケットたちがあふれていた。ラッセルは、フランキーのデスク前にあるいつものロブの椅子に座っている。大柄で金髪の男、アダムは知らない相手だが一瞬で指揮官だとわかる人物が、壁のかなりの部分を占領していた。もう一人の女性――なんとジョニーだ――がフランキーと向き合ったもう一つの椅子に座っていた。

ジョニーと会えた一瞬のうれしさは、何かひどくまずいことになっていそうだという直感でしぼむ。その勘を、ジョニーが向けてきた短い、心配そうな微笑が裏付けた。

「ほら、皆さんお集まりだ」フランキーがまたもわざとらしい陽気さで言った。「FBIにちょっと助力をたのんだら、あっという間にクワンティコの半分のプロファイラーがやってきてうちのオフィスの椅子を占領してくれたよ」ロブを指した。「これが私の右腕、ロバート・ハスケルだ。それとダーリング捜査官は、どうせもうご存知だろうな」

「いいや」金髪の男が言った。「ダーリング捜査官のことは知らない。耳にしたことはある」

そしてどうやら悪い噂ばかりのようだ。男の微笑はどうしてか、他の人間の渋面より危険を感じさせるものだった。

ジョニーが口を開いた。

「アダム、こちら班長のサム・ケネディよ」

班長、という言葉で咳き込みこそしなかったが、言いにくそうだった。

それも当然か。サム・ケネディは伝説だ。しかもＦＢＩで上官が、野菜嫌いのいけない部下を叱るときに使うような伝説の存在だ。「そんなことをしているとお化けが来るぞ」のＦＢＩバージョン。

サム・ケネディは行動分析課《BAU》所属でもあって、それがまた謎だった。ジョニーがＢＡＵと一緒に一体何をしているのだ？　そもそもどうしてジョニーがここにいる？

ケネディの服装はカジュアルだ。金と紺のＦＢＩの上着の下に分厚いセーターという格好。だからと言って関係ない。この男はたとえ素っ裸のところを想像してみたって——できたとしたって——その迫力が薄れることのない、数少ない人間のひとりだった。

「班長《サー》」とアダムは呼びかけた。

「捜査官」ケネディが口を開く。青い目は氷片のようだった。「きみが単独で連続殺人犯《シリアルキラー》の捜査を行っているのはわかっている」

なんだと？

アダムはラッセルを見た。ラッセルは行儀よく反問するかのように眉を上げる。

「いいえ、それは違います」ロブの視線を感じたアダムは、突然、じつは違わないのではないかという思いがよぎって顔を熱くした。ニアバイの保安官事務所全体から、アダムが立場を濫用していると見られているのだろうかと。それが半時間前のロブの意見だったし——今も誰もアダムの肩を持とうとはしない。

ケネディが言った。

「マックレラン保安官、ダーリング捜査官と二人で話のできる部屋はあるだろうか？」

フランキーの視線がアダムと合った。同情されている。

「ここの取調室が使えますよ。大部屋を出て三つ目の部屋」

アダムは踵を返した。とてもロブのほうを見られない。フランキーのオフィスを出ると、今朝ロブと一緒にギブスを取り調べた——本当に今朝か？——部屋へ向かいながら、背後に低く響くケネディの足音を聞いていた。

心は……ほとんど、麻痺したようだった。空っぽだ。こんなことになっているのが信じられなかった。クビになるのだとはっきり確信していたし、あちこちでしくじったのも（ラッセルは完全な敵だと見抜けなかったことから始まって）わかっていたが、それでもどうやってこんな事態に至ったのかどうしても理解できないでいる。

口が渇き、腹は氷の塊を呑んだようで、よもや今にも泣きそうに見えはしないかと、それが耐えがたい。泣いたりするものか。できることなら、何ひとつ表情に出したくない。

取調室のドアが閉まった。ケネディが言う。

「何か言い分があるなら今それを言うことだ、捜査官」

アダムは彼へ向き直った。事務的な、淡々とした口調を無理に作る。

「グールド捜査官と自分は、十月にロードサイド切裂き魔《リッパー》の捜査の一環として死体の確認にこの町に来て――」

「そこはもうグールドから聞いている」ケネディが切り捨てた。「俺が知りたいのは、地元の保安官事務所の権限を横から奪い取ってその殺人捜査を自分のものにするとは、お前は一体どういう了見だ、ということだ」

「そんなことはしていません。我々はマックレラン保安官からの要請で、捜査支援を行うためにここにいます」

「お前は、ここにいる」ケネディが言った。「お前のパートナーは、捜査をこの地区担当の支局に引き継いで自分たちは手持ちの責務と仕事に戻るべきだと益なく説得をこころみてきた。だがお前はくり返し拒否した。それは本当か？」

アダムは唾を呑んだ。

「すべて……そのとおりというわけでは」

ケネディが笑った。耳に心地いい音ではなかった。

「好奇心から聞くが、どの部分が違っている？」

「我々がここに来て九十六時間しか経っていません。それだけでは――」

「その九十六時間にかなりのことが起きているな。複数の捜索救助活動、二つ目の殺人、国内テロリストによる発砲事件、さらに今やお前は未解決事件《コールドケース》の容疑者への尋問まで始めている」

「それは――」

「地方の事件がそれほど好きならニアバイの保安官事務所に職を見つけるのがおすすめだ、ダーリング捜査官」

ドン。終了。一瞬にして、見事に首をはねとばした。アダムが感じる間すらなく。

アダムはケネディを凝視した。ケネディは厳しい、容赦のない顔で視線を返す。何かを待っているようだった。

ああそうか。アダムのバッジと銃だ。それと、多分ノートパソコンもだろう。バッジに手をのばすことなどできそうになかった。手が震えているのではないかと。

それに、それだけではない。アダムは生涯かけて働いてきた――ＦＢＩは彼の人生そのものだった……。

ケネディがひょいと眉を上げた。どこまでも氷のような男。両手を広げてみせた。

「何もなしか？」と聞いてくる。「これだけか。お前の、自分のための言い分は？」

アダムはよく理解できずに見つめた。待て。まだ終わりじゃないのか？

口を開いた。

「自ら志願してここへ来たわけではありません。マックレラン保安官から支援の要請があり、現地でもあくまで支援をしようと努めてきました。ここは小さな保安官事務所だし、人手も限られている。そう、求められたことはすべてやりました。そのためにここへ来ていたつもりです」

「本当にそうか？　ラッセル捜査官はお前がここにいるのは、ハスケル保安官助手と特別な……友情を育んだためだと考えているぞ。実際にはお前が〝土着化した〟という言い方をしてたがな」

ラッセルは、アダムが思っていたよりずっと細かく注意を払っていたようだ。

アダムは答えた。

「土着化した、という言い分はよくわかりません」

「自分とハスケルが仕事以上の関係を持っている点は否定しないわけだな」

ケネディの目をまっすぐ見つめたアダムは、まるで予想外のものを見ていた。予想外だが、心強い、とも言えるかもしれない。

ケネディはゲイなのだ。そして彼は、ラッセルからアダムへの反目の一部がアダムの性的指向に対するものかもしれないと疑っている。ケネディからアダムへの唯一の共感――唯一だが大きな点だ。

「ハスケルとの関係は、自分がここへ来て以降のものです。この友情が任務の後まで続くかもわからない。この事件から手を引いてロスへ戻ろうというラッセルの主張に賛成しなかったのは、それが理由ではありません。はじめから、この事件は見た目より根深いと感じていた。今や、そのとおりだという確信があります」

ケネディは元の、飽きてうんざりしたような表情に戻っていた。

「ほう、そうか。お前はシリアルキラーを見つけたと考えているんだったな。二つの殺し、死体の演出、それだけで誰もがシリアルキラーを追っていると信じこむ」

アダムは丁寧な口調で言った。

「じつのところ、我々が追っているのは二人のシリアルキラーかもしれないと、自分は考えています」

ケネディの目が細まった。アダムをじろりと眺める。

「よし」とやがて言った。「聞こうか。最初から最後まで。いい話を聞かせることだ」

13

「最低野郎だな」とロブはラッセルに言った。

ラッセルが「はあ?」と顔を紅潮させる。フランキーが「ロビー」とたしなめた。

ロブはそれを無視する。「俺の椅子を返せよ」と言った。

ラッセルはムッとしながらも言われたとおりにした。ロブは椅子に座る。足をのばし、後ろにもたれて、ジョニー・グールドをじろじろ見た。

「早期退職からのお戻りで？」

「あのねえ、私はアダムの味方よ」とグールドが答えた。

「はっ、そうかよ！」とラッセル。

グールドは歯牙にもかけていない様子だった。

「誰も陰口野郎は好きじゃないわよ、Ｊ・Ｊ」

「これでお互い立場はわかり合えたな。私は誰にも肩入れしない」フランキーがラッセルに言った。「だがきみはここでろくに仕事をしてくれてないからな。帰るなら喜んで見送るよ」

ラッセルは納得いかないという息をついた。唾吐きと「けっ」の中間くらいの音だ。

「わかったよ、ここがダーリングの奴のファンクラブだとは知らなかったさ。俺は外で待つよ」

「そうしてくれ」ロブは返した。「っていうか、道の真ん中あたりがお勧めだ」

グールドが鼻で笑った。フランキーはとがめるような顔だった。どちらもロブにはどうでもいい。アダムのことが心配だ。このオフィスを出ていったアダムは死刑宣告を受けたような顔をしていたし、この午後にもアダムが帰ってしまうかもしれないと思うと気分が悪くなる。早すぎる。まだあまりにも。この町にはまだアダムの力が必要だ。アダムが必要だ。

ロブにはアダムが必要だ。

ロブがそこに座って身じろぎもせず、怒りと放心を抱えている間、フランキーとグールドは何か話していた。何をかはロブにはさっぱりだ。

　集中力が戻ってくると、グールドがたずねているところだった。

「娘のほうはまだ鎮静剤で眠ってます？」

「きみらが来る直前に医者と話したよ。あの子が起きて動けるようになってもあまり話に期待はできないんじゃないかと言ってた。何も覚えてないかもしれないと」

「心的外傷後ストレス障害《PTSD》」グールドが心得た口調で言った。「それは残念。最有力の証人なのに」

「ああ。かわいそうに」

「ほかに家族はいます？」

「父方の叔母が一人いるよ」

　取調室のドアはまだ閉まったままだ。ロブは腕時計を確かめた。十五分経過。

　フランキーとグールドは会話を続けていた。ロブはアダムのいる部屋から来る静けさに耳を傾ける。完全な静寂ではない。低い会話が聞こえる。大声を出してはいないから、それはいい兆しだ。

「明日の九時に開始だ」とフランキーが言った。「やっと住民全員に通知を終えた。今のところ全員が大変協力的だ。とにかく電話のやり取りではね。検分に誰が来るかは、始まればわかる」

「ロスだったら、最初の人がTシャツを脱ぐより早く人権問題で訴えられてますよ」とグールド。

「でもここはロスじゃないからな」フランキーの笑みは得意げだった。「そしてファッションショーに参加しないなら、誰であろうと弁明を要求される」

「参加の強制はできませんよ」とロブは釘を刺した。

「ああ、できないさ」フランキーの笑みは、近づく足音に消えた。「ジーク。どうだった?」

ジークがドア口で足を止めた。すっかりやつれて、目は血走り、何日も眠っていないように見えた。いつもは整っている髪がぐしゃぐしゃだ。興味も関心もなさそうにグールドを見た。ほとんど目にすら入っていないのかもしれない。

「思ったとおりっすよ。アズールの遺体がいつ戻ってきて埋葬できるのかも俺には答えられなかった」

「だな」フランキーが同情した。「つらい話だ。しんどかったな」

「俺は今日はもう早退するよ、いいだろう、フランキー。今日はもう何もできる気がしねえ。くたくただ。眠ってないんだ、あれからずっと……」とジークが言葉を途切らせた。

「ああ、いいよ。家に帰って少し休め。明日またここでな。朝九時でいいか?」

「ああ。どうとでも」

ジークは歩く勢いが要るかのようにドア枠を押して離れた。アギーが優しく「おやすみなさい」と（まだ午後二時半だが）言うのにも言葉を返さず去る。

「ほら、私を睨むな」とフランキーがロブに言った。

「九時ですって？」ロブはくり返した。「あんたが町の男全員の服を引っぺがして調べる気だって、あいつに前もって知られないようにってことですか？」

「部下を特別扱いするようなら、私はろくな保安官とは言えないだろうな」

「なら俺も脱ぎますか？」ロブは聞いた。「喜んでやりますよ。何も明日まで待つことはない。ここで脱ぎましょうか」

フランキーは動じもしなかった。

「そりゃ私とグールド捜査官への目の保養だね。でも結構、お前が誰も殺していないのは知ってるさ、ロビー。まだ今のところはね。どうやら私も部下を特別扱いするのかもな」とウインクした。

ロブは首を振り、立ち上がった。気が騒いで、とてもアダムがどうなったのかとじっと待ち続けられそうにない。どうせすぐにはわかりそうにないし。

自分のオフィスへ行くと、デスクに座り、郵便物の整理にかかった。いつもそんなに届くわけではないが。今回は数日前から積まれてきた分だ。

訓練コースのパンフレットがいくらかと、銃のカタログ。〝匿名通報者〟からの犬の吠え声に対する苦情は、途中で匿名設定を忘れて実名の差出人シールを貼ってあった。

さらに、正式な書類を送るのに使われるような茶色の封筒。左の上すみに書かれたたよりない差出人名はM・コールターと読めた。

さっと気力が復活し、ロブは封を破った。

写真が二枚、机に落ちる。それだけだ。封筒を振り、中をのぞいた。手紙などはない。

一枚目の写真を手にした。十八、十九歳くらいの少年の写真だ。がりがりに細くて、マッシュルームカットの髪。ややだらしない感じの愛嬌がある。貧弱な胸に入ったタトゥを見せつけようとしているようだった。ロブの印象では、そのタトゥは素人が見よう見真似で入れたものに見えた。二つのパーツからできている。右側は、棒の先に三角形がついているように見えた。花か何かか？　左側は、上部分の三箇所の先端に三角形がとりつけられた十字架のようだった。あるいは宗教的なシンボルか？　それとも木？

それか、絵の不得意な者によるただの努力の結晶？

その少年は、ダヴ・コールターなのだろうが、欠けた歯を見せ、カメラに向けて小生意気に微笑んでいた。それは人生から幾度も蹴り倒されてきた人間の顔で——それでも今回蹴ってくるブーツは違うかもという希望を抱いている人間のものだった。

その子供っぽい、場違いな自負心を眺めていると、ロブの胸にやるせなさが満ちる。

二枚目の写真を手にした。二人の少年たちが、お互いの肩に気安く、だらしない格好で仲良く腕をかけている。片方の少年はダヴ。もう一人は……。

見覚えがあるだろうか？

ロブは眉をひそめて写真を裏返した。

〈ダヴとバック。1983年8月〉

音を立てずにロブは口笛を吹く。バックだと？　こいつは驚いた。バック・コンスタンティンからは鼻持ちならないほどに百パーセント、異性愛者《ヘテロセクシュアル》という空気しか感じ取ったことはない。もちろん、ハグひとつでこの二人が友達以上だったとは言い切れないが。

ただし……。

ロブは写真を表に返してバックの顔に目を凝らした。二人の表情から何かを感じる。おずおずとした、勇ましい、幸福感？

ロブは眉をひそめ、その写真を光にかざした。

三十年は長い年月だし、バックは昔の少年時代とはすっかり様変わりしている。髪の長さは今と近い。昔はもっと黒く豊かな髪だった。写真の顔はずっと丸く、柔らかい。体つきは予想外にがっしりしていた。たくましい。

誰かがドアフレームをノックした。顔を上げると、アダムが部屋の入り口に立っていた。

「よお」とロブは写真を落とし、立ち上がってから、どうするつもりだったのかと迷った。したいのは――アダムへのハグだ。だがアダムはやっぱり……アダムだし。それに仕事場でハグする段階の関係でもない。

コンスタンティン家から帰る途中のあの馬鹿げた議論を、嫌な気持ちで思い出していた。何であんなに激怒してしまった？　アダムのことをロボットとまで非難して。

アダムはロボットなどではない。今の彼は心配になるほどくたびれ、消耗しきって見えた。しなびたように。生命力を何かに吸い尽くされてしまったかのようだ。

「その、まだ……？」その先を聞くのが怖い。

アダムが歪んだ笑みを返した。

「大丈夫だ。首はつながった」

「そりゃな！　当たり前だ！」

全員がアダムの首が危ういと思っていたことなど忘れたように、ロブは声を上げた。

「逆に、ゴーラについて色々掘り出したことで、ケネディから褒められた気もするよ」

「骨も掘り出したもんな」

どうしてそんなふうに口がすべる？　どうしていつも下らなすぎるジョークをとばす？　アダムといるといつも以上に悪い。アダムの前ではロブはいつもおどけてしまうのだ。

アダムはぎょっとしたようだったが、それから弱々しい笑い声を立てた。

「とにかく、僕はラッセルと明日の朝、ロサンゼルスへ戻るよ。だからさよならを言いたくて」

「さよなら？」

そんな言葉を聞いたことすらないように、ロブはくり返した。予想していなかったことではない。だがそれでもショックを感じた。暗闇で電線にふれたような恐ろしい衝撃。

そしてアダムも何も言わなかった。彼のほうでもその意味をはかりかねているように。

「じゃあ、これで、か？」とロブは聞いた。

アダムは息を吸った。

「ほかにもある。もう一度謝りたくて。自分が時々……分をわきまえていなかったのは、わかっている。無神経に見えていたら、すまなかった」

「あんたは悪くない」ロブは慌てて言った。「俺がどうも……なんだろうな。なんだか調子がおかしくて」

アダムはまた例の、どこか気のない笑いをこぼした。

「ああ、悪くはないのかもな。だが行動分析課《BAU》がフランキーに対して正式な支援を申し入れた。ケネディはＦＢＩの伝説的存在で、その彼が事件に興味を持った以上、本格的なサポートが受けられる」

「そりゃよかった」

なんてうれしいことだろう、ＦＢＩがいっぱいだ。今度はその中にアダムはいないが。

「だから。そういうことで」とアダムが、別れにはこれがつきものだといきなり思い出したかのように右手をつき出した。

二人は握手を交わした。アダムの指の氷のような冷たさに、ロブは驚く。

「そうだ、ちょっと待ってくれ」とロブはアダムの手を握ったまま言った。

アダムが待つ。ほとんど不安げな顔だった。

「ディナーはどうだ？」

「どうだって、何が」

「あんたはあっちの連中と一晩中一緒にいるのか、それとも夕飯を食う時間はあるのか？」

アダムが手を引いた。

「夕食についての話は出ていない」と答える。「だが、全員がマリーナ・グリルにつめこまれるようなことにはならないだろうと考えていいと思う」

「よかった。だったら俺とディナーを食おう。ここでの最後の夜になるなら、一緒にすごさないか」

アダムの顔が明るくなった。それからうれしそうな表情がしぼむ。

「そうしたいところだが、きみは今夜仕事だろう」とロブに告げた。「耳にした感じではそうだ」

「いくつか片付けることはあるけどね。でもフランキーは明日の脱衣コンテストが本番だと踏んでるからな。大昔の事件について部下が知恵を絞るのにフランキーが残業代を出すと思っているなら、ケネディは驚くぞ。大体、俺はもうクタクタだ。今朝は四時三十五分から働いてる。

夜は早く寝たいね」そこで思い切ってつけ加えた。「一緒に」

アダムの睫毛がまた、こちらをドギマギさせるような動きで揺れ、その目がまっすぐにロブを見た。物寂しい微笑を浮かべた。

「きみが実行可能だと思うなら、ああ。ディナーを食べよう」

ロブは微笑んだ。

「実行できるよ。キャンプ場のキャビンに迎えに行くから、今夜はうちですごそう。明日の飛行機の時間は？」

「八時」

アダムは申し訳なさそうだった。

六時と言われてもロブは気にしなかっただろう。四時でも。気持ちがまた軽くなり、根っからの楽観が戻ってくる。

「心配ないさ、しっかり間に合うようにキャビンまで送ってくよ」

身を乗り出してアダムにキスをしたい誘惑に駆られた。それは少し調子に乗りすぎだろう。廊下の先のフランキーのオフィスからするケネディとグールドの話し声にアダムが少し気を取られているのも感じる。

「じゃあ五時に」ロブはそう約束した。「遅刻厳禁で」

「いや、きみが迎えに来るんだろ。そうじゃないか？」

「そうさ」ロブはニヤッとした。「今夜はデートだ、ダーリン」

四時十分頃になって、ロブはビル・コンスタンティンが保安官事務所にも来ていないし電話連絡もないのに気付いた。父親のバックについてあらためてわかった——少なくともわかった気がする——事実を考え合わせると、なおさらビルから話を聞かねばと気がはやる。

この二、三時間、ロブは事件に関する自分のメモを読み返していた。主にはフランキーの疑惑が気になって、ジークが関与可能かという角度から。だがシンシアとアズールの死に関する報告書を読んで、フランキーの疑いは的外れだという確信が強まった。

ジークはひねくれ者だし多分マッチョ主義の捜査官《ブタ》というやつに入るかもしれないが、ロブはジークの女性への暴力性を見たことも感じたことも一度もなかった。むしろ、無数の元カノたちがどうにかよりを戻そうとやたらまとわりつくのにうんざりさせられていたくらいだ。ジークが手玉にとれなかったのはアズールだけで、二人はこの数年くっついては離れてをくり返してきた。それが今になってジークが道を踏み外して彼女を殺したとは、とても信じがたい。シンシア・ジョセフを殺すどんな動機もジークにはないのだし。それもあんな異様な形で。それに、博物館に盗みに入って揉めたという説も、ジークが金に困っていないので成り立たない。もし金がほしければバイクを売ったほうが早いし、元からそうしたいと言っている。

はじめのうちロブは、ジークがかつて一度博物館で働いていたという事実を怪しんでいた。

当時はもっと多くの観光客がニアバイを訪れていて、ジークにとってその仕事は女の子とのいい出会いのチャンスだったのだろうと悟るまでは。女の子との出会いは昔から――そしてこの先も――ジークの最大の行動原理だ。

ひとつロブを悩ませていたのは、アダムが言い出した、テリー・ウォーターソンの死はただの事故ではなかったのではないかという疑惑だった。だがウォーターソンの昔の事故の報告書を探し出してみると、謎などひとつもなかった。ウォーターソンは岩から飛びこみ、頭を打って、不運なことに手遅れになるまで誰もその窮地に気付かなかったのだった。

ジークが酒を飲まないのは、あの事故のせいなのだろうか。まあシラフの時にあれだけ毒を吐く男なのだし、飲まないのは多分いい判断だ。

大きな鴉（かなんだかのコスチューム）に扮装しているジーク、という想像は――いや。いや、それはない。ジークはあんなものこっ恥ずかしいと思うだろう。百万年経とうが、ジークがあんなビッグバードのヤバい双子みたいな仮装をすることはない。あの夜あれを……見下ろしてくるあれをロブが下から見上げた一瞬、どれだけ不気味に見えたとしても、ジークにとってはどこまでも「ビッグバードのヤバい双子」だ。ジークがそう言うのが聞こえてきそうなくらいだ。バカげているとしか思うまい。

だから、違う。フランキーは明日、好きにセミヌード鑑賞会を開催すればいい。ジークはその網にはかからない。

犯人が何者であれ、まったく違うタイプの脳の持ち主なのだ。

ジークとは、という以上に。ほとんど全員と。深刻な心の異常であって、どこかに兆候を見せていたはずだ。前にも何かやっている。パターンがある。

だからこそ、バート・バークルが犯人だというアダムの説にもどうしてもうなずくことができないのだ。

バークルもジーク同様、翼のついた仮装で森を駆け回っているところなど想像できない相手だ。

ロブから見た限り、バークルへの容疑の根拠は彼に犯行の機会があったということと、FBIが嫌いだということだけだ。

あと目撃証言もあったか。

ただし、とても信頼性の低い証人による目撃証言。

それでもアダムは確信していた――。

あれだけ断言されると、信じたくなる。だがそれはバークルに対する確証があるからというより、アダムの人徳のせいだろう。

バークルは周囲の人間にろくな関心を見せたことがない。わざわざ殺すほどの関心があるとは思えない。

ロブは、ダヴ・コールターとバック・コンスタンティンが写った写真を手に取って、なんとなしに眺めた。三十年も経つと人は随分変わるものだ……。

こっちのパズルも、やはりうまく嚙み合わない。殺人のもっともらしいシナリオはくらいは作れるが。

少年はこの町で唯一のゲイだと思われていたが、じつは唯一ではなかった。バックは二重生活の秘密を守ろうとしてダヴを殺した。

ただひとつ。どうしてニアバイを去ろうとしていたダヴを殺した？　ダヴがいなくなればすべては解決したのでは？

そう。だがもしダヴに去るつもりがなかったとしたら？　バックがダヴを殺してからあの手紙を書いて、家出に見せかけようとしてたなら……駄目だ。複雑すぎる。こういうのはテレビドラマ内で、愛らしいコテージの花壇にかけられていた水が地元住人の血だったとか、その種の話でやるトリックだ。

いや。ダヴは町を出て行こうとしていた。

なら、どうして殺した？　どうしてその時になって？

犯人は彼に出て行かせたくなかったのか？

ロブは、ダヴの殺人を別の角度から分析してみる。

まあまあだ。ありえる。ただし、人殺しをするほど情熱的で必死のバック・コンスタンティン、というのはどうも想像がつかない。感情豊かな男だという印象がないのだ。

ゲイだという印象もない。

とはいえロブだってゲイ感知器《ゲイダー》の存在は信じてないが。たしかに性的指向は時にわかりやすかったり、そこまでではなくとも何となくわかったりもする。そして時には意外そのもの。だがバックは……バックの中にはゲイの気配などかけらもないと、ロブは断言すらできたくらいだ。

それでも、ここには証拠の文字が記されている。

フランキーが、半開きのオフィスのドアを叩いた。

「コートを着ろ。ＦＢＩとディナーに行くぞ。向こうは我々の相手が二人のシリアルキラーだと考えているし、事件を引き継ぎたがってて、話し合いたいそうだ」

「俺は結構。先約があるんで」

「ロビー、お前は私の右腕だぞ。一緒に来い。ＦＢＩ連中はこっちのことを能無しの田舎者だと思ってる。そこを――」

ロブは彼女の肩の向こうを見て、怒鳴った。

「おやすみ、ケネディ捜査官！」

フランキーがとび上がり、さっと振り向いて無人の廊下を見た。それからロブに向き直る。苦々しい顔だった。

「こんちくしょうが、ハスケル」

ロブはニヤッとする。それでも次の言葉は本心からのものだった。

「今日は四時三十五分から保安官の仕事をしてるんですよ。今からビル・コンスタンティンの話を聞きにいって、仕事を上がらせてもらいます。だからそういうことで、フランキー」

フランキーは彼を睨みつけた。ロブはおだやかに受け止めた。

「今夜お前が何に励むつもりなのか私が気がついていないとでも思ってるのか？」

「おっと、そう言われちゃ赤面しそうです」ロブは応じた。「うちの母でもまずノックくらいしますよ」

フランキーから怒鳴り飛ばされそうだったので、ロブはダヴとバックの写真を彼女に見せた。

「これってバック・コンスタンティンに見えます？」

フランキーは写真を手にした。眉をひそめ、しげしげと眺める。その目が見開かれた。

「……こんな写真、どこから手に入れた」

「ダヴ・コールターの母親が送ってくれたんです」

「母親は一体どこからこの写真を？」

ロブは肩をすくめた。

「さあ。これってバック・コンスタンティンですよね？」

「全然違う」フランキーと視線が合った。彼女は動揺して見えた。「これはバック・バークルだ」

「バック・バ、バ、バークル？　それって、バート・バークルのことですか？」

フランキーがうなずく。また写真を食い入るように見た。「なんてこった」と呟く。「じゃあ
あれは本当だったのか」
「バート・バークルって、行方不明のハイカーを追跡犬で探してくれてる彼ですよね？　あの
バート・バークル？」
上の空で、フランキーがまたうなずいた。
「じゃあ、何だって写真の裏に〝バック〟って書いてあるんですか」とロブは問いただした。
「そう呼ばれてたからさ。学校でのあだ名だったんだ。バック・バークル。フットボールチー
ムのキャプテンだったんでな」
「バークルが？　じゃあ何だってもう誰も彼のことをバックって呼ばないんです」とロブは食
い下がる。こんな重要な情報が隠されていたことに憤慨していた。
「どうしてもう誰も私のことを桃《ピーチ》ちゃんって呼ばないのかな？」とフランキーが言い返した。
「高校のあだ名なんてその時限りのもんだろ」
「そりゃ……ですね。ですけど。これがバークルだなんて信じられない」
そうは言ったが、フランキーから写真を返してもらって見ると、たしかにダグのそばの少年
はバック・コンスタンティンよりもバート・バークルに似ていた。ロブはひげのないバークル
の顔を見たことがない。それに惑わされたのだ。
「フットボールチームのキャプテンだって言いました？　バークルらしくないんじゃ」

「あの頃は、もっと違ってたから。まあ、多少はね。元から人と群れないたちではあったけど、今みたいな感じじゃなかったよ。あそこの家は事あるごとに子供を叩きのめしてたんだ。彼の母親は蓮っ葉《フィッシュ・ワイフ》だったからさ」

それがどんな意味かはともかく。

「じゃあバークルは――ゲイ、なんですか？」

仰天だ。それでもあらためて考えると、コンスタンティンよりはバークルのほうが腑に落ちる。

「それは――噂は、あった」フランキーが言った。「誰も信じなかったよ。でもなんてことだ――だって、バックはダヴをいじめてた。よく小突き回してたよ。私も一度、つき飛ばすところを見た」

顔を上げたフランキーの目は恐怖に満ちていた。

「いつもいじめてたよ」と囁くように言った。

14

キャビンのドアがノックされた時、アダムはひげ剃りの最中だった。

カミソリを置く。明日の朝ロブといられる時間を無駄にしないですむよう、もう帰りのフライトのためにほとんど荷造りを終えてあった。ドアを開く。

正面のステップにジョニーが立っていた。ためらいがちな微笑みを浮かべている。それも、アダムの表情を見て消えた。

アダムが背を向けると、ジョニーは彼について中へ入った。

「アダム……」

「いつ言うつもりだった？」

肩ごしにそう投げる。清潔なシャツの袖に腕を通した。

「ちょっと待ってよね。私がこれを秘密にしてきたと思ってるのなら、それは違うから。ケネディからは、あなたとパートナーを組んですぐに行動分析課《BAU》に加わらないかって誘われた。でも断ったの。あなたと働くのが好きだったし、どうせ結婚してＦＢＩを辞めるつもりだったし」

「ケネディから誘われていたことをどうして言ってくれなかった？」

「何のために？」

アダムは眉をひそめた。「それは自明だろう」

「あなたなら何と引き換えにしてでもつかんだだろう仕事を、私は断るつもりだったのよ。あなたじゃなくて私がケネディにスカウトされたって話をすれば、あなたを悩ませるだけだっただろうし」

アダムは顔を紅潮させた。

「きみを祝福したさ。信じられなかったのか？」

「ええ、喜んでくれたでしょうね。その申し出を受けろって私を説得したでしょう。でも私は受けたくなかったの。あのままでよかったんだもの」

「死体安置所《モルグ》パトロールのままで？」

「いい加減にしてよ、アダム」ジョニーの声が尖った。「あなたと仕事をするのが楽しかったのよ。南カリフォルニアに住むのも好きだったし、それはクリスも同じ。そんなことじゃあなたは仕事を諦めはしなかっただろうけど、私には大事。それにどうせ辞めるつもりだったし」

アダムはシャツのボタンを留め終えた。

「しかし、きみは今そこにそうしている」

「そうよ」ジョニーが深々と息を吸った。「そうね。だっていざその時が来てみると、一日中家にいる気にはなれなかったし、ＦＢＩの仕事ほどやりがいがあって打ち込めることはなかったから。そしたら、ケネディの班にまだ空きがあって。でも決め手は、クリスがクワンティコに転属になったことだった。これであれこれと条件が揃ったってわけ」声を落として、しかしまだ強い調子で続けた。「あなたが戻ったら言うつもりだった。それがまさか、同じ事件を捜査する羽目になるなんてね」

「捜査なんかしない。僕はラッセルと一緒に明日戻る」

ジョニーが唇を噛んだ。

「わかってるわ。全部ラッセルのせい。サムがあなたを残そうとすれば、ラッセルもここに残すことになるし、サムはチクリ屋が嫌いなのよ」そこで悪意丸出しの口調でつけ加えた。「これだけはよかったわ。ラッセルは捜査班に加えてもらえるって自信満々だったのよ。必要ないってサムに言われた時の顔、あなたに見せてあげたいわ」

アダムはその光景を想像し、微笑むしかなかった。

それを見つめながらジョニーが言った。

「サムはわかりにくい人だけど、でもあなたが独力でここまで調べ上げたことに感心していると思うわ」

「なら、随分ときっちり本音を隠していたものだ。それに独力じゃなかった。ハスケルの力がなければ何もわからなかっただろう」

「そう、ハスケル保安官助手ね」ジョニーが呟いた。アダムに微笑みかけ、アダムも仕方なくではあるが微笑みを返す。「どうもあなたと彼の間には〝ヤリ逃げごちそうさま〟以上の何かが進行中みたいね？」

「きみとクリスはいつもそんな言い方をしてるのか？」

ジョニーが笑った。

「言っとくとね、結婚っていいわよ。みんな結婚するべきよ」

「何度でも好きなだけ」

またジョニーが笑う。

「ねえあなたたちって——」

「いや。遠距離交際はうまくいかないものだ。それに、僕らのどちらも移住できるような状態にはない」

「話し合ってみた？」

「するわけないだろう」

彼女は丁寧に描かれた眉を上げた。

「話し合ってみるべき事柄かもしれないとは思わないの？」

「たった何日かしか知らない相手だぞ」

「クリスは、私と会ったその日にもうわかってたって。私のほうは……まあ、もうちょっとかかったけどね」ジョニーは時計をたしかめた。「行かなきゃ。マックレラン保安官との夕食があるから。でも……私たち、大丈夫？」

アダムはうなずいた。

歩み寄った彼女がアダムの頬にキスをする。

「また話しましょう、いい？」

「もちろん」

敷居のところで彼女はためらった。

「……じゃあね、アダム」

「おやすみ」

彼女が出ていってドアが閉まった時、嫌な考えがよぎった。アダムは窓のところまで行くとそこで木々の間を歩き去るジョニーの背の高い、淡い影を見送る。彼女が自分のキャビンに戻ってそのドアが閉まるまで見守った。

ほっとしてバスルームへ戻り、ロブがやたらと気に入っているアフターシェーブローションを顔にかける。

ゼロからここまで築いてきた捜査の途中で帰還を命じられた失望感を、ジョニーが何とか慰めようとしてくれたのはありがたい。

とはいっても、ケネディがアダムに感心しているという話はジョニーの勘違いだろうが。印象付けたとしても、少なくともいい意味でではないだろう。

「状況を俺が正確に把握できているか確認するぞ」

この小さな辺境のリゾート地に一人のみならず二人の連続殺人犯がいると結論づけた理由をアダムが説明し終えると、たちまちケネディはそう言ったのだった。

「当初お前は、ロードサイド切裂き魔《リッパー》の被害者の可能性がある死体の確認にここへ呼ばれた。リッパーの捜査班が確立しようとしていた容疑にその死体を含めるか除外するか、判断するためだな？」

「そのとおりです」

「そしてお前は、その身元不明死体《ジョン・ドウ》は無関係であると除外した？」

アダムは躊躇した。ケネディは躊躇を嫌う。

「イエスか、ノーか？」

「我々はその死体を除外しました」とアダムは答えた。

ケネディがじろりと、アダムを眺めた。意外にも微笑した。いや少し違う。その口元の陰気な痙攣は微笑とは呼べまい。顕微鏡に置かれたスライド標本を眺めるようにじっくりとアダムに目を据えている。

「しかし？」

「可能性はきわめて低いと思いました」アダムは言った。「物的証拠はいかなる判断の根拠にもなりませんでした。それに次の殺人まで三十年の空白期間というのは……」と首を振る。

「お前は、それが奴の最初の殺しだというわずかな可能性があると考えたんだな」

ケネディの声には奇妙で得体の知れない満足感があった。

「それは……」

どう答えるべきなのかアダムにはまったくわからなかった。その可能性はたしかに頭をよぎったが、あの時も——そして今も——突飛すぎる論だとも考えていた。

そうは言っても、どんな連続殺人犯《シリアルキラー》にも最初の殺人がある。そして最初の被害者は、様々な面で特別な存在なのだ。殺人者と個人的な知り合いだったり、殺人者から長期間ストーキングされていたりするためだ。最初の犠牲者は、犯人にとってもっとも意味深い存在であることが多い。その後の殺人が、一回目の殺しの再現行為であることもしばしばだ。

初体験は忘れがたいもの、ということだ。

「その仮説を裏付けるに足る証拠がありません」とアダムは言った。

「だがお前はひそかにそれを信じている」

「疑ってはいます」アダムは答えた。「信じるに足る証拠はありません」

ケネディは考え深げにうなずいた。やがて、仕方なく最終的な結論を下すように告げる。

「お前は慎重だな。だがなかなかの直感を持っている」

あれはたしかにほめ言葉だったのかもしれないし、ラッセルがいなければ捜査に加わらせてもらえたというジョニーの言葉はありがたい。それでも、お払い箱にされた事実は変わらない。ジョニーが考え違いをしていることがひとつある――アダムはシリアルキラーの捜査をしたいと思ったことはない。行動分析課《BAU》から誘いがあればそれを受けただろうが、死体安置所《モルグ》回りを逃れて本当の捜査に戻れるならどんな仕事だろうとよかったのだ。そんな彼が二つの連続殺人捜査のただ中に巻き込まれたなんてまさに皮肉だったし、この複合事件を最後まで見届けたい気持ちもある。だが、シリアルキラーという言葉を二度と聞かずにすめばそれでも満足なのだった。

カミソリとアフターシェーブの瓶をケースにしまい、そのケースを旅行カバンにしまう。もうロブが来る頃だ。

そう思った途端、気安いノックがコンコンとドアを鳴らした。出迎えに向かう。

携帯電話が鳴った。大きく。断固として。仕事の電話だ――。

アダムはドアを開ける。空が落ちてきた。

痛みに、はっと意識が戻っていた。

今にも割れそうにガンガンする頭の痛みとはまた違う痛み。頭の痛みのほうにも集中を乱されて考えがまとまらないが。

これはもっとひどい痛み。両肩から両腕全体までを灼熱のように貫き抜ける。混乱し恐慌に陥るほどの激痛。抗っても、より苦悶がひどくなるだけで、やむなく動きを止め、自分を制するしかなかった。何が起きたのか、何が起きているのか、把握しようとする。

裸だった（羞恥心）。暗闇に包まれていた（恐怖感）。寒い。凍えている。光の不在。狭さや息苦しさは感じない。冷え切った、広い空間。匂いがする……おがくず。薬品臭。獣臭。古い獣臭、新しい獣臭。

犬。

そう、近くで犬の吠え声がしている。

犬舎だ。バート・バークルの。

ここはバークルの家の納屋の中だ。パニックが押し寄せた。またもがき出したアダムの腕と肩を痛みが灼《や》き、さらに凄まじい痛苦でさいなむ。叫び声を立てた。

駄目だ。やめろ。考えろ。息をしろ——。

（息をしている限り、大丈夫だ）

それは言い過ぎか。だが少なくともまだ生きている。アダムはもがくのをやめ、無理に深い息を吸いこんで、状況を整理しようとした。両手首がきつく縛られて腕を頭上に引き上げられている。両手の感覚がない。血行の遮断か。まずい。両腕が重い。肩が疼く。爪先立ちをすると少し肩の痛みがやわらぐ――そして踵をつくと猛烈に痛む。ずっと爪先立ちをしてはいられないから、いずれは足をつかねばならないのだが。

目に涙がしみて、必死にまばたきで払った。気をつけないと呼吸困難になってしまう。呼吸をしろ。考えろ。

バークルはもう罪を逃れるのは無理だとわかっているはずだ。わかっているだろう？　FBI捜査官をさらって逃げ切れると思うほど傲慢でいられるわけがない。

暗闇は完全なものではない。端のほうは灰色で、外側に陽光が射しているかのようにうっすらと黄色い線が浮かんでいた。あそこが出入り口なのだろう。

そろそろと、爪先立ちで向きを変えた。納屋の逆側にもうっすらとした光の線がある。あれも脱出口かもしれない。そんなチャンスがあったなら。

また踵をつかねばならなかった。肩の筋肉がぐいと引き絞られて、すすり泣くような息をする。

バークルはどこにいる？　奴が戻ってくるまでどれくらいある？　その先のことは考えたくない。どうにかこの手を自由にできれば……。

指がソーセージのように感じられた。動かしてみようとする。手首に食いこむ細い……ナイロン？　ビニール？の紐を探りに。すべる。ぬるぬるする。固い感触。ケーブルバンド？　結束バンド？　形もよくわからないし、どうほどけばいいのかもさっぱりわからない。

それでもきっとどうにか――。

（息をしろ）

（考えろ）

犬の吠え声が大きくなった。低い声が犬と話している。砂利か小石を踏む足音。閂《かんぬき》棒が抜かれ、金属が鳴り、納屋の扉がガチャッと押し開かれるのが聞こえた。

アダムはまた爪先立ちになり、両腕にわずかな余裕を作った。涙の霞の向こうに月の一部、犬の檻の網、四角い戸口を満たす黒い影が見える。

納屋のドアはまた、稲妻に続く雷鳴のような轟音を立てて閉まった。

アダムは闇に視線を据え、そこから出てくるものを待った。あえてゆっくりした足音が近づいてくる。バークルはそれが被害者に与える影響をよくわかっていて、長年かけて技術を磨き上げてきたのだとアダムは悟った。

「お前の逆鱗《げきりん》にふれたかな？」とアダムは言った。

返事はない。うなじの毛が逆立つ。この沈黙が迷いと不安を生み、被害者たちの恐怖を煽るのだ。アダムに迷いはなかったが。今から自分に何が起きるのかはよくわかっている。奇跡でもない限り、殺されるのだ。むごたらしく。

何の幻想も抱かず、争わずに従えば助かるかもしれないという無駄な希望も持っていなかったので、アダムはただバークルをどう確実に有罪にできるかに集中できていた。今夜ここで死ぬのなら、自分をバークルの最後の犠牲者にしてやる。

ロブが頼りだ。アダムはロブを信じていた。自分に向けられているロブの気持ちを信じていた。今なら素直にそれが認められる。それが心の支えになる。おかしな話かもしれないが、アダムの死をロブがどれほど重く受け止めるかわかっているだけで、避けようのない運命と向き合う勇気が湧いてくる。

ロブに伝えなかったことを、そして自分にすら認めようとしなかったことを、今は後悔していた。本当はロブと同じ気持ちだと。

確固とした有罪の証拠を、ロブに残さなければ。バークルに何かの痕を、傷をつけられさえすれば……なにしろ明日のフランキーの〝美肌自慢コンテスト〟にバークルが現れなければ、ありがたくない注目が彼に向けられるはずだ。アダムの足の自由を奪わなかったのはバークルの失敗だ。とことん利用してやろう。

それにロブには必要なサポートも付いている。サム・ケネディはアダムの話を信じたのだから。見立てが正しいかもしれないと、認めてさえくれた。

精神的には覚悟を決めていたが、闇から繰り出された攻撃には不意をつかれた。爪先立ちで左右に回り、動きつづけるしかないが、縛られた腕のせいで逃げ場がない。バークルが突進し、アダムの胸の上に灼熱が走った。悲鳴をあげて蹴り返す――思いきり。足がとらえたのはバークルの下半身のどこかだ。多少気は晴れるが、狙いとは違う。

バークルがハッと息を吸うのが聞こえた。「やりやがって」と唸る。またもアダムに迫ってくると手当たり次第に切りつけ、怒りと痼癪のまま攻撃した。アダムも屈せずやり返す。また蹴ったが、足首と脛を刃に切り裂かれていた。

声を立てる。だが蹴りは命中した。狙ったほどの威力はこめられなかったが。バークルの胸だろうと思う——願う——ものの痣を残すには至らなかっただろうか。「ろくな考えじゃないぞ」とアダムは荒い息で言った。

いや、本当に。バークルは抵抗されることに慣れていない。これは奴の失敗。

問題はだ、この程度の活動でもアダムがへばってきたことだ。眩暈とだるさに襲われる——失血のせいだろう。もしくは脳震盪。それか両方。胸の切り傷はとてつもなく痛む。腕は今にも肩からもげそうだ。両手はまるでズキズキ疼くだけの肉塊。この小さな牢獄でよろめいて動いてきた足はヒリついていた。

息を整える時間がほしい。喘ぐように言った。

「話せよ。話してみたいだろ」

反応なし。

「この何年も、お前がどれほど賢いか、誰も気がつかなかったんだろう？　警察も。ＦＢＩも。話したいに決まってるだろ」

バークルの息遣いが聞こえる。思っていたより近い。背すじがぞわりと冷えた。

「一人目の話を聞かせてくれ。ダヴの話をしろよ」

これには反応があった。

バークルが唸るように言う。

「このカス野郎が。ダヴの話なんか俺にしていいと思ってるのか？　貴様が？」

今回は自分に振り下ろされる刃のきらめきが見えた。反射的に爪先立ちでのびて後ろへ跳び下がる――そして両手がフックのようなものに吊るされていることに気付いた。肉吊り用フック？　アダムの両手を縛っているバンドが金属の上を滑って引っ張られた。弾け折れるほどの勢いはない。残念。

アダムは蹴りつづけた。荒々しく、やみくもに。バークルの顔をかすめた気がする。顎ひげのやわらかくチクリとする感触があったような。バークルがまた下がったのがわかった。アダムから距離を取る。

何故明かりをつけようとしない？　どうして暗闇でこんなことを続けるのだ。バークルは見たくないのか？　このほうが楽しめる？　それともアダムの反撃で調子が狂った？

「ダヴに対してそんな気持ちがあったなら、どうして殺した？」

アダムは指をのばし、フックの形を探ろうとした。湾曲した鉄。よし、たしかにフックだ。つまり理論上では、両手を上げればフックから外すことができるわけだ。体をそこまで持ち上げられたなら。宙に。

「ダヴはまだ若かっただろ。お前がその心臓を刺したんだ」

「その名前を口にするな！」

「ダヴ！」アダムはわめいた。「ダヴ・コールター！」

「この畜生めが。仕方なかった。やるしかなかった」バークルが呻いた。「どんな目で見られるか、彼にはわかってたのに。わかってるのに！」

コンバインのように両手で宙を裂きながらつっこんでくる。こちらを、あちらをと切りつけながら。

今回、アダムはそれを待っていた。バークルを蹴り返すかわりに、踏み台に使う。右足でバークルの太腿を踏み、あらん限りの力で飛び上がって、両腕をつき出した。

驚愕、そして眩暈のするような安堵とともに、フックの先端から手が外れ、アダムは埃っぽい納屋の床に叩きつけられていた。次の瞬間、必死で立ち上がってドアへ向かう。両腕は死んだ丸太のようで体はふらふらだったが、決死の希望が勢いを生んだ。

ドアに倒れこみ、鉛のような指で閂を探る。

不意をつかれた一瞬の後でバークルが迫ってきたが、アダムのぬらつく指が閂棒を抜いた。身を沈めると、バークルの一撃が金属のドアに激しくぶつかってナイフの刃がくいこんだ。アダムは一瞬だけかかってそのナイフごとドアを開け放った。

納屋からとび出し、背の高い檻の列を駆け抜けるアダムを——犬たちが狂騒する——ナイフをドアから引き抜いたバークルが追った。

走れ！

だが凍った大地を裸足で蹴りながら、アダムは状況を計算し、逃走は不可能だと悟った。傷つき殴られた体と、縛られたままの腕でリズムが取れず、あまりにも進みがのろい。

のろすぎる……。

バークルが犬をけしかけたら？　ライフルを持ち出したら？

（駄目だ。そんなのは考えるな――）

アダムは走りつづけた。ふらつく足取りで、前へ。足裏に食い込む石も霜もほとんど感じないまま。

闇の彼方から、丘を抜けて無人の道をこちらに突っ走ってくる赤と青の光の渦が見えた時、てっきり幻覚だと思った。

光へ向けて走る。道へ向かって。「おーい！」と叫んだが、声を届かせるような息も残っていない。

遠すぎる。あまりにも遠い……。

バークルはといえば、もう、すぐ後ろだ。そう足は速くないが、アダムの数々のハンデを考えれば十分なスピード。

アダムはよろめいて進んだ。

ライトがさらにスピードを上げて近づき、二台かそれ以上の車がアダムからも見分けられる。先頭はSUV、こちらめがけてつっこんでくる。アダムは最後の力を振り絞って低い土手をよじ登り、広い田舎道に出た。両手を上げ、無言で呼ぶ。もう叫ぶ力もない。

強い手が肩にくいこみ、アダムの体は一転して地に叩きつけられていた。舗道に体を打ち付ける。力が入らない。意識が飛びかかる。自分の血と、泥まじりの雪の味がした。

今や、夜には音が満ちていた。自分の苦しげな息づかい、同じくバークルの息づかい、急停車のブレーキ、人の声……バークルの服から焦げたゴムとかすかなパイプの煙を嗅ぎとった。今この瞬間まで、パイプ煙草の香りは好きだったのに。アダムの鼻の数センチ先には舗道のひび割れがあって、そのわずかな裂け目、月下で白黒に見えるそこから野草が生えていた。

「武器を下ろせ！」

その声は深く、猛々しかった。なじみのある声。でも聞いたことのない声。

ロブ？

手がアダムの髪をつかみ、彼を引き起こした。アダムはその痛みにたじろぎ、煌々と光るヘッドライトと赤と青に明滅する棒のハロゲンランプに目を眩ませる。

そうだ。ロブがSUVの開いたドアの後ろでかまえて、銃口をアダムに向けていた。アダムを盾にしているバークルに。

バークルにも逃げる気などないが。この男の最後の計画は、あらゆる手を使ってあらん限り

の傷跡を刻みつけることなのだ。

「バークル！」ロブが呼んだ。「最後の警告だぞ」

「さよならを言っておけ」とバークルがアダムに言った。気負いのない、落ちついた声だった。

アダムは目をとじた。冬の夜に銃声が轟いた。

15

「それは冗談だろうな」とアダムが言った。

彼はロブのベッドで枕の山にもたれて座っていた。体はボロボロで、痣だらけで、包帯を巻かれて――それでもロブには見たこともないほど美しい光景だった。

ただし、素直な患者とは言えない。それは間違いない。

「それでフォークを使えると考えるほうが不思議だよ」とロブはまだ赤く腫れ上がったアダムの手を示した。

「人に食べさせられるなんてお断りだ」

火曜の午後になっていた。アダムは一時間前にクラマス・フォールズの医療センターから退院したばかりだ。朝は、前夜の出来事についての地元捜査機関とＦＢＩからの聴取で始まった。アダムは口数少なく的確な説明を行っていて、見た目どおりに気持ちまで平静なのかもしれない。

せめて二人の片方だけは。

ロブはといえば、この二日ろくに眠れていない。眠れるほどリラックスできる時が二度と来る気がしない。昨夜は、アダムの病院でベッド脇に座って、鎮痛剤で平和に眠るアダムの静かな胸の上下をずっと見つめていた。アダムから目を離すのが怖いし、その気持ちが薄れたとしても……目をとじるとバート・バークルに拳銃を全弾撃ちこむ自分の姿が浮かぶのだ。

バークルは、選択の余地をロブに与えなかった。あのままでは間違いなくアダムを殺しただろうし、それが無理でもロブやニアバイの保安官事務所の誰かがアダムを誤射することを狙っていたのだろう。

自分の決断に悔いはない。夜の中からよろめき出た血まみれのアダムを見た瞬間の恐怖、そしてナイフを手に暗視ゴーグルをしたバークルが急がずたゆまぬ足取りでそれを追ってくる姿を見た恐怖を、ロブは一生忘れないだろう。南オレゴン中の警官が取り囲んでも、バークルは意に介さなかったに違いない。あれは血を嗅ぎつけた野生の獣だった。狙いはただひとつ。アダムを殺すこと――その途上で己が死すとも。

だから、そう。ロブは後悔していない。自分がいい目とたしかな手元を持ち、真面目に射撃場での訓練をこなしてきたことに心から感謝していた。その訓練の成果を発揮する日が来るなど思いもしていなかったが。

アダムを救うためならバート・バークルなど百回でもぶっ殺す。だが昨夜発砲した瞬間……ロブの中で何かが変わった。もう元の人生には戻れない。どうしてか、どういうことなのか説明はできないが。だがそれは、蝶の群れが死骸の腐肉にたかっているのを見た瞬間に似ている。あるいは墓場で、やわらかな純白の雪に誰かが寝そべってつけた雪の天使《スノーエンジェル》の痕を見た瞬間のような。

くだらない感傷に聞こえるし、そんなことを言いたくもない。ロブは自分がどう感じているのかよくつかめないでいた。ただひとつ、そこにアダムが無事座っている、その光景のためなら何ひとつ惜しくないということ以外は。

無事、とは微妙に言えないか。アダムの指はほとんど曲がらないし、腕を上げるとひどく震えたが、それでも運が良かったのだ。医者によれば神経に損傷はなし。しばらくゆっくり休養すれば回復するだろうと。

ゆっくりも休養も、アダムの気質ではない。明日にはロサンゼルスへ帰る便に乗る。

「ま、腹が減ってないならいいけどな」とロブは言った。

アダムはくやしげな顔だった。ロブが仕度した盆を途方に暮れて見つめる。ラザニアからニンニクとオレガノのいい香りが立ちのぼっていた。出来合いのラザニアだが、それでも。

「皿を舐めるという手もあるぞ」とロブは親切に言ってやった。

「そいつは振るってるな、ハスケル」

「振るってるとか、今どき誰も言わないだろ」ロブはベッドの縁に座り、アダムと距離をつめて、フォークを取り上げた。「ほら、いいだろ。世話を焼かれてみろよ、たまには。損するわけじゃあるまいし」

　アダムが困ったような目でちらりとロブを見た。

「そういうことじゃないんだ」

「へえ？　ならどういうことだ？」

　ロブはフォークでラザニアの一部を切り分ける。そのフォークを口元に運ぶと、アダムは鼻をヒクつかせてから一口食べた。咀嚼して、飲み下す。

「ほら、そう悪くないだろ」とロブは言った。

「ああ、いいと思う」

　アダムは意識した様子で下唇を舐めた。

　ロブはうっすらと微笑した。わかりやすい男ではない、アダムは。だがロブは挑戦してみたかった。今でもしてみたいと思っている。ただもうその可能性はない。

　アダムから、どうして自分をさらったのがバークルだとわかったのかと聞かれたロブは、ダヴ・コールルターの写真を見せたのだった。アダムは長時間その写真を見つめていてから、サム・ケネディを病院までつれてきてくれないかとロブにたのんだ。ケネディが——任務中に負傷した捜査官のわがままにつき合うのはやむなしという表情で——到着すると、アダムはダヴ・コールターの写真を見せるようロブに求めた。

アダムと同様、ケネディも長い時間、その写真を凝視していた。

「何です？」とロブはついに、謎の空気に我慢できなくなってたずねた。「何をそんなに見てるんです」

「コールターのタトゥだ」アダムが答えた。「鳥を意味する楔形文字だ」

「へえ？　そりゃおもしろい」

アダムの頭がもう仕事に、次の追跡に移っていることに驚くべきではないのだと、ロブにはわかっていた。

「そして同時にこれは、ロードサイド切裂き魔《リッパー》が被害者の胸に刻みこんでいたシンボルなんだ」

「その可能性はある」ケネディが正した。「まだ確実なことは言えないが、しかし……」思案の目でアダムを眺めた。「お前は正しいと、俺も思う」

アダムの顔にいくらか色が戻る。彼はロブに微笑みかけた。ロブはこの話の一員ではなかったが。この世界の一員ではない。この二人だけでお好きに、だ。

それに続いて、ケネディとアダムは連続殺人犯《シリアルキラー》についての楽しいおしゃべりを交わし、最後にケネディが行動分析課《BAU》のポジションをアダムに提示した。と言うか、空きができるから検討してもらいたい、とアダムに言っていた。そうする、とアダムは答えた。まだ鎮痛剤でぼうっとしてはいたが、アダムならその職を受けるだろうとロブは疑いを抱かなかった。ロサンゼルスは遠いと思っていたならクワンティコこそ地の果てに感じられた。

ハロー、グッバイ。今朝目を開けてベッド横に座っているロブを見たアダムは疲れた微笑を浮かべて、ロブのほうへ指をぴくりと動かしたのだった。あれは何かの始まりに思えた。だがアダムはケネディに職を申し出られた後もロブに微笑んでいたし、それで、ロブのか細い希望は断ち切られたのだった。

そして、その間にも……「開けて」とロブは求めた。

虐げられている者の顔をして、アダムは口を開けた。ロブの携帯電話が鳴った。フォークを下ろし、立ち上がると彼はフランキーからの電話に出た。

いい知らせではなかった。

それが表情に出ていたに違いない。ベッドサイドに戻った彼にアダムが聞いた。

「どうしたんだ?」

「ビル・コンスタンティンが昨夜自殺した」

「なんだって?」アダムが盆をひっくり返しそうになりながら起き上がった。それを防ごうとしたが、思うように動かない手で水のグラスを倒してしまう。「まさか。どうやって?　何があった？」

ロブは今や水浸しのラザニアが乗った盆をベッドから持ち上げると床に置いた。表情を取りつくろうまでに数秒かかる。

「エデンが今朝発見した」

「エデン……？」

アダムはロブを見つめてけげんにくり返す。

「エド・エデン。ビルがこの何年か働いてた、マウンテン葬儀社の責任者だよ。今朝出社して、処置室でビルを発見した。ビルは金属の作業台に横たわってた」ロブは立ち上がった。「ビルは博物館から盗まれた鴉の仮面をかぶって、それで……鴉の羽の衣装を着ていた。でっかい翼みたいな」と曖昧に自分の両肩を指す。

ロブが見ていると、アダムは今の話を頭の中で整理し、自明の結論をはじき出していた。

「……自殺はどうやって？」

ロブは無感情に答える。「盗んだ鴉のナイフを心臓に突き立てた」

アダムが長く、ゆっくりとした息を吐き出した。

「彼があの葬儀社で働いていたとは知らなかった」

「この辺の子供たちが不気味な《クリーピー》ビリーと呼んでたのには理由があるのさ」とロブは答えた。

「その呼び名は聞いたことがないが」

「アズールが呼んでたんだ」

　おかしな話だ。ロブはバート・バークルへの同情はひとかけらもなかったが、ビル・コンスタンティンだって同じく彼なりに歪んでいた。ビルも人を殺し、人生を奪った。なら、どうして。ロブは……こんな気持ちになるのだろう？　まるで自分にももっと何かできたんじゃないかと――するべきだったんじゃないかというふうに。何か、もっと。

　アダムが考えこみながら言った。

「フランキーの、あの強制ストリップ捜査か……」

「あれでパニックになったんだろう」とロブもうなずいた。

「想像がつくな。アズールの爪にはビル・コンスタンティンのＤＮＡが付着していただろうし」

「フランキーが言ってたよ、バックが訴えると息巻いてるって。息子は博物館の展示品を盗んだかもしれないが、人を殺したはずがないって主張してるそうだ」

「理解できる反応だ」

　そうなのか？　かもしれない。愛する者が正気を失っていたと知るだけでもつらいだろう。殺人までしていたと受け入れるのは……。

「ビルは、ダヴの検死の時、いたんだよ。あんたは覚えてないかもな。ドク・クーパーの助手をしてた」

アダムは目を細めたが思い出せた様子はない。ただうなずいた。

「俺はゆうべ、ビルと話をしに寄るつもりだったんだ」ロブは言った。「そうしてたら――」

「僕は死んでいた」とアダムが言った。

ロブはさっと彼の目を見た。

「聞いてくれ、ロブ。全員を救うことはできないんだ」アダムが静かに言った。「今きみがどんな気持ちでいるのかわかるが、でもそれが真実だ。それと、言い忘れていたかもしれないから、命を救ってくれてありがとう」

「ビルは病気だった」ロブは言った。「わかってる。ティファニーにあてて九枚の手紙を書き残して、全部説明してたけど、なんだかわけがわからないことを書き連ねてあるだけで。ティファニーの母親に、二人の仲を邪魔されていると、そう思ってたようなふしもある。推測だけどな。もう全部が推測さ、なんせフランキーの話じゃ昨夜ティファニーが意識を取り戻したけど、やっぱり何も覚えてないそうだ。少なくとも当人は覚えてないって言ってるよ」

「彼女にとってはそれが一番かもな」

アダムの口調は曖昧なものだった。そもそもティファニーがビルに恋をしていたのかもしれないと疑ったのは彼だ。それもまたきっと、二度とわからない真実のひとつ。

「ビルの手紙によれば、ダヴ・コールターの骸骨を見た時、それが殺人だとすぐ直感して、もう頭から離れなくなったそうだ。死と死者に取り憑かれた」

アダムはほとんど優しい口調で言った。

「理解などできないんだよ、そういうものなんだ。狂気に論理はない」

「ああ、わかってる」口に出すのはつらいことだったが、きっとロブがこれを打ち明けられる相手はアダムだけだ。「俺は、もっと何かできたはずだって気がして」

「きみは、把握していただけの事実でできる限りのことをしたんだ」アダムが震える腕をのばした。「おいで」と言う。

アダムから同情を向けられている自分が間抜けな気がしたが、それでもロブはベッドに登った。肩を抱いてくれる腕の力強さにほっと心を慰められる。

二人はしばらくそうして座っていた。長い時間、静かにしていたので、てっきり眠ったかと思ったら、目をやるとアダムは宙を睨んでいた。

ロブの口が勝手に動いていた。

「このまま帰らないってのはどうだ？」

アダムの眉がぐっと寄る。口を開く。ロブに言った。

「きみがロスに来てみるというのは？」

「そこだよな。俺は都会に住んでみたことはあるんだよ。俺には合わなかった」ロブは微笑した。「大体、ロスにはもうそんなに長くいないんだろ？　次はバージニア州だ。クワンティコ」

「どうだろうな。そうなるかもな」アダムはためらいがちに言った。「もし僕が行動分析課《BAU》の職を断ったとしても……ここで何をすればいい？　ポートランド支局への転属を願い出たとしよう。たとえ人員の空きがあって、たとえそこに入れたとしても——できるかどうかもわからないが。できないと思うが。そうなったとしても、かなりの通勤距離になる」

「クワンティコとの往復ほどじゃない。ロサンゼルスよりは近い」

「無理だ」

ロブは窓の外を見つめた。

「無理だよな。フェアじゃないのはわかってる。そのポジションを断るのはどうかしてるし。あんたはそれを目指して働いて、チャンスを待ってたんだから。それが目の前にある」そこでロブは冗談をとばそうとした。「ま、オレゴン州一のシリアルキラーの都《みやこ》に住んでくれって頼むのは無神経だと、俺も思ってたけど」

「ＦＢＩにはハードルが高いね」

アダムが絞り出すユーモアもやはり弱い。続けた。

「僕は遠距離交際には懐疑的だ。だが……きみと、試してみてもいいかもしれない」

「遠距離交際。一言の中に矛盾があるな」

「だな」アダムが少し苦々しく言った。「でも試すこともできなくはない」

ロブはそっと体を離した。アダムを傷つけたくはない。どんな形でも。二度と、決して。

「懐疑的なのって、前につき合った同僚のせいか？　手ひどく終わった相手？」

「そうだ」アダムの口元が歪んだ。「僕にも責任はあったけれどね。お互い問題があった。二人して出世欲が強く、二人とも仕事のキャリアにばかり気を取られていた。特に僕がね。彼はワシントンに異動になった。ワシントン州に。それでお互い、少し離れてみるのもいいかもと同意した。少し距離を置こうと。でも……いずれうまくいくと、僕のほうは信じて疑ってなかった。そのうちね。……でも彼は一週間目に電話してきて、ほかの出会いがあったと言った。この相手だと感じたと」

「そういうのわかるもんかね？」本当にロブの頭の中にあったのは、俺もわかったんだ、初めてあんたと出会った時——ということだった。今となれば、どうやらただの一方通行。「相手も同じ気持ちなのかな？」

「そうだと思う。あの二人はまだ一緒にいるし」アダムが答えた。「だから、僕は遠距離をあまり信用できていない。でも、やってみることはできる。理想的な状況ではないが。それでも僕は……きみに好意を抱いている。こんな短期間でどうしてこうなったのかはわからない。お互いをそこまでよく知らないのに。それも、言いたいことなんだ。もっと時間をかけるべきだろう、お互いをよりよく知って、それから……」

言葉が途絶えた。

受け入れろ、とロブは自分に言い聞かせた。きっとこれ以上の話はない。最上で、きっと唯一。

自分の返事に自分でがっかりした。

「いいだろ。でも最高にうまくいったところで、結局またこの話し合いをすることになるんだよな？　だろ。遅かれ早かれ、またこの振り出しに戻るんじゃないか？」

アダムが額を擦った。

「わからないよ。まだ五日間しかお互いを知らないんだ。今話し合っても……一体、何を話し合おうとしてるんだ？」

「二十年ぐらい経ったら一緒に引退する計画？」

そうは言っても、まったく笑えない。

アダムは苦しげだった。

「あの職を断ることはできない、ロブ。受けるしかない。こういうチャンスは一度きりのものなんだ。来ないこともある」

「わかってるよ」

「だからと言って僕から私生活が奪われるわけでもない。飛行機だって国中を飛んでいる」

「だな。飛んでる」

「何か、スケジュールを決めたっていい。簡単にはいかないだろうけど、大事なことなら、やっていけるはずだ」

「だな。できるはずだ」

「今すぐ決めなくてもいいことだ」アダムが言った。「だろう？」

「だよな」とロブはうなずいた。

だがロブにはわかっていた――二人ともよくわかっていた。すでに決断は下されたのだと。

エピローグ

〈人は求めるものを探して世界中を旅し、帰りついた家でそれを見つける〉

それがシンシア・ジョセフの壁にかかっていた格言で、一片の真実であるのかもしれないが、背後で玄関ドアが閉まって旅行カバンを下ろした時、アダムが求めていたのはシャワーと一夜の眠りだけだった。

うんざりするほど体が弱り、自分の荷物を運ぼうとしただけで震えて汗まみれになっていた。理由不明の憂鬱の原因もそれかもしれない。

まったく理由不明というわけでもないが。

ロブが恋しい。恋しくてたまらない。

もちろん、帰宅できてほっとしていた。陽光もありがたく、雪がないこともありがたく、平穏さとプライバシーもありがたい。だが家というのは、ただ熱い湯や清潔なタオルや安全な寝床があるだけのところではない。

当然だ。そしてきっと、またあの……ロブのそばで感じたあの空気を、いつかまた取り戻せるはずだ。

ひとつ、とにかくアダムが信じていないことは——一度も信じたことがないのは——人にはただ一人の運命の相手がいる、というやつだ。ソウルメイト。そんな概念は納得いかない。それでも、ロブに対して抱いた自分の気持ちが、ほかの誰とも違っていたことは否定しようがない。タッカー相手とすら。別れたことを惜しいといつも思っていたのに。

ひとつ、アダムが信じていることは——かつて痛切に思い知らされたことは——タイミングがすべてに勝る、ということだ。人生は二度目のチャンスを保証してはくれない。時にチャンスは一度きり。

だから行動分析課《BAU》の誘いにこれほど喜んでいるのだ。もちろん喜んでいるとも。だからあのオファーを受けるしかないのだ。だから絶対に、何があっても、このチャンスを逃すわけにはいかないのだ。ケネディはアダムの人生を取り戻してやると提案している。もう一度軌道に乗れる。評価も回復し、将来がまた見えてくる。やり甲斐があり打ち込める仕事——そしてラッセルではなくジョニーと一緒に働ける。

ただし。

ただし、追うのは連続殺人犯《シリアルキラー》だ。一度もやりたいと思ったことのない仕事。魅惑的ではあるかもしれないが二度と安眠できなくなりそうだ。

それにバージニア州に住むことになるだろう。ロブと二千マイル以上も離れて。

それでも、アダムの周囲の誰もがこのチャンスには飛びつくだろう。ラッセルなら飛びつく。きっとアダムを殺してでも。むしろ普段からアダムを殺したがっているのかも。

まあ、もうラッセルにわずらわされることもなくなる。

BAUに転属すれば。

もちろん、そのつもりだ。断るなんて軽率すぎる。ロブですら、断るのはどうかしていると言っていた。

サム・ケネディは二度は言わない。この提案は一度きりだ。諾否にかかわらず。

問題なのはだ、ケネディの下で働くチャンスをつかむことで、別のもっと大事なチャンスを失ってしまうのではないかという思いが拭えないのだ。ケネディの選り抜きの狩人集団に入るよりもっと貴重な、何かのチャンス。

アダムはジンのボトルを取り出すと、慎重に一杯注ぎ、ぶらぶらと窓に寄って、きらめく夜景を見下ろした。不夜の都市のせわしない光の交錯。

グラスを傾けながら、ロブの雪の隠れ家を思い浮かべる。あそこでは光は星から射してくる。

午後十時を回ったところだ。今ロブは何をしているのだろう？　山のような書類仕事の処理というところか。マリーナ・グリルで一杯飲んでいるかもしれない。それかクラマス・フォールズの友人のところへ遊びに行ったか。

(ダーリング捜査官、あんたに惚れたぜ)

アダムは微笑した。その笑みも消える。そうだ。だが人はただ思いのままに行動などするわけには……。

してもいいのだろうか?

そういう教えは受けてきていない。

アダムがこれまで努力し、手に入れてきたすべてを投げ捨てるなどと言えば、父から何と言われるかはわかりきっている。父がアダムを誇るのは唯一、FBIに採用されたことくらいのものなのだ。

アダムの父は孤独な老人で、あるのは表彰状で埋め尽くされた壁と、プードルの繁殖にばかり夢中の妻、父の成功の追随に忙しくて大型の祝日以外には電話すら入れないような子供が二人。

価値観が前と変わったのだと気付いたのなら、〝投げ捨てる〟という言葉は当てはまるのだろうか。

グラスを下ろすと、携帯電話をつかんだ。電話するくらいかまわないだろう。やあどうも、とか? くり返しだけど、命を救ってくれてありがとう——。

呼び出し音が鳴って、鳴りつづける。さらに鳴る。

遅すぎたのだ。

アダムの額に汗がにじんだ。手のひらが汗ばむ。前にもこんなことがあった、手遅れだった。

リダイヤルを押し、また電話が鳴る。

（本気だったのはわかっている。もう心変わりしたなんて、あるわけがない）

電話がつながり、そしてロブが――隣の部屋にいるみたいな近さで――『はい？』と言った。

一瞬、うまく声が出なかった。心底動揺している。

「起こしたか？」

間があって、ロブががらりと口調をあらためた。

『連絡がまた来るとは思ってなかったよ』

その言葉にアダムの神経を衝撃が走った。彼らの別れはそこまで決定的なものだったのか？

空港でのことを思い返す。周囲の人間や荷物や搭乗時間に気を取られて、少しよそよそしくはあったが。

「まったく？」

『ま、クリスマスカードはもらえると思ってたよ』寂しそうな口調だった。『だからこいつはボーナスだね』

「だが今朝話した時に、きみに言っただろう。きみに……状況を知らせると」

『ああ、言ってたな』

ロブの声は優しく、アダムに調子を合わせてくれているだけのようだった。

今朝二人で一緒にとった、コーヒーとトーストの慌ただしい朝食を思う。たった五分間のように感じられた。永遠のようにも。

ロブの言ったとおりだ。こんなことはうまくいかない。

アダムは言った。

「二十分前に家に着いたんだ」

『へえ。フライトは順調だったか？』

「まあまあだった。僕は、家に帰るんだと考えていた。このドアをくぐるまで、必要なものは全部ここにあると。以前は全部揃っていたから」

『なのに帰ってみたら空き巣が入ってたか？』

ロブはジョークをとばしたが、気持ちはまるでこもっていなかった。

アダムは深々と息を吸いこむ。高飛び込みに挑む気分だった。

「このドアをくぐった時、気がついたんだ。本当にほしいもの──何より必要なものがここにないことに。ここには、きみがいないからだ」

沈黙。

アダムはごくりと、音を立てて唾を呑んだ。

「僕はどうしても――」

『俺には絶対――』

同時にロブが言いかかる。

二人とも言葉を切った。耐えがたい静寂。

「……きみから」

『俺が邪魔したんだ。続けてくれ』

「そうか。うむ。もし、僕が判断ミスをしていたら？」

『で？　したのか？』

ロブは楽にはすませてくれそうにない。当たり前だろう。すべてをさらけ出し、見せてくれた彼に対し、アダムは自分のキャリアのほうが大切だと言い放ったも同然なのだ。

だからもうごまかしたり、はぐらかしたり、安全策に逃げたりはするまい。

「した」アダムは答えた。「とんでもない判断ミスをしたと思っている」

向こう側の沈黙がヒリヒリと、息づいて感じられた。

『それで、一体何の話をしてるんだ、アダム？』

「つまり、もしきみが昨日言っていたことが本気なのなら――」

『全部、本気だ』

「なら僕は、やってみたいと思う。なんとか、現実に」

ロブがゆっくりと言った。

『そうか。そうだな、俺はロサンゼルスとかバージニアとか、とにかくその辺に行っても楽しく住める気はしないけど、でもあんたなしのところで幸せになれる気もしない。だから――』

「僕も同じ気持ちなんだ」アダムは早口で割り込んだ。ロブだけが譲歩し、妥協する側であっていいわけがないのだ。「それにきみは、都会には前に住んでみたと言っていた。合わなかったって。なら僕が、広い場所を試してみるのも悪くないだろう」

またも心を締め付けるような間が空いて、それからロブが、切なくなるほどためらいがちに言った。

『本気で、言ってるのか？　アダム』

「今たしかに言えるのは、きみのいるところが僕の居場所だということだけだよ」アダムは時間をたしかめた。「十時すぎだ。今夜の便に間に合うかは定かじゃないけれど――」

『やってみろ』

「やってみるよ」

『うちから空港までは一時間くらいかかる。今、鍵を探してるから』とロブが言った。

「僕が深夜便に乗れたかどうかはっきりしてからのほうが――」

『いいんだ』ロブが答えた。『いつでもいい、着くまで待ってるよ』

ウィンター・キル

2021年2月25日　初版発行

著者　ジョシュ・ラニヨン［Josh Lanyon］

訳者　冬斗亜紀

発行　株式会社新書館
〒113-0024 東京都文京区西片2-19-18
電話：03-3811-2631
［営業］
〒174-0043 東京都板橋区坂下1-22-14
電話：03-5970-3840
FAX：03-5970-3847
https://www.shinshokan.com/comic

印刷・製本　株式会社光邦

Printed in Japan　ISBN 978-4-403-56046-0